Paula Jacques

Deborah
et les anges
dissipés

Mercure de France

COLLECTION FOLIO

Paula Jacques, de son vrai nom Abadi, est née au Caire, d'où sa famille est expulsée en 1957. Elle passe son enfance en Israël, avant de venir en France.

A Paris, elle exerce toutes sortes de « petits métiers », puis elle fait de l'animation culturelle à la Comédie de Saint-Etienne et crée, en 1971, une compagnie théâtrale.

Depuis 1975, elle est journaliste dans la presse écrite et productrice à Radio-France.

À ma mère,
À mes amis d'Égypte

Samedi 24 avril 1948...

UN

À l'heure la plus chaude du jour, le Bénéfactor Zacharie Borekitas se rendait à une convocation – extraordinaire un samedi et par là même inquiétante – de l'Œuvre de Bienfaisance qui l'employait à ses écritures et, comme un fait exprès, c'était un samedi spécialement torride.

Les tourbières du Vieux-Quartier-Juif fumaient. Les poubelles dégorgeaient de grasses ordures que le tiraillement des milans élevait dans le ciel tels des morceaux de chair en décomposition et, allant contre les pestilences, Zacharie Borekitas appliquait un mouchoir sur son nez car il n'était plus dans l'âge où l'on se fait à tout.

Il venait de dépasser le Four-aux-Pains-Azymes et il se demandait : pourquoi diable une séance de travail le jour où on ne travaille pas ? Et il songeait à sa femme malade en son lit et il saluait ses connaissances d'un brave sourire de sueur et d'endurance morale, lorsqu'il trébucha sur un obstacle... Il faillit tomber sur une vieille femme qui gisait à même le trottoir.

« Où cours-tu ? lui cria-t-elle. Quand Dieu veut perdre la fourmi, il lui donne des ailes ! »

La vieille femme semblait étendue là depuis le

11

commencement du monde ; ses guenilles étaient couvertes de la boue du déluge, et sa voix, qui venait du fond des âges, disait : « Dieu est miséricordieux ! »… Peut-être bien, mais on n'a jamais le temps de s'attarder pour s'en rendre compte ! Zacharie voulut poursuivre son chemin. La mendiante lui agrippa le bas du pantalon et lançant sa main – un faisceau de sarments – toujours plus haut sur sa jambe, elle poussa une plainte à ameuter la rue. Zacharie la pria de bien vouloir ôter ses ongles du gras de son mollet. Il mit la main à sa poche : sans douleur, il pouvait lui donner dix piastres. Elle lui cria d'aller ramasser son butin. Si elle ne l'avait pas appelé par son titre, « Bénéfactor des pauvres », il n'aurait pas reconnu le visage devenu à rien dont on n'apercevait plus que le blanc des yeux.

« Blanche ? C'est toi, Blanche ? »

C'était Blanche Séréno, la veuve du tanneur. Depuis la mort de son mari, et sur ses vieux jours, elle aimait bien à boire un petit coup. La mendiante passait pour dissimuler des pièces d'or sous les haillons où elle traînait sa vie. Allez savoir ! Chacun court son chemin, certains les courent tous et leur imagination couvre d'or fin l'amère pilule de l'existence. Quoi qu'il en fût, l'allurée en épouvantail de figuier ne manquait jamais le rendez-vous des nécessiteux aux bureaux de l'Œuvre de Bienfaisance ; le claquement de ses socques dans l'escalier et une certaine odeur de vin en avertissaient Zacharie avant même qu'elle eût frappé à la porte du bon secours.

Et voici que Blanche ne frapperait plus jamais aux portes d'ici-bas. Le ciel s'obscurcissait devant ses yeux, son âme s'enfuyait par sa bouche momifiée, les gens allaient indifférents et Zacharie sentait monter le long de sa jambe le souffle de la mort. Elle le tenait sans faiblesse de sa main maigre comme une alène de savetier. Il supplia : «Blanche, que veux-tu donc si tu ne veux pas d'argent ? » Elle lui cracha au nez son haleine chargée de venin : «Je ne veux pas mourir dans la rue. Emmène-moi dans ta maison, Bénéfactor, et la vie te sera légère comme une chanson.» Pourquoi pas dans mon lit ? Zacharie eut une peur bleue à l'idée d'étreindre la moribonde.

« Voyons, Blanche, qui parle de mourir ? Tu es vive encore comme l'œil. D'ailleurs, l'épidémie de choléra n'est-elle pas terminée ? Elle est, de source officielle !

— Elle n'est pas ! La source officielle est une menteuse et, toi, tu ne me feras pas croire que tu ne penses pas à la contagion... »

S'il y pensait ? Constamment... Il y pensait comme à une goule, une vipère tachetée qu'il convient de tuer avant qu'elle ne vous tue. La source officielle avait beau dire, le choléra allait toujours. Il voyageait sur les ailes des mouches dorées, les langues assoiffées des chiens jaunes, les guenilles des vagabonds, les plaies des mendiants... À la loi de sélection par l'épidémie, le Vieux-Quartier-Juif avait payé plus que son tribut. Autre loi : la mort du faible et du pauvre ne vous enseigne rien. Du moment qu'on était encore en vie, on se croyait immortel. On applaudissait le miracle. On allait tranquille sous le ciel pur. On écoutait chanter les oiseaux. On passait devant les maisons condamnées sans prêter attention aux scellés, et voilà qu'une cholérique se pendait à votre cou et rendait à vos pieds l'eau putride de ses intestins.

Il fallait en finir.

«Écoute-moi bien, Blanche, tu es sauvée !

13

Aujourd'hui le vaccin contre le choléra est de toute efficiente beauté. Les gens ne meurent plus. De ce pas, je cours alerter en ta faveur, sois tranquille. »

Les mots lui venaient machinalement, car à ce moment-là, sans aucun doute, une volonté de vivre s'était emparée de lui et la première chose que lui dictait cette volonté était de prendre la fuite. Mais Blanche le retenait, doucereuse, de la douceur entortillée du serpent. Il rua pour dégager sa jambe et la tête de la vieille femme alla, telle une calebasse, donner contre le trottoir ; en homme doué de sensibilité, qui se savait fait de même argile, de même chair, qui se savait promis à même fin, Zacharie s'étonna et s'épouvanta qu'il pût y avoir en lui tant de violence et de cruauté. Quelle pouvait bien être la conscience d'un criminel ?

Dans le ciel du Vieux-Quartier s'étendait la brume de chaleur. Le soleil jetait des taches de rousseur sur la devanture du café Romano. Le garçon balayait la salle vide en chantant des paroles inconvenantes et, accroupis devant le seuil, des ivrognes poussiéreux et patients comme des meubles oubliés au soleil attendaient la fin du shabbat.

Blanche Séreno avait cessé de geindre. Elle remontait sur elle ses chiffons et, ce faisant, découvrait ses cuisses et son ventre nus. Un instant, Zacharie pensa que la vie de la vieillotte s'en allait par la fente fanée entre ses jambes. C'était une exhibition d'une rare obscénité femelle, et l'idée simple et vague qu'il se faisait de Blanche, une malheureuse indistincte de tant d'autres malheureux, devenait plus complexe ; la chair humiliée lui dévoilait une femme dans la mendiante, une femme qui avait dû

14

être une enfant, une mère, une amante peut-être... Sa respiration s'accélérait, ses lèvres bleuissaient comme si on y avait collé des cendres. Zacharie sentit s'embuer ses lunettes au-dessus du nez considérable dont l'avait doté la nature. Ce n'était pas la première fois qu'il voyait se faire le cadavre que dès sa naissance l'homme porte en lui, mais quel homme peut soutenir la vision d'une moribonde exhibant la ténèbre de son bas-ventre ? Il y a dans l'impudeur d'une femme qui se meurt quelque chose qui témoigne des offenses et des injustices faites à cette femme durant toute sa vie, et que rien ni personne ne pourra plus jamais réparer.

« Tu te sens partir, Blanche ? Attends, s'il te plaît, les secours arrivent ! »

En dépit de la peur et des répugnances, Zacharie s'agenouilla devant la vieille femme. De son mouchoir, il essuya les lèvres où coulait une abondante salive. Elle repoussa la main charitable.

Ses lèvres se fendirent d'un sourire de langue noire et, dans un souffle grêle et déchirant, elle maudit Zacharie Borekitas et sa lignée, sa femme Victoria et leur progéniture jusqu'à la soixante-dix-septième génération.

« Les jours viennent !... Tout ce qui est à toi finira. Tes amours, tes amis, tes biens seront dispersés. De toi, rien ne subsistera ! »

Quand, dans un profond grognement, elle se tut, Zacharie Borekitas comprit que Blanche Séreno ne voyait plus la diversité et la grandeur du monde. Il s'enfuit vite vite, incapable de regarder en arrière cette chose figée, arrêtée comme un nuage au crépuscule.

15

La «Cairo Association of Rakab Arabot» avait établi son siège à deux pas du Four-aux-Pains-Azymes, dans l'enceinte même du centre social; c'était, face à la porte des Changeurs, un corps de bâtiments vétustes disposés autour d'un jardin. Il abritait nombre d'œuvres utiles aux miséreux parmi lesquelles une petite clinique pompeusement baptisée «Hôpital des Espérants». Jour et nuit, la place retentissait des cris des malades, des victimes de la circulation, des estropiés au cours de rixes que la police amenait là pour les premiers secours, lesquels, faute de diligence, s'avéraient souvent les derniers. À l'hôpital, un pauvre est un défunt assuré! Vu les progrès insignifiants de la prophylaxie, les microbes se propulsaient de chambre en chambre, bien qu'on s'efforçât d'y enfermer les malades avec la crainte constante qu'ils ne s'en échappassent pour infecter la ville et la ravager. Le dispensaire où on vaccinait contre l'épidémie de choléra jouxtait les locaux de la Rakab Arabot et c'était miracle si aucun des Bénéfactors n'avait été contaminé.

Ils administraient leur idéal dans un petit pavillon comprenant au rez-de-chaussée le réfectoire – une grande pièce où s'alignaient des bancs de bois blanc, des tables tailladées au couteau, à la hache et autres ustensiles assez féroces pour donner une idée de l'appétit des quêteux. Au premier étage, se trouvaient les bureaux. Enfin, les combles accueillaient une salle de réunion sonore et tressautante car elle surplombait la ligne du tramway. Mais l'endroit était spacieux et le mobilier, tourné dans le style Louis XV colonial propre aux ébénistes locaux, pouvait en imposer. Le roi Farouk, sa femme la reine Farida et Iskandar Pacha le ministre de l'Hygiène publique y trônaient dans leur cadre d'or; des bannières aflorées des initiales de la « Cairo Association of Rakab Arabot » flottaient aux murs et, achevant la décoration, des maximes peintes en majuscules noir et blanc : « PAUVRETÉ N'EST PAS VICE », ou encore « FAIRE LE BIEN : VOILÀ LE BONHEUR ! » édifiaient mécènes et visiteurs sur l'excellence de l'œuvre caritative.

« Mais n'est-ce pas notre cher Zacharie qui arrive pouces dans le gilet? dit le Trésorier Chemtov. Il arrive comme un monsieur qui se promène, tandis que depuis une heure ses collègues attendent son bon vouloir?

— Il me semble que notre Protector aussi se fait attendre, dit Zacharie. Lui, pourtant, a des chevaux à son fiacre !

— Oh, oh, mes oreilles m'abuseraient-elles ? » Le Trésorier Chemtov mit ses mains en cornet autour de ses oreilles, qu'il avait grandes, et dit d'un ton peiné : « Quoi ! Zacharie plaisante ? Il aurait le front ? Non, je me trompe. Il n'y a pas. Zacharie ne peut pas se gausser de nous, de nous qui le payons avec les deniers soustraits aux pauvres, à nos frères les déshérités. Tant de désinvolture, tant d'impolitesse, tant de cruauté ? Impossible ! Zacharie est un homme responsable. Si nous le mettions à la porte qu'adviendrait-il de lui ?

Qui nourrirait sa pauvre femme ? Qui soignerait la malheureuse ? À ce propos, Zacharie, donne à ta Victoria notre affectueuse sollicitude. Et dis-nous pourquoi depuis quelque temps tu manifestes si peu d'intérêt pour notre belle institution ? Ce n'est pas permis ! Zacharie, tu dois joindre tes efforts aux nôtres. Nous vivons au siècle du progrès rapide, les nations sortent de leur sommeil et nous restons plongés dans la nuit. Nos adolescents traînent dans les rues sans instruction ni métier, ils n'ont pas d'avenir. Sais-tu qu'avec ton salaire nous pourrions entretenir vingt indigents ? Oui, du pain, des fèves, un toit et peut-être, qui sait, l'éducation de leurs enfants… Eh oui, Zacharie, tu sembles ignorer que nos pauvres aussi ont faim de savoir et d'intelligence. Ne sont-ils pas humains ? N'ont-ils pas été mis au monde par une maman juive ? Parle Zacharie, qu'as-tu à nous répondre ?

— Peine à peine ajoutée…» Zacharie tourmenta sa moustache. «Savez-vous quoi ? Il m'est arrivé une drôle d'aventure, tantôt, devant le Four-aux-Pains-Azymes. Blanche, la pauvre Blanche est morte pratiquement dans mes bras.

— Quelle Blanche ? Crache, crache !» dit le Trésorier Chemtov et il expulsa un jet de salive pour conjurer l'ange de la mort qui risquait de se sentir invité par la seule évocation de son nom. «Parlons d'autre chose. Qui peut s'encombrer l'esprit à chaux et à sable pour tous les gens qui s'en vont ? Je me demande pourquoi le Protector ne vient pas aux rendez-vous qu'il ordonne ? Ce n'est pas permis ! Dites, frères, j'ai si faim que j'en mange la moitié de mes phrases. Auriez-vous un peu de monnaie, que le Farache aille nous chercher un amusement de bouche ? J'aurais offert, sur la tête

18

de mes enfants, mais parole, même plus l'odeur d'une piastre dans ma poche ! »

Si la radinerie pouvait s'incarner, elle aurait élu la personne de Chemtov. Cet homme n'avait de prodigue que la taille. Son grand corps osseux supportait une tête de poing fermé, bordée de grandes oreilles. Ses yeux s'enfonçaient sous des sourcils si ténébreux et rentrés qu'il semblait scruter le monde du fond de deux coffres-forts assez profonds pour contenir tout l'or de la Barclay's Bank. Ses dents étaient couleur de famine car il faisait l'éloge de la diète, sauf quand Zacharie l'invitait à sa table. Son costard enfin était miraculeux : impossible d'en savoir la couleur originale ! Une illusion de loin, une transparence de près, et il le portait à même la peau, sans chemise ni cravate. Ses souliers, tenus par des ficelles, racontaient des milliers de kilomètres et deux gros orteils poilus et crasseux en sortaient pour montrer le chemin. Nul ne l'avait jamais vu se vêtir correctement, manger à sa faim, ni s'autoriser une dépense amoureuse par crainte de gaspiller sa semence. À le reluquer plus délabré que les loqueteux dont il avait la charge, Zacharie devait se retenir de lui bailler l'aumône ; autant frotter le caillou de beurre ! Chemtov était un heureux à vingt-quatre carats. Il possédait la boutique de pétards et de feux d'artifice du Vieux-Quartier-Juif. Sa fortune dépassait les cent mille piastres, mais le parcimonieux ne tenait rien qu'il ne voulût multiplier avec les zéros de sa cupidité... Toujours plus et jamais moins ! L'obsession lui navrait l'esprit de comptes étroits et de Sésame-ouvre-toi, chimères dansant dans sa tête, aigrissant son caractère qu'il avait naturellement atrabilaire et méchant.

19

«Quoi! Il est encore debout celui-là? s'avisait-il. Qu'attends-tu, Zacharie? Que Dieu te donne bon voyage et te conduise sain et sauf à ta place?»

Comme Zacharie n'avait pas les moyens de rendre au trésorier la monnaie de son ironie, il roula entre ses dents les plus fiers et les plus cruels sarcasmes. Après quoi, il gagna son fauteuil au bout, tout au bout de la table du conseil d'administration de la «Cairo Association of Rakab Arabot».

Pour abréger, désormais je dirai la «Cara», ainsi que disent ses provendiers – mendiants, infirmes, vieillards, qui n'hésitent pas à dire, en se bouchant le nez: la Khara, du vocable arabe désignant la merde. Et autre matière à plaisanterie, ils disent souvent cette devinette: «Quelle similitude y a-t-il entre un conte de fées et la Cara? C'est simple, le conte de fées annonce: "Il était une fois" et la Cara promet: "Il sera une fois!"» Et que ne disent-ils pas, ces désabusés, de leurs bienfaiteurs ci-réunis: des voleurs, des associés en malfaisance, des faussards et des aigrefins, des ladres, des ronds du bide et des gras de la panse; édredons charnus qu'on pourrait imaginer appuyés ou reposant contre la table des délibérations; mais je dois à la vérité de préciser qu'aucune des personnes présentes n'étale de formes opulentes ou seulement rassasiées; au contraire, leurs anatomies ont en commun de démentir les excès qu'on leur attribue. Qu'est-ce que cela prouve? Efflanqués escrocs ils sont, comme il est de doux assassins. Voilà pour le corps, l'âme ne suit pas le même chemin: faites miroiter un rien de cet argent qu'ils excellent à soustraire aux pauvres et vous verrez se réfléchir dans leur regard le bel éclair arrogant qu'on trouve dans les yeux des repus.

Outre la charité bien ordonnée à leur endroit, ces hommes exploitent «Les Billets du Destin», une loterie publique qu'un réseau de gamins – familiarisés avec le coup de pied reçu au derrière depuis que l'Égypte est devenue européenne – colporte de par les rues du Vieux-Quartier au profit, paraît-il, des déshérités. Plus loin, je dirai comment le Protector Belardo Gormazzano, le fondateur de la Cara, s'est assuré le monopole de ces jeux de hasard que le Coran condamne mais pas la Bible, car voilà que vient du dehors un bruit de pas.

Les têtes se tournent vers la porte en un mouvement plein d'espoir... ce n'est que Baba le Farache qui rapporte dans un paquet graisseux des pâtés au fromage, des pistaches et deux bouteilles de raki.

«Baba mon fils, dit Zacharie, sais-tu pourquoi le Protector nous a convoqués? Il ne t'a pas ouvert question?

— Depuis quand suis-je dans les confidences de Monsieur Belardo?»

Le Farache se mit à rire. Voyant les mines graves et résolues de ses maîtres, il feignit de ressentir la même inquiétude. Il considéra la paume rose de ses mains noires avec étonnement, comme si, y regardant pour la première fois d'assez près, il venait d'y découvrir une étrange vérité.

«Tu te parfumes la bouche avant de parler?» Le Trésorier Chemtov se fâchait. «Fils de femme adultère, chien bâtard, déni d'intelligence, montagne de fainéantise...

— Pourquoi m'insulter? dit Baba. La peine que vous me faites ne fera pas arriver plus vite le patron. Maintenant si vous voulez tout savoir, il m'a dit de vous porter une à une les convocations, même si je devais y passer la nuit. Et c'est ce qui est arrivé.»

Mimant l'épuisement, Baba gagna le mur du fond. Il s'y adossa, la jambe en équerre sous sa gallabieh, tel le flamant qui dort debout. Mais il ne dormait pas. Il pensait qu'il est des gens qui mangent les dattes et d'autres sur lesquels on lance les noyaux. C'est un vieux Nubien. Il y a longtemps, il a quitté son village pour venir au Caire vérifier qu'on y ramasse l'or dans le caniveau. Il envoie aux siens l'essentiel de son salaire. Il gagne peu et travaille en conséquence : sitôt une tâche achevée, il va s'étendre sur sa couche, sous l'escalier du rez-de-chaussée, de peur, dit-il, que ses os ne s'effritent tant la faim les ronge. Il n'ignore pas – mais Allah est plus savant ! – les voleries publiques de ses maîtres. Ainsi va la destinée : la filouterie est l'apanage du citadin, car son pain est tout gagné et il a plus de temps à donner aux vices, tandis que la servitude est la seule morale à la portée du fellah. Et quand il arrive à Baba de rêver du lucre (le goût du pigeon farci aux pistaches et les seins parfumés d'une danseuse) son bon sens paysan lui souffle que le bonheur est au-dessus de sa condition.

Ainsi pense, assis tout au bout de la table, le Bénéfactor Zacharie Borekitas ; mélancolique, il aimerait narrer l'épreuve subie, ce samedi après-midi, auprès du Four-aux-Pains-Azymes, mais nul ne s'y arrêterait que Baba ; seul, le bon Farache comprendrait à quel point Zacharie peut être malchanceux dans la vie : «Pauvre monsieur, compatirait-il, si tu tenais commerce d'huile de lampes, Dieu songerait à supprimer la nuit !» Zacharie ruminera la triste affaire presque tout le temps que durera la réunion. Je ne m'y attarderai pas : la page est patiente, pas le lecteur.

Le père de Zacharie Borekitas, un homme de grande piété, avait eu à tâche l'abattage rituel des bêtes de boucherie et, Dieu lui pardonne, il n'avait donné d'autre métier au fils qui devait lui succéder. Zacharie haïssait l'idée de répandre le sang, fût-il celui de l'espèce comestible. Mais comme il faut bien manger et que sa nature est ainsi faite que, débattant en conscience du bien et du mal, elle en arrive toujours à élire le compromis, il se soumit à la boucherie en attendant que la mort de son père l'en délivrât. Après quoi, il fut tout à tour colporteur de lacets, laitier itinérant, vendeur de jus de réglisse, propulseur d'une cantine roulante de nouilles sucrées, et autres métiers pédestres et incertains que, l'âge venant, il ne parvint plus à assurer. Un jour parmi les rares bons jours de sa vie, il tomba sur une affichette de la Cara. L'œuvre caritative réclamait un « commis aux écritures » ; il fallait lire : « aux malversations » ! L'heureux élu s'en rendit compte plus tard, trop tard ! Un abîme en appelle un autre. Par son habileté à maquiller les chiffres, Zacharie vide la sébile des administrés pour garnir la poche des administrateurs. Leur fortune faite, il se demande à lui-même des comptes ; alors il se transporte sur le chemin de sa damnation. C'est que notre comptable mange au même râtelier que ses supérieurs, mais moindrement et de mauvais appétit. Dix fois l'an et spécialement à Yom Kippour, sa conscience le morigène. C'est humain. Mais la conscience de l'homme est une lumière inutile : elle lui fait voir les choses tristes de ce monde, elle ne modifie pas son caractère. Par caractère Zacharie est réfléchi, par

23

réflexion il est lâche. Sa femme est malade. L'argent est une lancinance. L'état de Bénéfactor est un aimant. Où trouver la force de châtier l'instinct du bien vivre ? En la mer, les gros mangent les petits. Et ma foi, plutôt qu'être dévoré, Zacharie aime mieux suivre le courant. Tant pis, tant mieux, comme vous le prendrez !

En ce jour de shabbat, les Bénéfactors avaient déjà vidé une bouteille de raki, croqué force pâtés au fromage, grignoté tout ce qu'il y avait à grignoter sur la table. Le ciel changeait de couleur, le Protector Gormazzano n'arrivait toujours pas, c'est inquiétant, et un mot suivait l'autre.

« Mais que peut-il bien fabriquer ? dit le Trésorier Chemtov. Et moi qui voulais lui ouvrir question d'un projet juteux ! Savez-vous quoi ? Un petit emprunt et j'adjoins à mon commerce de pétards ces explosifs modernes qu'enchérissent les activistes de tous bords.

— Claire vérité d'une conjoncture troublée par les Frères musulmans, les communistes et les sionistes ! soupira Zacharie. Pourquoi faire le mal ? Nous serions punis ! Par pitié Baba, gémit-il, cours fermer la fenêtre… ce bruit ! à chaque passage du tram, ma tête éclate !

— Ce n'est pas permis, approuva Raoul Mouchli, le Premier Collector d'aumônes. Savez-vous que le train nous martèle les oreilles au rythme de deux mille secousses par heure ? J'ai un livre de comptes dans la tête !

— Et moi les secousses, je les endure dans le cul », s'esclaffa Willy Mouchli, le Collector deuxième, frère du premier et fait à sa fâcheuse ressemblance : deux jeunes costauds au front borné et plein de ruses.

24

Le Rabbin Shamger lui lança un regard courroucé avant de se replonger dans son livre prometteur de félicité éternelle.

«Pardon Rabbin, rectifia Willy, je les endure en ma partie potelée du derrière. J'ai très mal là, car figurez-vous que, l'autre jour, je poussais une porte close et, au moment où j'y pensais le moins, un chien m'a sauté au pantalon. D'une bouchée, il m'a emporté la moitié d'une fesse.

— Garde-toi d'ouvrir la porte close, dit le Rabbin Shamgar. Ne passe jamais devant la porte sans dire une prière pour les morts et les vivants.

— Sans préjudices! dit Willy. Bon, je ne sais pas comment font les clébards pour reconnaître en nous le solliciteur, mais le fait est là : les chiens nous ont en grande détestation. Et chose étrange, il n'y a pas sous ce rapport de différence avec la haine qu'ils éprouvent pour les chats. Comment se fait-il, Rabbin ?»

Comme on peut s'en rendre compte, les frères Mouchli ont une olive à la place du cerveau – où l'on vérifie qu'il n'est pas nécessaire d'avoir inventé l'huile pour se révéler habile collecteur d'aumônes. Il y faut du talent salivaire, de bonnes jambes pour aller de maison en maison et des bras faits pour écarter la concurrence. C'est qu'on recense au Vieux-Quartier-Juif une quinzaine de délégations à la solde de différentes organisations charitables. Les collecteurs vont par couple, plumant la même poule, trayant la même vache, se brocardant mutuellement et se battant parfois sous l'œil ébahi du donateur. Il arrive aussi qu'ils dénigrent l'œuvre pour laquelle ils démarchaient auparavant : c'est un métier instable. Les frères Mouchli ont défendu «Les Spoliés de l'Habillement» et plaidé pour «La Goutte de Lait» avant de rallier la Cara : la meilleure place, actuellement, sur le marché de la philanthropie. Il s'y trouve la sécurité de l'emploi et des commissions à nulles autres pareilles : 40% des sommes récoltées, autant dire que c'est demander à boire et emporter le pot.

«Mais quelle fâcheuse idée de nous convoquer un shabbat, dit Zacharie. Serait-il arrivé malheur au Protector?

— Est impatient celui qui ne sait pas prier Dieu» dit le Rabbin Shamgar.

Il caressait pensivement sa barbiche qui n'avait jamais connu le rasoir; en cela il se conformait au devoir religieux mais, malgré cela, son poil refusait de s'épaissir autour de son visage tout faufilé de petite vérole :

«En vérité, la dernière fois que j'ai vu Belardo, il m'a paru tourmenté par un problème de conscience personnelle ou financière, je ne sais pas. Il m'a demandé de l'éclairer sur ce point : "Rabbin, m'a-t-il dit, je me demande où se trouve la barrière du monde? Et selon toi, que trouverait l'homme s'il se penchait par-dessus cette barrière?"»

La barrière du monde? Les Bénéfactors méditèrent et la réflexion progressa.

«Il n'y a pas, dit le Collector Willy. Pour moi, c'est un obstacle en Bourse.

— Ce n'est pas idiot, dit son frère Raoul. Depuis la fin de la guerre, la Bourse du coton est devenue folle. Les nazis ruineront les juifs qu'ils n'ont pas réussi à exterminer.

— Et si c'était politique à cause du partage de la

Palestine ? » Zacharie se tourna vers le Rabbin Shamgar. « Jour noir, je savais que le vote de l'ONU engendrerait la guerre, elle viendra et je ne donnerai pas cher du futur État.

— Que le Maître des Pensées vienne punir le défaitiste, Israël vaincra », dit le Rabbin. Il s'enflammait, retrouvant l'âme belliqueuse des anciens Hébreux. Il frottait ses petites mains blanches, pinçait sa maigre barbiche et, la tête penchée, écoutait voler vers lui les bruits de la bataille.

« Serions-nous réunis pour le colloque sioniste ? dit le Trésorier Chemtov. Un peu de sérieux. La situation l'exige. Je connais le Protector. C'est un homme qui honore le fauteuil qu'il occupe et quelque chose me dit qu'il retarde le moment de nous annoncer la visite d'un inspecteur du fisc.

— Oh, mes livres sont purement et simplement en ordre, se défendit Zacharie. Fini. L'inspecteur, le père et le grand-père de l'inspecteur peuvent venir, ils ne trouveront pas. »

Le trésorier fit taire le comptable. Il se tourna avec déférence vers Klapisch, l'officier de police à une étoile, qui jusqu'ici n'avait pas ouvert la bouche. C'était un très petit homme poilu jusqu'au nez et tout pareil à un ouistiti civilisé qui aurait eu les doigts manucurés et la raideur que confère une charge importante. Il clignotait des yeux constamment, d'une manière peu naturelle, comme quelqu'un d'ébloui par la lumière du soleil, et ce tic, enlevant un peu de sa laideur au visage, lui donnait une bonasserie apparente.

« Mon cher Zabet, toi qui sais tout, as-tu eu vent d'une inspection ? » dit Chemtov.

Le Zabet Klapisch remua la tête de droite à gauche

– son mouvement, contrariant le papillotement des paupières, avait de quoi donner le vertige – sans mot dire. De par sa fonction, l'officier de police à une étoile considérait que le silence est une dignité. Sa nature le poussait à peu parler afin de mieux écouter. Il portait à ses semblables une insatiable curiosité, et, tel un écrivain, il cédait au besoin continuel de noter ses observations : elles aboutissaient fatalement sur le bureau de son supérieur, Emam Ibrahim Pacha, le chef de la police politique. Avant d'être promu – mérite et nécessité – responsable des affaires civiles juives du Vieux-Quartier, Klapisch s'était essayé à écrire des vers et de la prose, jadis, lorsqu'il était prote au *Progrès Égyptien*. S'étant rendu compte qu'il ne serait jamais un second Victor Hugo, il avait non sans déchirement renoncé à la plume. Cependant, telle une plaie inguérissable, ses rapports de police trahissaient son aspiration refoulée vers l'art. Il était abonné à plusieurs revues littéraires. Il commandait à la librairie Hachette les nouveautés du roman français. Il préférait l'opéra au théâtre et le théâtre au cinéma : « Un art mineur, car dites-moi, la question m'intéresse, quel cinéaste peut donner à voir la figure du bon Dieu ? » Il aimait à jouer au poker, boire du whisky et priser la cocaïne dans les night-clubs des bords du Nil. Ces moments de nocturne béatitude éveillaient en lui un être de bonté bien différent de l'officier de jour. La nuit, son cœur saturé d'émotions artistiques et de drogue débordait d'amour pour le genre humain, honnête et magnifique, dont il lui revenait de garantir la sécurité. Au petit matin, lorsque dormait le Vieux-Quartier, on le voyait regagner sa maison en flânant, l'œil agité de tendresse tel un ange occupé à faire le bien. Les ivrognes et les mauvais garçons s'écartaient et l'honnête passant, s'il s'en trouvait, pressait le pas en murmurant une formule de protection contre les mauvais génies. C'est que cet homme pas plus haut qu'un marmouset tenait entre ses mains soignées la bonne et la mauvaise fortune des habitants du Vieux-Quartier. À chaque coin de rue, il possédait un indicateur incognito que tout le monde connaissait, ses espions hantaient le Café Romano, enfin des lettres anonymes lui parvenaient en si grand nombre que, ne pouvant les dépouiller toutes, il n'arrêtait pratiquement personne. De temps en temps, il tirait du sac une dénonciation, au hasard. Il faisait une descente chez l'épicier trafiquant le haschich, chez le proxénète oublieux de la dîme policière, dans la famille qui avait omis de signaler au commissariat un visiteur étranger. Les gosses l'appelaient « Clapier à merde ». Paterne, il les menaçait de son chasse-mouches et, paraphrasant Térence, il admettait : « Rien de ce qui est juif ne m'est étranger. » Un phénomène que ce policier érudit philosophe et juif… À ma connaissance, ce fut le premier et le dernier Zabet de police qu'ait engendré la Juderia du Caire, des débuts à la fin de son histoire, mais n'anticipons pas. Klapisch était comme la justice : rude aux miséreux et tendre aux puissants. Il gouvernait par la sujétion et le chantage et la peur ; il pouvait se laisser attendrir quand on y mettait le prix, grâce à Dieu, car sans le recours à la corruption la vie aurait été un enfer. Il régnait au nom de principes et d'interdits dont il s'estimait personnellement quitte ; on le savait amouraché d'une Rachel, jeune belle surnommée « Fleur de Péché ». Il lui payait le loyer de sa chambre à la Locanda el Teatro, une pension pour artistes de variétés multiples et indéterminées, ses cours de piano avec un maestro de l'Opéra, ses toilettes et diverses babioles scintillantes. Le tout coûtait bien l'annuité d'un fonctionnaire honnête et expliquait, partiellement, pourquoi le Zabet ne l'était pas.

Je ne conclurai pas davantage contre Klapisch, hormis l'horreur naturelle que m'inspire la police en général et ce policier velu en particulier : de tous les métiers existants sur la terre, il a choisi la seule profession dont le prétexte est le crime tandis que la sauvegarde des nantis et le maintien de leur pouvoir en sont le but véritable. À quoi bon instruire son procès ? A-t-on déjà vu un policier répondre en justice de ses actes ? Et existe-t-il, ailleurs que dans les rêves désespérés des opprimés, un général, un juge, un ministre, un prince condamné pour les crimes qu'il aurait commis ? Ainsi va le monde et ce n'est point d'aujourd'hui. Si l'occasion s'en présente, je reviendrai aux méfaits du Zabet car voici qu'arrive le Protector Gormazzano dans la salle où on ne l'espérait plus.

Il arrivait d'un pas vif comme toujours, aimable et souriant, mais son visage accusait le souci. Embrassades, accolades, après quoi il alla s'asseoir dans le fauteuil présidentiel que surmontait cette devise : «Montre du doigt le méchant et chéris le juste.»

«Messieurs, mes amis, mes chers frères, je dois vous faire part d'une terrible nouvelle. C'est pourquoi je vous ai convoqués un jour de shabbat, Dieu me pardonne. Pour la dernière fois, peut-être. Qui sait où je serai demain ?

— Avec nous, mon cher Belardo, sans préjudices, dit le Collector Willy. Et quand bien même, de nos jours les gens comme il faut ne restent pas longtemps en prison ! Bon, que t'arrive-t-il ?

— Il m'arrive une catastrophe, messieurs. Il m'arrive un… comment dire ? une espèce de coroner…

— Ne nous dis pas, dit Raoul, c'est ton cœur ? Tu as eu la crise ? Seigneur, mon grand-père en est mort dans l'étouffement et moi-même j'ai rêvé cette nuit qu'une araignée me tapissait la gorge et…

— Un coroner, l'interrompit le Zabet Klapisch, est un juge chez les Yankees, un genre d'inspecteur, un Révizor, Klestakov, Gogol, chef-d'œuvre du théâtre russe, XIXᵉ siècle.

— Mais que vient faire la Russie là-dedans ? se vexa le Collector Raoul.

— Analogie cultivée, expliqua Klapisch en clignant des yeux patiemment, Coroner induit l'enquête commanditée par New York.

— Notre Zabet a deviné, dit Gormazzano. Nous sommes dans l'œil de la suspicion américaine et je vais vous lire le télégramme que m'envoie Deborah Lewyn, la fille de Max, mon cher vieil ami. Pour combien de temps encore ? »

Sur la table, il déploya un papier de couleur bleue et, tandis que ses subordonnés retenaient leur souffle, il resta à le considérer en silence. À ses yeux ternis comme si du fond d'un sommeil il poursuivait un triste rêve, on pouvait voir qu'il souffrait. Peut-être même était-il désespéré… Comment se fait-il, songeait Zacharie… hein, un homme devenu aussi grand que le monde !… Un lutteur qui n'a pas son pareil pour damer le pion aux embêtements… ! Qui aurait

31

pu imaginer qu'au terme de trente années de voleries fécondes et impunies un petit bleu parviendrait à le désordonner ?

Belardo Gormazzano était un gentleman dans la puissance de la maturité et portant beau ; il piquait dans le nœud de sa cravate le fer à cheval, rubis et diamants, du Jockey-Club. Au revers gauche de son veston, il arborait la médaille de l'ordre du Mérite britannique reçue en récompense de « Tricotons pour nos Soldats » – le fameux mouvement créé en 1940 et grâce auquel, on s'en souvient, les Alliés purent triompher du froid terrible régnant la nuit dans le désert d'El-Alamein. À sa boutonnière luisait une cocarde récemment accrochée par Iskandar Pacha, le ministre de l'Hygiène publique : Gormazzano venait de se distinguer dans la lutte héroïque contre l'épidémie de choléra en offrant dix mille vaccins à l'Hôpital des Espérants. Incontestablement, c'était un homme généreux et porté à la compassion des souffrants par cet avantage que sa peine était déjà soufferte alors que celle des autres commençait.

Belardo Gormazzano avait eu une enfance malheureuse. Il n'avait pas connu son père et sa propre mère, vouée à l'opprobre des filles séduites, mit promptement fin à ses jours. À l'âge de trois ans, l'enfant naturel – et toute révérence gardée envers les docteurs de la Loi, on peut se demander en quoi ces enfants-là sont plus naturels que les autres et pourquoi cet excès de nature, dont la Bible dit : « Ce qui est tordu ne peut être redressé », voue le bâtard à être écarté de l'assemblée de Dieu jusqu'à la fin des temps ? – l'enfant naturel donc fut recueilli par son grand-père. Le Nonno Gormazzano, maître pâtissier de son état, l'éleva entre «les dents du tigre» selon la métaphore de la rigueur et de l'austérité. De quoi donner raison aux adversaires de l'autoritarisme : l'adolescent se révéla chenapan dans l'âme et si mauvais élève que le Nonno l'envoya faire ses preuves à l'école de la vie. Alors, contre toute espérance, Belardo réussit brillamment dans la matière qu'il s'était choisie : l'art de l'Égypte ancienne. Il se fit guide – drogman disait-on à l'époque – avec une efficience particulière auprès des touristes du beau sexe, entre deux âges et esseulées de préférence. C'est que le jeune homme était d'une beauté extrême et son éloquence n'était pas en reste qui l'aurait pu diriger vers le barreau – il y monta plusieurs fois, du mauvais côté malheureusement, mais j'y viendrai au moment voulu. À la fin de la Première Guerre mondiale, Belardo s'afficha dandy. Il portait des vestes homespun, des pantalons café-au-lait à pinces, de grands chapeaux de feutre. Un jour parmi les jours d'insouciance, il dévalisa le tiroir-caisse de la pâtisserie – il ne voulait plus devoir sa bonne fortune à l'amour des femmes – et suivit à New York une actrice du théâtre yiddish. Leur passion ne supporta pas le changement climatique. Livré à lui-même, Belardo survécut au moyen de ces jobs minables qui, trempant le caractère, forgent les aventuriers et les millionnaires du Nouveau Monde. Jamais il ne fut plus beau qu'en ce temps de vache maigre, mais d'une beauté étrange due à la malefaim et à la coiffure alors en vogue : les deux accroche-cœur sombres et luisants qui se dressaient sur son front comme des cornes diaboliques. Une petite juive de Bessarabie qui dansait dans un bouge du Bronx s'éprit de ce sosie de Rudolf Valentino. Belardo prit l'habitude de suivre la revue en coulisse, jouissant à la fois du ballet des jambes fascinantes et des physionomies fascinées au premier rang des spectateurs. Et c'est là, par un soir de beuverie, qu'il fit la connaissance d'un homme un peu plus âgé que lui, un juif d'origine russe, à la crinière rousse, aux yeux pâles mais remarquables de conscience de soi, même au plus fort de l'ivresse. Au dancing, ce personnage qu'on appelait familièrement «Red Max» était traité en grand seigneur; pour bien en parler il faudrait la bouche de ceux qui jouissaient de ses dollars. Belardo en fut, et comme souvent dans ces cas-là, le créancier cultiva un sentiment de gratitude et d'attirance à l'égard de son obligé. Les deux hommes se lièrent. Il est des amitiés à l'image du bon mariage : l'amour y est réciproque sans que s'y rencontre l'égalité des conditions.

Red Max était le fondateur de la fameuse Lewyn Lift Corporation qui avait doté New York de ses premiers ascenseurs. Il avait également créé la Rakab Arabot (littéralement : «Chevauche les hauteurs»), une organisation qui popularisait la pensée du retour à Sion de Theodor Herzl, et qui venait en aide aux réfugiés d'Europe de l'Est. De sa propre main, le tenant d'une des plus grosses fortunes du Bronx distribuait le bouillon gras propre à refaire les forces de la longue horde d'hommes, de femmes et d'enfants affamés qui avaient fui les pogroms. Tableau plein de consolation certes, mais qui ne mériterait pas d'être campé ici, s'il n'avait permis à Belardo Gormazzano d'en retirer l'expérience qui, selon son expression, «fait le mauvais garçon se ranger proche de Dieu et du bien».

Ce matin-là, dans la cour de la Rakab Arabot de New York, le fumet de bonne soupe semblait s'échapper du bonhomme de neige qu'on avait, pour rire, coiffé d'une vieille casserole. Tandis que les réfugiés présentaient leur gamelle, Max Lewyn remarqua une petite fille avec de grands yeux noirs, grelottante et toute seule.

« Où est ta mère ? lui demanda-t-il en yiddish. » Il va sans dire que Belardo se fit ensuite traduire les propos échangés ce matin-là.

« Elle a été tuée dans le pogrom. »

La petite fille avait le regard vide, comme insensible.

« Et ton père ? dit Max Lewyn.

— Il a été tué aussi.

— Comment es-tu arrivée en Amérique ? »

La petite fille montra du doigt un homme en chandail troué qui attendait dans la file.

« Où habitez-vous ?

— Je ne sais pas. »

Pour la première fois, il y avait une expression dans les grands yeux noirs : la peur.

« C'est incroyable, s'attendrit Belardo. Ces pauvres gens arrachés à leur maison, à leur pays, menacés et tués uniquement parce qu'ils sont juifs ! Ce n'est pas juste.

— Qui a jamais dit que la vie est juste ? » répondit Max Lewyn.

C'est tout et, près de trente ans plus tard, il est bien difficile de savoir si la scène s'est réellement passée de la sorte. En tout cas, c'est comme ça que Belardo Gormazzano la voit, qu'il s'en souvient dans ses rêves, qu'il la raconte à la cantonade en concluant : « De ce jour vraiment, date mon acheminement vers l'honnêteté et la santé morale. »

De retour au pays natal – entre-temps, le Nonno s'était éteint –, Gormazzano commença par dilapider l'héritage qu'il avait prématurément écorniflé. Sur ces

35

entrefaites, il se remémora le choc ressenti à la découverte de l'idéal de Max Lewyn et, naturellement, il accéda à la compréhension du rôle que Dieu assigne sur terre à ses créatures intelligentes. Il fonda une loge calquée sur le modèle américain qui prônait le sionisme et la bienfaisance. La première proposition resta pratiquement lettre morte. C'est qu'en Orient le rêve de Herzl, un Foyer national juif en Palestine, n'éveillait guère de nostalgie ; en ces temps, l'Égypte et la Palestine demeuraient pupilles de l'Empire ottoman et, pour nous autres, juifs du Caire, «l'an prochain à Jérusalem» évoquait tout bonnement le train de 10 heures à la gare Bab-el-Hadid. «Un État hébreu ? Pourquoi pas au Niagara ? plus rapide sera la chute !» riaient les sceptiques. La deuxième proposition rencontra une certaine adhésion, encore que la concurrence fût rude en ce domaine où les richards de la communauté étaient sollicités comme terre en herse. Gormazzano se fit connaître en prenant une initiative qui n'aurait pas prêté à rire si elle avait réussi : combattre la famine en substituant à la fève locale une papilionacée d'Amazonie dont le fruit atteignait, paraît-il, la taille de la pastèque. Il eut tôt fait de réunir les fonds ; en ces inventions-là le parler superlatif agit seul, il n'y a plus entendement ni obstacle au désir, fût-ce seulement parce que nous autres, les fils d'Adam, nous sommes dans la nostalgie du paradis perdu ! Mais quelle loi impitoyable que la loi naturelle ! Vous souvenez-vous de Mathilda, le cyclone qui à l'automne 1933 (bonne saison pour les volcans !) s'abattit sur l'océan Pacifique ? Mathilda ne fit qu'une bouchée du cargo lesté des fameuses graines, et du même coup engloutit l'argent des souscripteurs et la crédibilité de l'affréteur. Le persévérant courtisa d'autres chimères. Les années s'écoulèrent. En dépit de trois ou quatre saisies fiscales et de la courte incarcération sanctionnant la faillite frauduleuse de la C. P. J. J. (Cinéma pédagogique pour la jeunesse juive), Gormazzano continuait à passer pour un brasseur d'affaires brillant et bien introduit dans les hautes sphères. On ne sait comment, mais il réussissait toujours à se remettre à flot. Grâce à son entregent ? Sa façon d'opposer l'illusion à la réalité ? La surface à la profondeur ? Le jeu trouble à la morne stabilité de l'ordre ? Tout ceci et par-dessus tout le légendaire halo de conquêtes féminines qui avait assis sa réputation dans les salons du Caire. Les femmes en pinçaient pour lui cela va de soi, mais même leurs maris et tous les pauvres hères qu'il avait pu berner l'auraient suivi au purgatoire des âmes.

Charisme de bel homme, songeait Zacharie. Joyeux débordement de vie qui suscite la puissance et justifie qu'elle gouverne le monde. Il se dit que le Protector allait une fois de plus tenir les rênes au destin agité. Mais Gormazzano se tenait le front et soupirait comme un enfant atteint de maux de tête.

Le Trésorier Chemtov s'impatientait :

«Alors, ce télégramme, il dit quoi : hyène ou lion ?

— Hyène, gémit le Protector. Hyène et hydre sur nos têtes ! En un mot comme en dix, Deborah Lewyn, la fille de mon cher Red Max, a décidé de répondre à mon invitation.

— Parce que tu as invité cette... cette bonne femme ? s'effara Chemtov. Aurais-tu perdu la boule ?

— Elle et son père, par pure politesse, se défendit Gormazzano. Tous les ans je les invite ! Qui aurait pu penser qu'ils viendraient ?

— Et pour quoi faire ? La question m'intéresse, dit le Collector Raoul. Du tourisme, les pyramides si Dieu veut ?

— Je ne sais pas. Dix mots, " de passage à Chypre, arrive au Caire " et c'est tout… Seigneur, j'en ai les tripes chiffonnées. Pardonnez-moi, je reviens ! »

Le Protector quitta la salle de ce pas pesant qu'ont les cavaliers quand, après une longue traite, ils descendent de cheval. Le Zabet Klapisch se leva. Sur un geste signifiant qu'une tâche urgente le réclamait, il s'en fut sans mot dire.

« Les rats s'escampent, dit Chemtov. Gentlemen, l'étoile de nos calamités se lève. Qu'allons-nous faire ?

— Je ne comprends pas, dit Willy. Quel mal peut sortir de cette visite ? Pour moi, j'ai toujours eu envie de rencontrer une juive américaine, moderne censément et légère de la cuisse !

— Tu n'arriverais pas à son soulier, dit son frère. Je me suis laissé dire que les Américains mangent à telle démesure qu'ils sont affligés de gigantisme. Leur taille moyenne augmente de dix centimètres tous les dix ans. La vérité ! Ils ne peuvent plus tenir en leurs lits, leurs baignoires débordent et ils doivent se contenter de la douche. Les fabricants de cercueils désespèrent et les savants tremblent. En l'an 2000, les Américains seront comme les grands reptiles du début du monde : disparus ou alors complètement idiots. Forcément, le corps croît à mesure que le cerveau rapetisse !

— Le tien tiendrait dans un dé à coudre ! » Chemtov cracha son mépris dans un relent de raki. « Quelle bombe de Hiroshima nous débarrassera des frères Mouchli ? Quoi ! rachitismes de la conception, vous avez oublié l'" Orphelinat de Jeunes Filles " ?

— Quinze mille dollars ! » dit Zacharie. Sa tête

grisonne ballotta, il blêmit. «Tout est noté, gentlemen, quinze mille sept cent trois dollars exactement.

— Tant que ça? dit Raoul. Quelle folie aussi! En conscience, je n'étais pas pour.

— Pas contre non plus, fit remarquer le Rabbin Shamgar. Fini. C'est le scandale. On vous publiera dans les journaux avec un numéro sur la poitrine.

— Ta photo avec la nôtre, Rabbin!» Chemtov s'emportait: «Tu seras le premier scandaleux, car qu'est-ce qu'un rabbin qui sépare sa foi de ses actes?

— Basta, réfléchissez en silence, dit le Rabbin. Je dois éloigner de mon esprit toute préoccupation matérielle. L'heure de Min'ha a sonné.»

Le Rabbin Shamgar assura son châle de prière sur ses épaules, et noua ses phylactères. Se tournant vers Jérusalem, il se posta entre l'effigie du roi et celle du ministre de l'Hygiène. Il recula de trois pas, revint à sa place initiale, posa sa main droite sur ses yeux et commença d'une voix monotone:

«Encore une journée qui s'évanouit, encore un pas vers la tombe! Réponds, mon cœur: cette journée n'a-t-elle pas été vide de toute bonne œuvre? Elle aurait pu contribuer à mon salut éternel et je l'ai dissipée en petitesses terrestres.»

L'espace d'une seconde, le timbre de l'officiant se fit acerbe. Se retournant, il somma les siens d'entonner le «Permets, ô journée, je t'invoque aussi en faveur de mes semblables!»

Tandis que les Bénéfactors s'exécutent docilement, les yeux clos et le visage vide d'expression comme si, abandonnant à la terre ferme corps et âmes coupables, ils étaient partis voguer au ciel, je propose d'éclaircir l'énigme de l'Orphelinat de Jeunes Filles.

Il faut d'abord savoir que Max Lewyn mettait d'importants subsides à disposition des loges qui de par le monde se rattachaient à la Rakab Arabot, à condition naturellement qu'elles fissent la salvation et l'aise des pauvres. Entre toutes, celle du Caire lui était chère – sans jeu de mots, encore qu'elle constituât au fil des années un véritable gouffre financier – par les souvenirs qui le reliaient à son Protector : la ronde ardente de leur jeunesse, puis la pente sage qui les avait entraînés à travailler au bien-être de leur communauté respective. Il y avait dans la générosité du mécène américain comme une vertigineuse stimulation et – c'est moi qui souligne – en philanthropie, comme en Bourse, ce n'est pas la finalité de l'action qui fonde sa direction morale, c'est son mouvement. C'est pour ainsi dire contraints et forcés que les Bénéfactors conçurent leur théorie d'un Orphelinat de Jeunes Filles (il existait bien en notre Vieux-Quartier un établissement de ce type, mais outre qu'il recevait exclusivement des garçonnets, une truie n'y aurait pas abandonné ses petits). Celui qui nous occupe fut évalué à quinze mille dollars qui, sitôt versés, donnèrent corps à l'entreprise. Malheureusement, elle se borna à la première pierre que posa, en un terrain vague de derrière la porte des Changeurs, notre Protector souriant à l'objectif des photographes.

Pourquoi le beau projet resta-t-il à l'état d'ébauche et où sont donc passés les quinze mille dollars de Max Lewyn ? Questionnez les cessionnaires, vous obtiendrez si peu que rien : du soupir, de l'inertie – cette force des groupes –, des considérations sur la cherté du pain, les enfants des uns, les dettes des autres, tout le monde a des problèmes d'argent, ma parole on dirait que vous n'avez jamais vécu! L'argent file, c'est son but. Sa nature est de donner occasion au gaspillage et en cela il énerve la vertu – voyez par exemple comme les sous brûlent aux doigts des prostituées. Nos Bénéfactors aussi aiment à étaler le miel sur la tartine de la vie car c'est la nature du sucre d'en adoucir les aspérités.

Et maintenant les voilà dans de beaux draps!

Maintenant qu'on peut s'attendre à tout avec la fille du mécène qui débarque sans crier gare – quelle impolitesse! – qui dira : mais où donc se trouve l'orphelinat de mon papa, comment nulle part? Quoi! pas plus d'orphelinat que de vie après la mort? Maintenant donc les Bénéfactors chantent : «Mon Dieu, suis-je au dernier jour d'une vie si peu digne de ta miséricorde?»... Il est heureux que Gormazzano n'entende pas ce chant qui sonne comme le chant du corbeau sur une tombe, il est bien assez démoralisé comme ça. Il est resté longtemps assis dans le réduit des intimités, à retourner le problème dans tous les sens, le soleil s'est couché à la fenêtre du water-closet et il ne l'a même pas salué.

Quand le Protector revint parmi ses hommes, ils réfléchissaient au moyen d'empêcher l'Américaine de découvrir «la plus grande escroquerie jamais montée au Caire». La formule était du Trésorier Chemtov; Gormazzano comprit ce qu'elle pouvait avoir d'insultant pour lui, le chef qui dans un moment aussi critique n'avait pas l'ombre d'une solution à avancer.

Il résuma la situation!

Cercle et quadrature d'un côté, charybde et je ne sais quoi de l'autre, bref ça allait on ne peut plus mal. En somme, la Cara était fichue, ses Bénéfactors pareillement, enfin on se tiendrait chaud à la prison de Bab-el-Hadid. Quelle vie misérable ! Eh bien, n'en parlons plus, qu'on nous pende et nous ensevelisse en notre méchant cimetière !

« Pour traire la vache, il n'y a personne, mais pour l'égorger, on peut compter sur Belardo, dit méchamment le Trésorier Chemtov.

— C'est le moment de décompagner ? dit le Collector Willy. Unissons nos forces.

— Réfléchissons à la solution, proposa son frère avec l'air chagrin qu'on met aux tâches impossibles... Pourquoi ne pas construire ? reprit-il. Des briques, un toit, des fillettes prises dans nos rues, c'est ce qui manque le moins ! Avec de l'argent, c'est faisable en moins de temps que Dieu n'a mis à créer le monde.

— Dans trois jours, Deborah Lewyn sera parmi nous, soupira le Protector. Non, le chauve ne trouvera qu'un peigne !

— Mon cher Belardo, ne doute pas une seconde que j'avancerais les quinze mille dollars, si seulement je les avais, mentit le Trésorier Chemtov. Comprimons-nous, le temps presse et j'ai une idée ! »

Le Trésorier étira le lobe de sa grande oreille gauche, sourit, annonça :

« L'Américaine n'est qu'une femme. Si Dieu nous aime, elle agira selon son espèce coquette et dépensière. Quelle jeune fille ne voudrait pas s'amuser, faire les magasins, acquérir les curiosités orientales ? C'est une engeance à faire blanchir le cheveu, j'en sais quelque chose. Nous allons l'étourdir de dépenses, de plaisirs, de violons et de valses, et elle n'aura plus de pieds pour marcher jusqu'à l'orphelinat... »

Le Protector ne répondit pas.

Le gris s'était installé à la fenêtre. Le silence s'était

installé comme s'il n'y avait personne dans la salle ou comme si tout le monde était mort. Baba vint allumer le plafonnier. Dans la lumière soudaine, le Zabet Klapisch fit son entrée. Tout aussi rapide et inattendu, il déclara :

« Fini. J'ai tout arrangé. »

La victoire s'inscrivait sur son visage bonasse. Il était seul, mais à la vélocité de ses paupières, on aurait dit toute une armée en marche.

« J'ai tout arrangé, répéta-t-il. "Je suis une force qui va" – Victor Hugo. Écoutez bien. Et inutile de m'interrompre, Je ne répétcrai pas deux fois. »

Courtement, selon son habitude, le Zabet exposa son projet. Quel projet ? Un plan du diable, une arnaque costaude – parole d'arnaqueurs ! –, de l'incroyable et du jamais vu, de l'inimaginable, oui, sauf à l'homme Klapisch. Pour l'homme Klapisch il n'y avait point de loi ou de vice dont il ne fît son jouet.

« Et maintenant, messieurs, conclut-il, Deborah Lewyn peut monter au ciel et redescendre. Quant à nous, mettons-nous au travail dès demain matin, car enfin "au combat qui se prépare, il ne suffit pas d'être barbare, il faut être constant" ! – Jean Racine. »

Là-dessus la nuit tomba. La réunion se rompit. S'en retournant chez eux, les Bénéfactors s'accordèrent à penser que la vie pouvait être encore belle en ce monde.

Aucun de ces hommes n'est aujourd'hui de ce monde. Aujourd'hui leur vie libre et joyeuse a pris fin. Ils s'en sont allés comme un jour qui passe. Ils ont disparu sans laisser de traces. Où peuvent-ils bien se trouver ? Au Caire il n'y avait plus de place pour eux. Ils se sont effacés de la mémoire du Caire. Même leur absence s'est effacée de la mémoire du Caire.

TROIS

Le Vieux-Quartier célébrait la fin du shabbat. Dans les rues qui sentaient le jasmin et le pétrole, les gosses s'égayaient, les hommes fumaient le narguilé aux terrasses des cafés et, d'un balcon à l'autre, leurs femmes s'apostrophaient en épouillant leurs cheveux luisants de pétrole. La douceur du soir étreignait le monde et toutes ses créatures… toutes sauf Zacharie Borekitas. S'en revenant à la Ruelle-aux-Juifs en compagnie du Rabbin Shamgar qui habitait une maison voisine de la sienne, Zacharie pensait à Blanche Séreno. Il pensait à ses yeux que personne n'avait fermés d'une caresse. Il entendait à nouveau un faible gémissement, le gémissement de quelqu'un qui doit se reposer par devoir de vieillesse, sans plus encombrer le monde de son inutilité. «Quelle désolation tout de même, une mort qui ne brise le cœur de personne», se disait-il, quand il réalisa que c'était moins la triste fin de Blanche Séreno qui le chagrinait que la malédiction portée par son dernier souffle : «De toi, rien ne subsistera!»… Comme il éprouvait le désir aveugle d'être consolé, il pensa au seul être sur terre qui se souciait de son bonheur. Et se traitant d'égoïste, il se souvint que la malédiction s'étendait à sa femme et à leur progéniture jusqu'à la soixante-dix-septième génération… De progéniture point, Dieu – que Sa Volonté soit ! – n'avait pas donné à chérir de petites chairs tendres. Mais sa femme, sa Victoria, d'où par où trouverait-elle la force de résister au sort jeté par la moribonde ?

Elle en mourra, c'est sûr !

Zacharie aime tellement à imaginer le pire que tout de bon il en souffre comme d'une chose réelle. À présent, le voici qui ne pense plus qu'à sa femme et il la voit dormir d'un sommeil agité dans ce lit qu'elle ne quitte guère depuis bien des lunes et il se tourmente. Oh ! comme il se tourmente pour Victoria car elle est dans son cœur sa femme et son amour et sa voix est lumière si la lumière pouvait parler et son visage est doux comme une pêche défraîchie et toujours elle sourit en accueillant son mari et les jours de privation elle dit que l'oignon partagé avec celui qu'elle aime vaut le pigeon farci et elle aime son mari comme le fils qu'elle n'a pas eu et elle l'aime malgré ses défauts car toujours aux yeux de sa mère le singe a la grâce du faon.

« Dis-moi, Rabbin, la question m'intéresse : à ton avis, est-ce que le mauvais sort lancé par une moribonde se réalise infailliblement ? »

Le Rabbin pinça sa barbiche, l'air perplexe.

« Comment dire ? Le mauvais sort peut emporter comme le vent ou bien avoir la patience des pierres. Parfois aussi la malédiction s'éteint avec la voix qui l'a proférée parce que la voix réclame… réclame sans vouloir vraiment : elle dit noir et elle pense blanc.

— Vraiment ? Alors adieu, porte-toi bien ! »

En un éclair, Zacharie avait conçu l'idée qui lui concilierait feue Blanche Séreno, d'autant que la synagogue de la Turque se trouvait à deux pas de là, au fond du goulet qui prolongeait le Darb-el Kouttab.

Dans la fraîcheur et la paix du temple, le Bénéfactor

convoqua le pardon de la mendiante. Récitant l'oraison funèbre, il lançait sa voix sous la voûte à en perdre le souffle et des larmes de ferveur mouillaient ses moustaches. Il demeura un moment à jouir de la sensation du devoir accompli. Puis, il voulut consacrer une prière à la guérison de Victoria, «Triste et désolé, je vois s'évanouir les forces de mon épouse», chantait-il, quand un regret vint l'assaillir : quelle idée de se précipiter dans la première synagogue venue ! Il aurait dû réfléchir, pousser plus loin vers le Darb Mahmoud, jusqu'au temple de Maimonide... Si le Maître des Miracles avait guéri le coryza du copte Georges Guétary et dissipé les musulmanes migraines du roi Farouk, que ne ferait-il pour une fille d'Israël ?

À quel moment naquit la légende ? Nul ne le sait, mais il se trouve encore des juifs pour affirmer qu'en retournant la dalle qui reçut la dépouille du Maître des Miracles – sept jours après lesquels elle fut acheminée vers la Terre Sainte –, on pourrait voir jaillir une lumière qui s'intensifie comme le soleil dans la nuit oubliée. Mais au temps de l'électricité et des automobiles, plus personne n'ose soulever la dalle en question, et c'est heureux ; il est probable qu'on y dérangerait au mieux une araignée dans sa toile et il ne faut pas briser un rêve devenu réalité pour des millions d'esprits. C'est que, fait unique au monde, les pouvoirs de notre Maimonide jouissent d'un prestige égal parmi les pèlerins venus des trois religions du Livre et leur réunion en ce lieu modeste et unique – preuve que le Créateur est un malgré la division des hommes – rejaillit en gloire pour notre Vieux-Quartier.

Bien que sujette à controverse, la chronique attribue la fondation du Quartier-Juif à la volonté d'un seul homme qui passa sa grande main sur les nuques dressées et les voulut aligner comme les eaux de la mer. En l'an mille de notre ère, le khalife El-Hakem Bi-Amrullah ordonna à tous les juifs du Caire de se transporter avec leurs outils, leurs troupeaux et leurs esclaves, en une enclave située dans la cité Fatimide. Du jour au lendemain, nos ancêtres qui jusqu'ici s'établissaient à leur gré ne purent plus quitter leur prison. Ils furent en butte à une série de décrets : la saisie de leurs biens, le port de la rouelle (l'étoile jaune remise en funèbre mémoire durant la Seconde Guerre mondiale) et enfin la conversion à l'islam ou la mort. Il y eut des conversions et des martyrs. Une opinion répandue rapporte que le khalife El-Hakem aimait le soir à se faire hisser sur les créneaux du ghetto, afin de compisser les têtes exposées sur des piquets. Et même si ce n'est pas vrai, la métaphore rend bien compte de la substance du fanatisme, cette folle perversion qui, régulièrement, sous couvert d'une inspiration divine, assassine, égorge, brûle et noie quiconque attache son espérance et sa foi à un dieu autrement nommé. La douleur des juifs était grande, et solitaire leur existence. Sur le bord du gouffre, une main à la vie, l'autre à la mort, ils se souvenaient que Satan a été défait. Le khalife, dans la nuit obscure de sa folie, descendit encore. Contre ses sujets coptes, cette fois, il tourna sa philosophie. Il promulgua la dîme dite « de l'obésité du chrétien ». Il allait de par les rues, suivi de serviteurs portant une balance ; le copte, s'il s'en trouvait d'assez imprudent pour paraître, devait subir la pesée et, le cas échéant, débourser un impôt au prorata de la graisse excédentaire. Enfin la mesure parut comble aux musulmans eux-mêmes, le jour où le dément promit au gibet celui de ses sujets qui mangerait de la molokhia, le plat national fait à partir de la corète potagère qu'on appelle aussi «la mauve des juifs». (D'où vient que le mets favori des Égyptiens, ce vert brouet gras et gluant dont une seule assiettée provoque la satiété, porte en nom familier celui des esclaves de Pharaon? C'est un mystère de l'origine sur lequel même le livre de l'Exode ne se prononce pas.) Toujours est-il que le monarque n'en souffrait pas la vue sur sa table, tandis que son peuple, lui, ne supportait pas d'en être privé. Il s'ensuivit les lassitudes et le pessimisme qui, naturellement, s'abouchent aux séditions de palais. Aucune n'atteignit son but. Le tyran vécut longtemps et il mourut coiffé. Alors, les troubles et les tensions s'apaisèrent. L'Égypte revint à sa longue tradition de tolérance. Nos ancêtres rentrèrent dans leurs droits. Ils reçurent permission de vivre et de prospérer en leur quartier, comme pour y effacer les atrocités et les douleurs accumulées. Au fil du temps, notre quartier s'étendit des souks du Mousky jusqu'au grand bazar du khan Khalil et ses habitants l'enrichirent de tant de merveilles urbaines, que, tel un astre, il brilla longtemps dans le ciel du Caire.

Passèrent les siècles de splendeur. La décadence du Vieux-Quartier commença au début de ce siècle lorsque, telle une femme exsangue mettant au monde trop d'enfants, il ne put plus les nourrir. Il devint synonyme d'obscurantisme et de sauvagerie. La presse juive – ces blancs messieurs aux pouces dans les gilets – ne se priva pas de moquer son atmosphère «qui ne véhicule pas d'azote et d'oxygène, mais mille corpuscules composés d'ordures et de merde, de brigands, d'escrocs et de mendiants». Lors, les petits bourgeois – engeance peureuse et influençable qui n'a de cesse de singer les classes dites supérieures – imitèrent les nobles et les satrapes qui, depuis la fin du siècle dernier, s'étaient établis dans la ville moderne. Ils abandonnèrent aux pauvres les lambeaux magnifiques de la gloire passée : un périmètre de quatre kilomètres où se confondaient désormais les édifices branlants avec la poussière des rues, l'odeur des gens et celle des ordures, leurs paroles avec le grognement des chiens. Mais comme dit le dicton : «Une bouchée de pain, de beaux enfants, une foi solide, que voulez-vous de plus?» Si notre quartier n'abritait plus qu'un tiers de la population juive du Caire, il s'enorgueillissait de posséder la plupart de ses lieux de culte : une bonne vingtaine de synagogues d'opulente ou de modeste contenance, autant d'oratoires et de piscines probatiques enfouies dans les galeries (ces autels souterrains remémoraient le règne du Khalife fou) et une quinzaine de lieux de prières élevés dans les cours des manoirs qui servaient désormais d'asile aux indigents. Il courait une histoire : «La famine, le choléra et les rats dévastent le Vieux-Quartier. Les membres du conseil de la communauté se réunissent. Le président prend la parole : "Puisque chacun sait que nous n'avons ni pain, ni vaccin, ni pesticide, je propose de passer directement à la construction de la synagogue."»

Il courait d'autres histoires. Elles témoignaient tout bonnement de l'ignorance des moqueurs. C'est qu'en 1948 notre Vieux-Quartier ne réalisait pas précisément l'idéal de solidarité et d'harmonie dont on crédite les ghettos. Dans un lacis de venelles cernées de rues arabes qui, elles aussi, disputaient au ciel maladif

49

l'air et la lumière, s'assolaient quatre groupes issus d'horizons divers. Chez soi, chacun défendait sa langue, ses rites, ses mœurs, sa vêture, au nom d'une supériorité vindicative et visible seulement de chaque partie. Ce n'était pas la guerre, non, mais le Messie lui-même n'aurait pas réussi à les tenir réunis en un même temple; y serait-il parvenu, leurs prières s'y seraient combattues comme les intestins dans l'estomac.

Dieu reconnaîtra les siens! Pour moi, il suffira de dire qui sont ces juifs, d'où ils viennent et de quel pain ils se nourrissent.

Au moment où commence cette histoire, le Vieux-Quartier se divisait en quatre districts. À l'est, vivaient les Aschkénazim, pâles et extatiques fantômes de l'âge d'or du hassidisme. Nous les appelions les «suspendus» tant le ciel les ravissait à la terre. C'est vers 1910 que les juifs de l'Europe des pogroms arrivèrent sous nos cieux cléments. Ils prirent possession du secteur de Darbel-Barabra où, bientôt, ils ressuscitèrent la poignante nostalgie d'un temps peu amène pourtant. Le sillonne une population éprise de l'étude sacrée et ennemie du soleil. Les femmes se contrarient de lourdes perruques, les enfants au sang rare portent leurs cheveux en longs copeaux d'oreille et leurs pères étouffent sous leur toque bordée de queues de renard. Leurs caractères se ressentent du vase clos. Ces gens-là parlent peu à leurs voisins, sinon pour vanter en yiddish la graisse d'oie et la carpe sucrée. Ce poisson de vase évoque aux Séphardim l'huile de purge et leur fait dire : «Plutôt manger du porc!» Ceux-là, qui s'apostrophent en judéo-espagnol depuis qu'en 1492 l'Inquisition les a exilés sur les bords du Nil, ceux-là promènent leur morgue autour du district de Hoch-el-Chin; ils affectent l'appétit de grands

50

d'Espagne alors que leur ordinaire se compose le plus souvent de pâtée pour les chiens. Et d'un commun accord, pour une fois, Séphardim et Ashkénazim tiennent en dégoûtation les mets aillés et fortement épicés du troisième groupe : les Karaïtes. De drôles de gars, mal dégrossis et fiers d'être établis depuis le XIIe siècle de notre ère au Khoronfesch, un secteur guère plus salubre que les autres. Autre orgueil démesuré : leur liturgie prônant le retour à la Bible d'avant le Talmud servirait selon eux la seule religion vraie, celle de Moïse et d'Abraham. Cependant, leurs voisins de la Ruelle-aux-Juifs, les Rabbanites ou «nilotiques» – le quatrième groupe qui prétend descendre des esclaves bâtisseurs de pyramides –, les nomment «demi-juifs» en raison du mimétisme qui les fait se déchausser, se prosterner et invoquer en arabe le dieu des Hébreux... Tout cela explique pourquoi de mémoire de Cairote, on n'avait jamais vu un Rabbanite accorder sa fille à un fils de Karaïte : autant la livrer à un musulman !

« Où commence le juif et où finit-il ? demandaient les gens de bon sens. Et pourquoi toutes ces querelles ?

— Parce que la vie en est pleine, répondaient les intéressés. Seule la mort les aplanit. »

Ainsi donc allaient en l'an 1948 les neuf ou dix mille âmes vivant encore dans notre Vieux-Quartier. Ils vivaient dans la discorde et les rires, la piété et la frivolité, le dénuement et les chansons. Ils parvenaient à cet exploit : vivre, quand la misère et les maladies conspiraient à rendre cette entreprise improbable. Et non contents de vivre, ces juifs vivaient contents de vivre dans l'humaine chaleur du pays natal.

Partout l'exilé est exilé.

Dimanche 25 avril 1948...

Ce matin-là, Zacharie Borekitas s'était levé à l'aube. Il avait pris dans le tiroir de la commode sa plus belle chemise, une cravate de soie ponceau assortie à son tarbouche, lustré ses bottines et s'était mis en route pour la Locanda el Teatro.

Chemin faisant, il avait senti une souris s'ébattre dans son sein; plus il approchait du lieu de son rendez-vous, mieux il mesurait l'importance de l'événement qui venait de se produire dans sa vie de Bénéfactor; et c'est partagé entre la crainte de ses conséquences et une sorte d'excitation qu'il atteignit la petite Rue Sans-Nom qui courait, modeste et ombreuse, le long des jardins de l'Opéra-royal.

La Locanda el Teatro abritait son commerce dans une de ces constructions nées hâtivement du boom immobilier d'après-guerre; l'en distinguait une enseigne «Locanda el Teatro – Maison Familiale» dont les lettres peintes en rose fluorescent illuminaient le haut de la façade, comme pour distraire l'œil de sa morne régularité. C'était une maison faite à ciment et plâtre imitant le marbre, avec deux étages à balcons couronnés d'une terrasse; là-haut séchait du linge et l'enfilade d'effets intimes, légers comme une invite de femme, aurait suffi à lever le doute, s'il en subsistait encore, sur la véritable nature de la «Maison Familiale».

À neuf heures et quelques, point de Bénéfactors, mais des voitures et des fiacres. Les passants ralentissaient devant la Locanda et, avisant Zacharie, le dévisageaient avec insistance lui semblait-il, et même une sorte de connivence tout à fait intolérable.

Alors, il suivit la marée humaine qui, de l'aube aux ténèbres, déferlait sur la place de l'Opéra-Royal. Là, l'enthousiasme du public – parmi lequel on reconnaissait à part égale les bourgeois, les vagabonds et les sergents de ville – ne connaissait plus de bornes. Chaque jour amenait de quoi divertir l'œil; les vitrines dorées comme un mirage; le manège des dames faisant emplette sans descendre de voiture; parfois la survenue d'un artiste de l'Opéra-Royal; souvent, sous l'œil morne de la statue de Sedki Pacha, la bousculade propice aux tire-laine car la moitié de la population passait le temps à essayer de détrousser l'autre; et partout des commérages de folles rumeurs que chacun répétait en s'efforçant de mentir pis que le voisin.

«Mais qu'est-ce que c'est? Un quartier de lune ou le soleil émietté comme du verre?» entendit Zacharie au moment où le mouvement le portait vers le café de la Paix.

Haute en était la façade et levant la tête comme tout un chacun, Zacharie découvrit à son faîte l'événement qui ce jour-là captivait le monde. Chose étrange : du ciel du café de la Paix, tombait un faisceau scintillant telle l'épée des anges belliqueux. Il traversait une espèce de boîtier lumineux, retenu à chaque extrémité du bâtiment par deux câbles d'acier. À toute allure, un écran réfractait des couleurs changeantes qui dessinaient des pattes de mouche et l'œil s'y habituant enfin, on pouvait lire ceci : «*Journal lumineux*... Le dernier cri de la science... Intercalez votre marque et vos annonces commerciales dans l'attrayant défilé des nouvelles du monde entier !...» Quoi ! gratuitement et à la barbe du soleil ? Par quel prodige l'écran brillait-il comme en pleine nuit ? Le mystère ébahissait petits et grands : ils en frémissaient tout comme s'ils avaient plongé le regard dans un pot plein de pièces d'or. Cadeau de Dieu ou du diable ? Et dans quel but exactement ? Faute de savoir lire, on réclamait des images, un film musical, la tête du gros roi servie sur un nuage, bref de la joie et une bonne risée, et quelle importance, dites-moi, que la teneur des messages ? Des guerres et du sang, des famines et du sang, des sermons et du sang, toutes choses qui vous convainquent de votre impuissance à les changer ! En raison de son ignorance précisément, le peuple est joyeux, songeait Zacharie, non pas gai au sens français du mot, mais joyeux en cela qu'il s'applique à jouir le plus possible de sa pauvre vie, acceptée tout uniment telle qu'elle lui est faite. Le savoir engendrerait-il le malheur ? Quelle pensée puissante : l'esprit lettré enserre une souffrance atroce, et Zacharie aurait volontiers creusé ce thème si le boîtier, insérant l'heure, entre l'eau de Cologne Duchesse et le cours de la livre palestinienne, ne lui avait remémoré l'important rendez-vous du jour. Sans plus musarder, il reprit le chemin de la Locanda el Teatro.

Dommage ! Ce nouveau progrès de la science mériterait qu'on s'y attarde un peu. Outre qu'il ouvre la voie à ce qu'on appellera bientôt l'ère médiatique, il précède de peu la télévision et, comme elle, il nous dote du don d'ubiquité : nous sommes là, à badauder place de l'Opéra-Royal et, simultanément, nous voici transportés dans la salle du Conseil d'État où se tient l'important discours du Premier ministre :

«ON AURAIT TORT DE CROIRE QUE L'INTÉRÊT PORTÉ PAR L'ÉGYPTE À LA QUESTION PALESTINIENNE SOIT INSPIRÉ PAR LES TRADITIONS CHEVALERESQUES DES ARABES, OU PAR FIDÉLITÉ À LA CAUSE DU PANARABISME. LA RAISON POUR LAQUELLE NOUS N'HÉSITERONS PAS À ENGAGER LA NATION DANS UNE GUERRE TIENT AU FAIT QUE L'ÉGYPTE SOUFFRIRAIT DU PÉRIL SIONISTE PLUS QUE N'IMPORTE QUEL PAYS ARABE, AU CAS OÙ LE SIONISME DEVIENDRAIT UN ÉTAT EN PALESTINE. C'EST QUE LES AMBITIONS DES JUIFS NE SE LIMITENT PAS À UN PETIT ÉTAT ENTOURÉ D'ENNEMIS, AUTREMENT CET ÉTAT SERAIT PLUTÔT UN CAMP DE DÉTENTION. MAIS LES SIONISTES CHERCHENT À TRAVERS CET ÉTAT PRÉTENDU À ÉTENDRE LEUR DOMINATION SUR TOUT L'ORIENT ARABE.»

Etc.

Le Premier ministre finissait par en appeler au réarmement des esprits et des corps. La guerre sera là demain et Zacharie n'en sait rien encore; autrement, c'est d'un pas moins alerte qu'il aurait traversé le square de l'Opéra, pris la petite Rue Sans-Nom et découvert à l'arrière de la Locanda l'entrée réservée aux domestiques.

Les frères Mouchli s'y trouvaient. Ils devisaient, assis sur une marche devant la porte qu'encombraient une échelle et tout un attirail de peinture.

«Eh bien, Zacharie, tu t'es pomponné pour ces dames? dit Raoul. À ton âge? Et nous les jeunes, notre tour ne doit pas venir?»

Eux aussi s'étaient mis beau et la brillantine plaquait des boucles noires sur leurs fronts bas. Zacharie s'enquit du Zabet Klapisch, puis enchaînant sur sa propre timidité, il se moqua des garçons qui n'avaient pas osé frapper à la porte des dames.

«Nous avons, dit Willy, à réveiller toute la rue.

Ont-elles un bœuf à atteler ? Non, elles dorment encore, les bienheureuses.

— Elles vous auront vu venir, rit Zacharie. Forcenés mendiants professionnels que vous êtes ! Je n'aurais pas ouvert non plus.

— Détrompe-toi, Zacharie, leur argent comme le nôtre, dit Raoul. Une putain ne refuse jamais son obole aux pauvres.

— Une putain ?... » Zacharie se fâchait. « Comme vous ignorez la valeur des mots... Ce ne sont pas ce que vous dites... Vous ne savez pas lire ? "Maison Familiale", c'est écrit. »

Un peu spéciale la maison... L'œil allumé, les frères Mouchli n'en démordaient pas. Zacharie, qui de sa vie n'avait mis les pieds dans cet établissement, ou aucun autre de ce type, s'entêtait à défendre la moralité de ses occupantes : « Apprenez à ne pas médire d'une femme, elle pourrait être votre sœur ! » Que n'avait-il dit là ? « Alors la Locandiera de ce baisoir pourrait être notre mère ? » Levés comme un seul homme, les deux lourdauds gesticulaient de colère. Elle retomba aussitôt. Les frères ne pouvaient suivre longtemps une idée. Avec des rires clairs, ils s'entretinrent de la forte impression qu'ils feraient tantôt aux beautés de la Locanda.

« S'il te plaît, Zacharie, ne rapporte pas à Klapisch que nous avons traité de grue sa belle Fleur de Péché. »

Le Zabet arrivait les bras chargés d'un panier enveloppé de rubans et garni de fruits secs. Questionné sur l'endroit, il ne s'embarrassa pas de faux-semblants. La Locandiera, Madame Faustine, était une commerçante dans la pleine acception du terme : à l'argent, elle portait un amour exalté et ne regardait guère à la licence en chambre de son établissement. Ses pensionnaires ? Des jeunes filles qui s'essayaient aux arts modernes du music-hall et du cinéma. La jeunesse rêve n'est-ce pas et cette espèce de rêve s'accompagne souvent d'un certain relâchement des mœurs : « "L'art doit défier les conventions bourgeoises", Victor Hugo. » Ce n'était pas un problème ! Pour celui qui risquait de compromettre le bel avenir de la Cara, Klapisch en garantissait la solution.

Allons au vif du stratagème. Il est né dans un cerveau d'artiste, ne l'oublions pas, car tel un décorateur de théâtre, Klapisch veut créer l'illusion du vrai à partir de ce qui s'éloigne le plus de sa nature ; il veut transformer la maison louche en Orphelinat de Jeunes Filles ! Les deux extrêmes se touchent dans l'esprit perverti du policier qui souhaite régénérer la Locanda non pour la salvation de ses pensionnaires mais pour l'abusement de Deborah Lewyn. Il disait :

« "C'est au moment où l'on triche pour sauver sa peau qu'on est dans son droit", Jules Renard.

— La réciproque est rarement vraie », reprit à tout hasard Zacharie. Avec la même véhémence mise tantôt à défendre les demoiselles de la Locanda, il adopta le parti contraire : « Supposons que nous parvenions à donner une allure convenable à cette maison. C'est faisable ! Après tout, les murs n'ont pas d'âme ! Ils seront propres ! Mais dis-moi, est-ce que l'innocence se peut feindre ? Non, monsieur, la pureté est le nez au milieu de la figure. Et sans préjudices, il faudrait être aveugle pour confondre gourgandines et orphelines.

— N'allons pas plus vite que les violons !... Ces femmes-là emboberlineraient le diable en personne, j'en sais quelque chose. » Le Zabet eut un sourire ému. « Et tu sais quoi, Zacharie ? "Jamais vous ne trouverez la femme à court de réplique, à moins de la choisir sans langue…", Shakespeare.

— Mille pardons, nous y allons ?»

Ne comprenant goutte à l'assaut intellectuel, les frères Mouchli s'impatientaient. Ils se saisissaient de leur attirail de peinture lorsqu'un bruit de persiennes s'ouvrant fit lever les têtes.

Au balcon du premier étage, un éblouissement… Une femme fabuleuse sous le soleil… Une femme très grande, une femme d'exquises rondeurs, une femme pareille dans son négligé de soie vive à une orchidée invraisemblable d'épanouissement et d'éclat. Elle se penchait, montrant son beau visage pâli par l'obscurité du logis. Elle se penchait, découvrant ses bras laiteux. Elle se penchait, écrasant, outres trop pleines, ses seins de gloire :

«Oh, mon Dieu ! c'est toi Klapisch ? Et, vous autres, bas les yeux, Dieu m'en préserve, je ne suis même pas coiffée.» Son rire, une cascade à dilater le marbre, éclaboussa la rue, et alla s'éteindre au loin, dans la ramure du square de l'Opéra.

Le Zabet faisait courir sur le corps de sa maîtresse un regard glouton, semblable à une souris trottant sur un sac de fèves. Il éleva en offrande son panier de fruits. Il remua les lèvres, à la recherche d'une citation bien venue, mais bégayant comme si le mouvement incontrôlé de ses paupières s'étendait à sa langue, il dit : «Que c'est beau tout ça ! O lune !» Rachel répondit par une œillade signifiant : «Ce que tu peux être bête», puis elle dit ironiquement :

«Vous l'entendez ? Que pensez-vous de ce limier d'État à une étoile qui cherche la lune en plein jour ?

— Je voudrais sucer le fiel sur ta langue», reprit le Zabet Klapisch, en lui adressant un doux sourire de blâme.

Tout le temps que dura le verbal lutinage, les frères Mouchli commentèrent à voix basse la gracieuse fortune du policier pas plus haut qu'un garçonnet de douze ans.

Ils l'imaginaient grimpé tel un ouistiti sur les épaules roses et blanches de la géante, se perdant et tombant dans les vallons de ses seins. Zacharie dissimulait sa gêne mêlée de langueur – un sentiment qu'il avait rarement éprouvé dans sa vie – en faisant les cent pas devant la porte de l'office.

« Un instant, dit Klapisch lorsque Fleur de Péché eut quitté le balcon. J'exige une tenue correcte et de la discrétion. Pas un mot de trop… C'est entendu ? Les frères Mouchli, vous filez vous occuper de la peinture du salon, puis vous retapez une chambre. Cela suffira.

— Mais comment sont-elles ces chambres ? Terribles n'est-ce pas ? » Zacharie imagina un décor où ne manqueraient pas les ors, les rinceaux, le bruissement des mousselines et de la moire. « Enfin, je voulais dire que c'est risqué. Supposons que Deborah Lewyn pousse la curiosité à vouloir visiter l'orphelinat de haut en bas ?

— C'est mon affaire, dit Klapisch. Toi, Zacharie, tu décroches l'enseigne de la Locanda et, hop hop, tu places "Orphelinat de Jeunes Filles" écrit en capitales noir et blanc, c'est plus correct.

— Pourquoi pas "Fondation Deborah Lewyn" ? C'est honorifique, proposa Willy. Hein ? effet garanti !

— Bonne idée, dit Klapisch. Je compte sur vous tous pour ne pas saloper le travail… Moi, je vais parler affaire avec la Locandiera Faustine. "L'argent est la clé de toutes les serrures" – Sacha Guitry. »

Ayant dit, le Zabet Klapisch tira de sa poche une clé. Il ouvrit la porte donnant accès à l'office. Les frères Mouchli lui emboîtèrent rapidement le pas. À voir la hâte des uns et l'hésitation de l'autre – Zacharie levait ses jambes raides, s'arrêtait plus raide encore, puis tout pâle, presque livide, se décidait à suivre –, on aurait pu croire à quelque événement tragique qui venait de se produire à l'intérieur de la Locanda el Teatro.

Lundi 26 avril 1948...

UN

Chypre, ultime relais de l'Europe face au Levant. «Défense de jeter de la monnaie aux enfants, par respect de la dignité humaine», enjoignait en anglais la pancarte piquée au-dessus de l'appontement...

L'embarquement pour Alexandrie fut oriental... au sens le plus incommode de ce pittoresque terme. Le paquebot *Ramsès*, amarré à l'horizon du port de Limassol, aurait dû appareiller à l'aube. À midi, aucun mouvement sur le quai où attendait sous le soleil, résignée et somnolente, la foule des candidats au voyage. Soudain, la navette du *Ramsès*, une grande barque à moteur... Des matelots s'en extirpèrent. Ils se saisirent des bagages amoncelés devant l'appontement, les balancèrent pêle-mêle dans la barque, puis, s'emparant des passagers, ils leur firent suivre le même chemin.

La deuxième surprise fut, à la proue de la barque, une vague montante qui choisit pour cible Deborah Lewyn, inonda ses souliers, sa cape de voyage et jusqu'à la soie blanche qu'elle avait enroulée autour de sa capeline.

«Ce n'est rien», dit-elle en souriant d'un air serein et un peu supérieur à un homme qui s'amusait de la voir trempée de la tête aux pieds.

Elle ôtait sa capeline, quand elle s'aperçut que l'homme braquait sur elle un appareil photo. Le déclic partit. Deborah se vit figée dans cette position ridicule, les bras levés au-dessus de la tête, la capeline bataillant contre le vent. Ses lèvres se crispèrent en une moue de colère. Elle prit sur elle de sourire en disant à l'homme de cesser son grossier bombardement.

« J'ai cru voir un dauphin », dit l'homme.

Plutôt qu'un homme, c'était un jeune homme de race blanche en chemise à carreaux, dont les manches se retroussaient sur ses bras en sueur. En remettant l'appareil dans la gaine qui pendait sur sa poitrine, il lui rendit son sourire avec une expression enfantine, totalement dénuée de raillerie.

Un peu plus tard, le *Ramsès* roulait et tanguait beaucoup sur la mer sereine pourtant, dont le ciel semblait n'avoir jamais connu de nuages. Deborah Lewyn trouvait belle l'intense lumière méditerranéenne, mais elle la sentait excessive sur sa peau de rousse, presque hostile ; aussi décida-t-elle de ne quitter sa cabine qu'à l'heure des repas ou à la nuit, lorsque la fraîcheur descendrait sur le navire.

Bien que le Guide Baedeker déconseillât la traversée en 2e classe au « touriste soucieux d'hygiène et désireux de s'épargner quantité de désagréments », Deborah Lewyn se félicitait d'avoir opté pour une cabine de cette catégorie immanquablement située à hauteur des soutes. Mais les commodités se trouvaient au même niveau, dans une installation presque correcte... Alors !...

Alors, il faut bien passer quelque ostentation aux

gens riches qui ont des problèmes avec leur argent! Chez Deborah Lewyn l'esprit d'économie était dénué des calculs et des tourments de l'avarice; il se référait plutôt à l'esprit de sacrifice propre aux pionnières du travail social – c'était son devoir en tant que juive, en tant que femme et en tant qu'être humain – et il apaisait en elle la mauvaise conscience que donnent privilèges et fortune reçus sans qu'il y entre le moindre mérite personnel.

Par chance, la seconde couchette de la cabine n'était pas occupée. Dans un soupir de fermeté, Deborah résolut de s'organiser pour tirer le meilleur parti possible de l'infect réduit.

Elle ferma le rideau du hublot. Elle alluma la lampe encastrée dans la tablette au-dessus de sa couchette. Sur la couverture brune semée de taches rosâtres – du fait des punaises? – elle disposa son nécessaire à tabac : l'étui à cigarettes, le briquet en or, le cendrier portatif. Elle plaça au pied du lit la flasque de menthe alcoolisée, munie de son gobelet d'argent, et prit dans son sac l'ouvrage acheté à Chypre, qu'elle se proposait d'étudier à fond.

Tout va bien!

Tout irait bien dans la position allongée, avec un oreiller derrière la tête, une petite cigarette, un doigt de réconfort mentholé, et tant pis pour les glaçons. Maintenant voyons de plus près ce que raconte Karl Baedeker – MANUEL DU VOYAGEUR EN ÉGYPTE «*Édition française* [très bon pour se perfectionner dans la langue que les juifs parlent là-bas, paraît-il, de préférence à l'anglais] *parue à Leipzig en 1911* [aucune importance d'une année à l'autre, ces pays-là ne changent guère], *quatre cent dix pages, 35 cartes et plans de ville, 58 plans de temples* ».

Soudain, elle regarda autour d'elle. Avec stupeur, elle se demanda ce qu'elle fabriquait là, étalée sur une couverture suspecte, dans une cabine enfumée, un bateau en route pour un pays étranger, un pays dont elle n'avait idée ni désir et la détresse la saisit. Elle sentait monter une envie de pleurer... C'était une tentation infantile ! Un échec que de se laisser aller à la faiblesse et au découragement ! Il n'y avait aucun doute, elle commençait à se sentir un peu déprimée. Il fallait mettre un terme à cela.

Deborah s'assit sur la couchette et, retrouvant l'attitude qui était la sienne lorsque, enfant, elle avait un problème, elle commença de se balancer lentement, d'avant en arrière. Les yeux clos, les dents serrées, elle prononçait la formule apaisante : « Un caillou, je suis un caillou dans le torrent, un caillou rien ne peut l'atteindre... » quand s'ouvrit la porte de la cabine.

Une dame entrait. Elle lança ses valises sur la seconde couchette. Elle poussa un grand soupir qui aurait pu passer pour un soupir de satisfaction si son visage n'avait démenti cette impression. La mise intrépide des vierges de l'ère victorienne, la dame logeait son grand corps sans formes ni désirs dans un tailleur de couleur kaki, assorti à ses bottines montantes, tout à fait dans la manière dont on représente à Hollywood les vieilles ladies parcourant leurs colonies.

Elle se présenta : « Miss Rutherford, la sœur de George Rutherford », précisa-t-elle, comme si ce nom était mondialement connu. Elle huma l'air. Elle déclara ne pas tolérer l'odeur du tabac. En écrasant sa cigarette, Deborah se retint de lui faire remarquer que la cabine puait également la saumure, l'huile de machine, le linge sale et des choses qu'elle n'osait pas définir.

« Déplorable traversée, je le crains, dit Miss Rutherford en lui serrant vigoureusement la main. Figurez-vous qu'il n'y a plus une seule cabine de libre en première. N'est-ce pas inadmissible ? De plus, le stewart m'a fait poireauter. Il était occupé à je ne sais quoi, embarquer des indigènes, des poules, des chèvres et même une couple d'ânes. "Les ânes et les savants au centre !" disait Bonaparte, et depuis les Égyptiens obéissent. »

Sa plaisanterie lui arracha un fin sourire.

« Ma chère, c'est la première fois que vous visitez l'Égypte ? Je vous envie. Vous allez découvrir la plus ancienne civilisation du monde.

— En réalité, c'est le hasard, dit Deborah. Je n'avais pas du tout l'intention d'aller au Caire. Au départ, je comptais passer quelques jours à Jérusalem.

— Ne regrettez rien, dit Miss Rutherford. En période pascale, on peut à peine approcher le saint sépulcre !

— Il ne s'agit pas de pèlerinage ou de vieilles pierres, pas du tout. Non, j'avais l'intention d'assister à la proclamation de l'État d'Israël. Mais les autorités m'ont renvoyée de Haiffa à Chypre. Les Anglais ne m'ont pas permis de débarquer, vos compatriotes, appuya-t-elle. C'est incroyable, n'est-ce pas ?

— C'est fâcheux ! dit Miss Rutherford. Que voulez-vous, vous avez bien mal choisi votre moment, pardonnez ma franchise ! Non, merci, je ne bois jamais d'alcool menthollé, ça ne fait rien contre le mal de mer.

Ma chère, l'infiltration sauvage est une triste réalité, vous le savez bien, tous ces gens qui essaient de débarquer clandestinement en Palestine...

— Débarquer clandestinement ? » Deborah commençait à se fâcher. «Vous voulez plaisanter, Miss Rutherford ? Haiffa ressemble à une forteresse militaire en guerre avec les barbares venus de la mer. Et vos soldats n'hésitent pas à tirer le canon sur "ces gens" comme vous dites... Des juifs, c'est entendu, rien que des juifs. Des juifs qui rêvaient de fuir l'Europe qui les a livrés à Hitler et qui les rejette aujourd'hui comme des sous-hommes.

— Je déplore autant que vous l'affaire de *L'Exodus*, n'en doutez pas, ma chère. » Miss Rutherford se laissa tomber en soupirant sur sa couchette. «La raison d'État, comme dit mon frère George, exige que...

— La raison d'État ? » Deborah alluma une cigarette. «Mais comment osez-vous justifier les agissements de votre gouvernement ? C'est un crime, Miss Rutherford, doublé de l'hypocrisie qui vous est coutumière. Les juifs se sont battus pour la liberté, eux aussi. Pour quel résultat ? La victoire des Alliés les a fait passer des camps nazis à ceux des Britanniques. Où est la différence ?

— Que vous êtes impulsive, jeune dame ! Je vous comprends, mais voyez-vous, l'Amérique ne peut pas avoir une vue claire des problèmes du Moyen-Orient. Vous autres Américains, vous avez la déplorable habitude d'imaginer le reste du monde à l'image de votre pays. Ma chère, votre généreux melting-pot n'est pas aussi facilement exportable que le coca-cola, vous en conviendrez sans vous fâcher.

— Je ne me fâche pas pour si peu. » Deborah

sourit avec un rien de provocation. « De toute façon, ce n'est pas si grave. En ce qui me concerne, j'y retournerai dès que vos troupes ne feront plus la loi en Israël.

— Le 15 mai prochain ? Magnifique ! S'il vous plaît, ma chère enfant, pourriez-vous vous abstenir de fumer ? Il en va de ma santé, c'est terrible ! »

Miss Rutherford porta la main à son large poitrail comme pour en extirper tout un lot de maladies :

« Merci. Un rien de concession mutuelle et la traversée nous paraîtra courte, j'en suis sûre. Vous pouvez compter sur moi pour vous tenir agréablement compagnie pendant ces deux jours. Dites-moi, avez-vous un point de chute au Caire ? Des amis vous attendent ? »

DEUX

Quel genre de femme peut bien être Deborah Lewyn ? Et que peut-on comprendre à une Américaine qui, par un étrange caprice de milliardaire, décide soudain de faire la tournée de ses bonnes œuvres ?

« Hé Zacharie ! Je peux donner au chat ?

— En voilà une idée ? Vous croyez, vous autres, que le lait nous tombe du ciel ? »

Déjà le bonhomme à la barbe graisseuse tendait son écuelle au matou qui avait sauté sur la table. « Va au diable avec ton compère ! » soupira Zacharie. Déambulant entre les bancs du réfectoire, il jeta un coup d'œil ému au misérable chez qui le dénuement matériel n'avait pas ôté la volonté d'accomplir un acte de bonté pour plus affamé que lui. Le brave type s'essayait à mordre dans un pain rude à ses chicots. L'angle d'ouverture de sa vieille mâchoire était trop petit pour lui permettre de mastiquer. Il enrageait, le menton tremblotant et couvert de salive. Il jeta à terre le quignon grisâtre et ses compagnons de table suivirent son exemple. Ils se mirent à battre la mesure avec leurs couverts en hurlant que l'estomac humain n'est pas une brouette pour les pierres.

«À chaque fois le même cirque, dit Zacharie. À quoi cela vous avance-t-il? C'est ma faute à moi si le pigeon rôti déserte votre assiette?...» Dans une phrase doucement énoncée, il tenta de condenser l'affection et la pitié que lui inspiraient les frénétiques vieillards : «Mes amis, Dieu existe! Croyez-moi, du pain, du lait, un fruit, c'est déjà beau par les temps qui courent!»

Salves de rires! Dans la puanteur douceâtre du réfectoire, hommes et femmes gesticulaient, pareils à des insectes empilés dans un bocal. Zacharie sortit prendre l'air dans la cour de l'Hôpital des Espérants. Le chahut s'éloignait, il put revenir à ses pensées.

Depuis samedi soir, Zacharie pensait exclusivement à la fille du mécène américain; à cause de l'autre Deborah, la prophétesse et juge en Israël, il se la représentait armée d'un glaive, le visage entouré de flammes mais aussi de deux piles de dollars. Considérée d'une manière plus réaliste, il la voyait avec un sac à main en crocodile, de vraies perles au cou, la bouche pleine de hot-dog casher et d'actions de grâce pour chaque bouchée avalée... Zacharie n'ignorait pas que Dieu prenait une part active au quotidien des juifs américains qui ont dans la vie pour autres points d'appui : le billet vert, l'automobile, la machine à laver le linge, la conviction inébranlable que le drapeau étoilé est aussi puissant que la Chekhina *. L'Amérique est le pays de la technologie avancée et des idées simplifiées. En conséquence, la fille de Max Lewyn lui apparaissait dotée d'un cœur naïf et d'une intelligence tant tournée vers le bien qu'elle ne pouvait même pas concevoir la complexité mauvaise du monde ; vue sous cet angle optimiste, l'arnaque de l'Orphelinat passait comme une lettre à la poste.

Si Dieu veut !

Le voudrait-Il ?

Zacharie réfléchit à la question un long moment et il n'en sortit rien de définitif. Sa perplexité se muait en inquiétude. Le soleil baissait sur les palmiers doum de la cour de l'hôpital. Les quêteux s'en allaient par grappes pensives. D'autres clients se présentaient à l'entrée du pavillon de la Cara. Munis de leur billet de tombola, ils grimpaient à la salle du conseil où, comme tous les lundis sur le coup de 16 heures, avait lieu le tirage au sort en faveur des pauvres, des vieillards et des infirmes du Vieux-Quartier.

L'opération se déroulait sous la férule du Protector Gormazzano et la vigilante surveillance de Klapisch, vêtu pour la solennité de son uniforme blanc l'été et noir l'hiver. Les frères Mouchli récoltaient les billets vendus. Le Trésorier Chemtov les fourrait dans une hotte à double fond et il revenait au Rabbin Shamgar – autre caution morale – la responsabilité d'y

---

* *Chekina* : En hébreu, la Résidence, la Permanence Divine.

plonger la main ou, selon une formule de sa préférence, « d'actionner la roue de la fortune ». Ce faisant, le rabbin invoquait son dieu généreux qui, invariablement, penchait en faveur de l'un ou l'autre comparse de la Cara. Comme il fallait se garder des langues fourchues, les petits lots échéaient à leurs propriétaires lesquels, dans leur euphorie, s'empressaient de faire réclame aux Billets du Destin. Si d'aventure un fort en gueule, flairant la tricherie, s'avisait de faire du chambard, Zacharie intervenait en douceur. Il gratifiait le mauvais perdant d'un billet pour la prochaine tranche et tout se calmait dans l'harmonie, l'espérance d'un jour plus favorable.

Il en fut de même ce jour-là. Les joueurs reprirent le chemin de leur vie. Zacharie se refusa à quitter la salle avant d'avoir éclairci le point qui tourmentait son esprit.

« Comment veux-tu que je sache le genre de femme ? lui dit Gormazzano. La dernière fois que je l'ai vue, elle devait avoir six ou sept ans. Elle avait les yeux verts et des nattes de souris. Elle portait une robe à smoks, un fil de fer autour des dents et elle ne voulait manger que des oranges. Red Max se faisait un sang d'encre. Depuis la mort de sa mère, la petite se comportait de façon bizarre. Elle s'arrêtait de parler au milieu d'une phrase comme si la suite n'avait pas d'importance. Elle restait muette des jours entiers. Je ne sais pas comment elle a fui son univers de frayeurs intérieures. Je sais qu'avec le temps, elle est sortie normale. Max m'a raconté les bonnes études faites à l'université de New York. Rien de plus. Ah oui, il m'a raconté aussi un ou deux fiancés, pas un seul mari ! C'est comme ça, les filles uniques. Elle n'a jamais pu

69

quitter la maison de son père, mais là aussi les choses ont dû s'arranger puisque la voici qui se met à courir le monde. Pour notre malheur ! »

TROIS

Il n'y avait pas grand monde dans le fumoir des passagers de 2ᵉ classe. Deborah Lewyn choisit une table poussée sous un hublot. Elle commanda un verre de lait auquel elle mélangea un rien d'alcool de menthe. Le vent propulsait sur le hublot une écume visqueuse, flux et reflux carminatifs qui lui donnèrent à penser que son moral était bien bas. Un petit soupir – ce fut tout ce qu'elle se permit – et résolument elle attaqua le Guide Baedeker, au chapitre : « Pays et populations ».

Elle était arrivée à la page 28 (« Les "fellahs", paysans ou laboureurs, peuvent passer pour le noyau du peuple égyptien ; voici donc leur description. Généralement d'une taille au-dessus de la moyenne, ils ont une ossature robuste, surtout le crâne qui est extraordinairement dur et épais. Les articulations des pieds et des mains sont aussi très fortes, presque lourdes ; tous ces traits caractéristiques communs aux animaux domestiques, leurs commensaux, font que les Égyptiens sont bien différents... »)quand une pression sur l'épaule vint la tirer du calme mélancolique où elle était plongée.

« Ah non, vous n'allez pas recommencer, dit-elle, outrée par la familiarité de l'homme qui avait posé son appareil sur la table.

— Vous m'en voulez encore ? Je n'ai pas pu résister. Aphrodite luttant contre les éléments déchaînés ! » Il eut un rire puissant. « Ce sera une photo superbe, je le jure sur notre Seigneur Jésus-Christ. Superbe ! Votre bouche ouverte et sans défense, votre nez froncé adorablement, vos cheveux fauves sur le fond pâle de l'horizon.

— Vous êtes un artiste ! » railla Deborah.

Le jeune homme la pria de patienter. Il s'en fut vers le bar. Il avait échangé la chemise aux manches retroussées contre un costume de jean, une chemise bleue, une cravate blanche. Il avait coiffé ses cheveux blonds d'un énorme panama – il n'y manquait que le cigare pour parfaire le déguisement !

« Je m'appelle Dizzy McLean, de Bearsville Colorado. Enchanté. Et vous ? » Son verre de scotch à la main, il se laissa tomber sur la banquette.

« Deborah Lewyn », fit-elle du bout des lèvres.

Elle regarda la salle vide autour d'eux, puis ostensiblement la table libre à côté de la sienne. Rien... Si, il s'était emparé du Baedeker qu'il feuilletait d'un air admiratif : « Ah ! vous savez le français ! » Elle récupéra son guide... Elle se tourna vers le hublot strié de gouttes où se découpait la ligne sombre des montagnes de Beyrouth.

« Vous connaissez le Liban, Debbie ? On croirait un pays de nains. Il y a tous les genres de paysages dans un mouchoir de poche et la lumière y est très changeante, très contrastée. Eh bien, qu'est-ce que vous faites, hein ?

— Du vélo ! dit Deborah avec une discrète tonalité ironique.

— Non, je veux dire dans la vie ? Quelque chose

71

d'exceptionnel, je parie ! Je ne parle pas de situation sociale ou de réussite, mais de l'intensité émotionnelle que vous y mettez, ça j'en suis sûr. »

Puisque la remarque ne revêtait pas une forme interrogative, Deborah se sentit dispensée de répondre.

« Vous avez remarqué la quantité de chats qu'il y a sur ce bateau ? Savez-vous quoi Debbie ? C'est incroyable ! Le barman m'a dit qu'autrefois les marins se laissaient dicter la route par le mouvement des chats. Vous aimez les chats ? Je les adore, pourtant on dit que les hommes préfèrent les chiens. »

Deborah reprit sa lecture... « D'après l'islamisme, Dieu est un esprit réunissant en lui toutes les perfections. Les mahométans croient... » Pourquoi diable les Américains se laissaient-ils aller aux confidences les plus répugnantes dès qu'ils quittent leur pays ? Si ce type comptait tuer le temps au moyen des banalités d'usage entre compatriotes réunis – par quel merveilleux hasard ? – il en serait pour ses frais...

« Je ne sais pas comment vous pouvez lire avec tout ce roulis. Continuez, continuez, je ne veux pas vous déranger. Vous êtes la première Américaine que je rencontre depuis, bon Dieu, trois mois que je voyage. Ça fait du bien. Ce n'est pas que la maison me manque, oh non, madame ! Tiens, nous fumons les mêmes clopes. Bon Dieu, où j'ai encore foutu mon putain de briquet ? Vous permettez ? »

Bien que prêter ses affaires déplût à Deborah – et plus encore le sans-gêne de Dizzy McLean –, elle acquiesca, poussée par le sens des convenances. Il soupesa le briquet d'or à monogramme de chez Tiffany, puis il émit un sifflement... un sifflement vulgaire. Son air dénotait que la propriétaire du briquet appartenait à la classe des riches noceurs, tandis que lui, lui pauvre garçon à l'horizon borné par la misère, ne pouvait même pas concevoir l'existence d'un objet aussi raffiné.

Se moquait-il ?

« Savez-vous à quoi je pense en vous regardant lire comme si le sort du monde en dépendait ? *A swallow wants to drain the sea**. Voilà ce qu'on dit chez moi, à Bearsville-Colorado. »

Par un froncement de sourcils, Deborah signifia qu'elle ne désirait pas en apprendre davantage sur les pensées du citoyen échappé d'un quelconque patelin... Le Colorado ? Dizzy McLean aplatissait les « a » en un vilain son « é », avec l'accent traînant de l'Ouest. Sans doute, un petit Wasp (« un goy-cochon-béni » aurait dit papa) sans distinction ni culture particulières. Un fils de paysan, d'ouvrier peut-être... Père alcoolique, mère battue et couvant des portées successives comme on mâche du chewing-gum... S'il y avait une justice dans le monde à venir, ce serait aux femmes de faire les lois et aux hommes de mettre les enfants au monde.

« Ne vous gênez pas, allez-y, dit-elle, après qu'il se fut servi dans son paquet de cigarettes.

— À charge de revanche ! Je vous offre un autre verre ? Comme vous voudrez, vous êtes le patron ! Le barman m'a dit que ça danse le soir. Et vous savez quoi ? Les jeunes officiers travaillent... Ils doivent faire valser les vieilles dames, les grosses mémères », souligna-t-il comme s'il s'attendait à une réaction enthousiaste de la part de Deborah.

* Proverbe anglais : « Une hirondelle qui voudrait avaler la mer. »

Elle songea à regagner sa cabine. Mais à choisir entre l'antisémite phobique du tabac et Dizzy McLean... Elle prit le parti de se plonger dans le Baedeker afin de se protéger de la conversation et aussi d'une pensée désagréable : l'allusion aux «grosses mémères» la visait-elle personnellement ? Elle était plutôt svelte et pas si vieille que ça, en tout cas pas au point de se rendre ridicule en dansant avec un officier en service commandé. Au reste, pourquoi ce gamin au sourire de divinité blonde chercherait-il à l'offenser ? Il semblait plus étourdi que méchant, avec son air candide, un air fruste à y bien regarder, un air de gosse pauvre à qui le base-ball a profité. Mais comment avait-il pu se payer le voyage en Orient ?

«Bon Dieu, ces cheveux ! Quel roux splendide, splendide. Je n'ai jamais vu un roux pareil. Seulement Debbie, vous avez tort de vous faire un chignon. Ça vous donne une tête sévère, et ça vous vieillit d'autant.

— Je vais avoir trente-sept ans, dit Deborah avec précipitation. Et je m'en fiche.

— Je ne peux pas le croire. Il avait l'air stupéfait.

— J'ai mon acte de naissance qui le prouve ! Je suis une vieille dame», sourit-elle.

Elle regretta aussitôt la coquetterie de son aveu. Elle savait que son visage ne trahissait pas son âge, on le lui avait souvent dit, alors quel besoin de convaincre un garçon qu'elle ne reverrait sans doute jamais ?

«Quelle erreur, Debbie, quelle erreur !

— Quoi, quelle erreur ?

— Ben d'avouer. Ma mère disait : à partir de vingt ans, une femme doit siffler son âge. Du moment que ça ne se voit pas ! Vrai, Debbie, vous faites à peine trois ans ou quatre ans de plus que moi... J'ai vingt-cinq ans, avoua-t-il dans une brusque bouffée d'orgueil.

— Dans ce cas !

— Et bien sûr, vous ne vous êtes jamais mariée ? »

Elle fit non, irritée comme toujours lorsqu'on lui posait la question. Question suivie, généralement, d'un mouvement de stupeur et de commisération comme si une célibataire de trente-six ans constituait un phénomène de foire. Elle aurait pu se marier. Au fil des ans, elle avait eu des histoires d'amour, des hommes avaient voulu l'épouser… Elle y avait songé, une fois ou deux, naguère… Elle n'en ressentait plus le besoin : son vrai besoin était d'aider les persécutés et les exploités.

« Moi non plus, je n'ai jamais voulu me marier, dit-il content de ce point qui leur était commun. Savez-vous pourquoi ? »

Il se tut pour lui permettre de réfléchir. Elle pensait à tout autre chose. Elle se demandait comment diable Dizzy McLean, vingt-cinq ans, à supposer qu'il les eût vraiment, avait pu deviner qu'elle ne s'était jamais mariée ? Un : c'est un gigolo, il s'en trouve dans ce genre de croisière. Deux : c'est un médium, dans certaines sociétés primitives la télépathie est si fréquente, si largement reconnue qu'on l'utilise quotidiennement, comme à New York le téléphone. Trois : comme l'alcoolisme pour les hommes, le célibat se lit sur le visage des femmes.

« Pour être libre, annonça-t-il fièrement, pour ne dépendre de personne. J'aime les voyages, la photo, la liberté… » Il la dévisagea avec sympathie. « Debbie, vous devriez vous maquiller, c'est tellement plus féminin. Et croyez-moi, madame, un bon maquillage, ça vous enlève dix ans, comme ça ! »

— Comme ça ?» Elle aussi claqua des doigts. «Écoutez, Dizzy McLean de je ne sais où, l'âge n'est pas mon problème essentiel dans la vie. Et l'apparence non plus. Quant à la féminité, c'est un cliché dicté par le chauviniste mâle qui façonne l'image de la femme pour son plaisir à lui et non pour son épanouissement à elle.»

La longue tirade le laissa sans voix. Il réfléchit un moment, puis dans un élan joyeux, comme s'il venait de résoudre une énigme, il s'écria :

«Ah c'est ça ? Seigneur Christ ! Je me disais aussi que vous aviez un problème. Un jour, j'avais six ans, j'ai avalé un noyau de pêche qui m'est resté en travers de la gorge. J'ai demandé à ma mère ce qu'il fallait faire. Elle m'a dit : "Avales-en un deuxième, pour que le premier ne se sente plus seul !"

— Je ne comprends pas.

— C'est ça quoi ! Vous êtes une féminienne ?

— On ne dit pas féminienne », rectifia-t-elle sèchement, bien qu'elle trouvât du charme au mot impropre, une euphonie presque poétique et à tout le moins dénuée de l'agressivité qu'y mettent généralement les hommes.

«Bon, bon, après tout, on est en pays libre ! Au moins dites-moi ce que vous faites dans la vie ?

— Rien, rien de bien intéressant. J'ai fait des études de psychologie, il y a longtemps, très longtemps, insista-t-elle afin qu'il fît bonne mesure de l'abîme que, raisonnablement, le temps creusait entre elle et lui. Mais ce que je suis n'offre aucun intérêt, se radoucit-elle. Malheureusement, je n'ai aucune espèce de don artistique. Je ne connais rien à la photographie, mais j'aime beaucoup la peinture. Chaque fois que je vais au New Art Galery, c'est un musée new-yorkais, je me sens comme un Raphaël privé de ses mains.

— Un musée, vraiment? Je pensais que c'était une pizzeria», dit-il d'un ton narquois.

Il sortit son appareil de l'étui, l'entoura tendrement de ses mains – des mains magnifiques nota Deborah –, le considéra d'un air morne :

«Je ne sais pas quelle idée vous vous faites de la photo, Debbie, mais vous avez tort. La photo est un art, un art plus facile sans doute que la peinture, parce que la technique vous est donnée, mais le résultat peut être une création. Vous voulez voir?»

Il étala sur la table un jeu d'une vingtaine de photos tirées en noir et blanc. Il les disposa devant Deborah selon un ordre précis, puis attendit avec un visage pénétré et fier comme si tout ce qu'il y avait à savoir de la planète et des hommes se trouvait contenu là, dans ces photos… Quoi? Difficile à dire… Des paysages, semblait-il, mais lointains et tremblés comme au travers d'un regard de myope. Il y avait aussi des visages saisis de guingois ou alors de si près qu'on n'y distinguait plus qu'une oreille velue, un œil hérissé de cils, une narine épatée, des dents saillantes sur une gencive humide, un gros sein grenu comme une peau d'éléphant. C'était à la limite du supportable. Deborah avait rarement eu l'occasion de contempler un tel ratage; de tous les photographes du monde, Dizzy McLean devait être le moins fait pour ce métier. Il lui venait un début de compassion pour le garçon – sa perception aberrante du corps humain trahissait la détresse morbide des enfants livrés à eux-mêmes – quand elle se souvint avoir été prise par son objectif. Elle en fut indignée et honteuse comme s'il l'avait surprise nue à sa toilette.

« Alors, qu'en pensez-vous, Debbie ? »

Il attendait avec une expression inquiète. Elle décida de lui dire la vérité, c'est parfois le seul moyen d'aider un être humain.

« C'est vraiment affreux. Affreux... J'ai l'impression que vos photos sont toutes prises par le trou de la serrure. De plus, elles sont floues. Enfin je suppose qu'un bon appareil coûte une petite fortune. C'est voulu ? Une recherche ? Quel genre de recherche ? En tout cas, le résultat n'est pas convaincant... Pour être franche, c'est dégoûtant. Je me demande une chose : quel besoin avez-vous de découper en rondelles des organes par eux-mêmes si peu attirants ? Et ces paysages ! Le monde autour de nous peut être si beau, pourquoi le dénaturer ? Je suppose qu'avec le temps, si vous preniez des cours... »

Il baissa la tête, vexé probablement qu'elle eût pointé son manque évident de talent. Il manipulait en silence son appareil. Il paraissait un peu triste, songeur comme si le fait qu'elle eût critiqué son inexpérience lui posait un problème qu'il ne savait comment résoudre. Finalement, elle regrettait d'avoir livré le fond de sa pensée : un cliché qui valait bien ceux de Dizzy McLean ! Et pour être honnête, elle avait cédé au préjugé de classe, ce sentiment plus sournois et plus dur à extirper que le racisme. Car enfin de quel droit, elle, Deborah Lewyn, qui n'avait rien produit de remarquable au cours de sa déjà longue existence, se permettait-elle de porter un jugement de valeur ?

« Voulez-vous une dernière cigarette ? » dit-elle.

Se reprochant d'avoir manqué de tact, elle lui demanda un exposé sur l'art et la technique photographiques puisque aussi bien elle n'y connaissait rien. Il se récusa, morose et boudeur. Mais cela passa comme ces coups de vent qui courbent la forêt. Il dit gaiement :

« Debbie, nous dînons ensemble, ce soir ?

— Écoutez, je n'ai rien contre vous, mais quand je voyage j'aime bien être seule, enfin ne pas être dérangée.

— Moi, je déteste rester seul, mais vous êtes le patron ! Je vous raccompagne jusqu'à votre cabine ? »

Arrivés sur le pont supérieur, ils s'arrêtèrent pour admirer la mer. C'était l'heure calme et même les oiseaux volant au-dessus du navire s'abstenaient de chanter. L'air doux comme une caresse montait à la tête. Deborah se pencha sur le bastingage, en proie à une sorte d'euphorie ; une extase de bonheur devant la beauté du monde. C'était le monde d'avant la machine, pensait-elle, presque le monde d'avant l'homme.

« Vous avez froid ? »

Le vent s'était levé au moment où le soleil basculait dans les flots. Le jeune homme se défit de sa veste pour en entourer, avec douceur, les épaules de Deborah. L'attention émut la jeune femme. Elle y vit une réelle sollicitude, non seulement à son égard, mais à l'endroit des êtres humains en général, car enfin elle s'était montrée suffisamment rébarbative pour que Dizzy n'espérât pas tirer le moindre profit de sa compagnie.

« Mais qu'est-ce que vous allez foutre au Caire, Debbie ? Des recherches, des études psychologiques ?

— Pourquoi ? » Deborah se mit à rire. « Je n'ai pas une tête à prendre des vacances ? » Elle redevint sérieuse. « C'est embêtant, en fait, je voulais aller passer quelques jours en Palestine, mais les Anglais n'ont pas voulu me laisser débarquer.

— Tiens! Pourquoi? Mais qu'est-ce qu'il y a en Palestine?»

Posait-il la question sérieusement? Deborah eut un sourire moqueur : enfant!

«En Palestine, Dizzy McLean, il y a la Terre sainte, ça vous dit quelque chose? Bon. La Terre sainte appartenait aux Juifs, il y a longtemps. Eh bien, dans dix-neuf jours exactement, elle leur sera rendue. Comprenez-vous? La première fois dans l'histoire du monde, la première fois depuis deux mille ans, les juifs auront une terre juive, un gouvernement juif, des députés, des magistrats, des syndicalistes juifs…»

Dizzy McLean mit dans ses yeux clairs une lueur passionnément intéressée :

«Vraiment? Mais qu'est-ce que c'est les juifs, Debbie?»

Mardi 27 avril 1948...

UN

« Pour répondre à ta question, dit le Rabbin Shamgar, je dirai que le destin de l'homme est contenu dans l'image que nous a léguée Maimonide – qu'il intercède en notre faveur ! Regarde : un condamné à mort est assis dans une charrette tirée par deux chevaux qui connaissent le chemin de la potence. Un cheval répond au nom de "nuit" et l'autre au nom de "jour"...

— Et ces chevaux galopent, galopent aveuglément ! continua Zacharie. Pleurez, car l'oubli est déjà arrivé. »

Les deux hommes étaient assis dans un coin du salon odorant la peinture fraîche et les senteurs de jolies femmes. Ils devisaient de choses métaphysiques, se déboîtant parfois le cou car, devant eux, les frères Mouchli tournoyaient sans cesse, en roulant des yeux comme des billes d'enfant : y avait-il rien de plus sensationnel que le Zabet Klapisch en train de mettre en scène l'entourloupe destinée à Deborah Lewyn ?

Imaginez le tableau.

Les Bénéfactors ont envahi le grand salon que Soliman, le domestique de la Locanda, a débarrassé du sofa chinois, des tapis et de pratiquement tous les meubles à l'exception du piano et de quelques chaises alignées comme au théâtre. En ce moment, le boy décroche les tentures velours sang-de-gazelle, et c'est Belardo Gormazzano lui-même qui fixe aux fenêtres le voilage de modeste calicot. Le Trésorier Chemtov parle à un gros paquet de dentelles effondré sur une chaise : «Madame Faustine, ce n'est pas permis, dit-il, qu'avez-vous mangé avant de venir à la répétition ?» Elle a un renvoi, gloup ! et elle expectore dans son mouchoir une morve luisante comme huître. «Santé, Madame Faustine, dans la création de Dieu, toute chose, si dégoûtante soit-elle, a sa fonction.» Les frères Mouchli sourient de toutes leurs dents blanches aux demoiselles en robes de tentation qui vont et viennent ; malgré la peinture des lèvres et des yeux, malgré les coiffures aguichantes, on peut déceler combien elles sont jeunes et par là même rieuses ; tant que la répétition n'aura pas commencé, elles échangeront des blagues au sujet de leur metteur en scène. Klapisch a troqué son uniforme blanc contre une tenue civile qui le fait paraître plus petit encore. Il a sa figure d'atrabilaire, ses paupières diffusent une furieuse énergie. Il est angoissé. Saura-t-il communiquer à ses interprètes l'inspiration qui l'habite ? Tout dépend de l'âme qu'on met à sa création, alors elle vit de sa vie propre, mais il faut tenir compte du matériau humain et un tas de briques ne fait pas une maison.

«Comme il se concentre, dit Zacharie. Et regarde la métamorphose : on dirait un singe dont le cerveau se meublerait peu à peu d'un songe d'artiste.

— Un peu de silence là-bas, dit Gormazzano. Sans te commander, mon cher Zabet, commençons !»

Au signal de l'officier de police, les demoiselles se mirent en rang d'oignons devant Rachel Fleur de

Péché qui avait à tâche d'incarner la directrice de l'Orphelinat de Jeunes Filles. Gormazzano quitta la pièce pour revenir aussitôt au bras de Chemtov qui, pour la commodité de la scène, figurait une Deborah Lewyn enjouée et épanouie – curieuse Deborah, toute en os, grandes oreilles et yeux rentrés – et durant une miette de temps l'atmosphère parut tendue. Les deux parties s'observaient. L'impression pénible crût lorsque les prétendues orphelines commencèrent à exécuter un pas d'oie devant la soi-disant mécène ; celle-ci serrait les mains comme à un enterrement où l'on dispense un mot aimable à des figures qu'on ne remet pas. Lila et Perle, les plus jeunes parmi les pensionnaires, n'arrivaient pas à faire la révérence précédant l'offrande d'un bouquet de fleurs d'autant plus encombrant qu'il était imaginaire. «On part du pied droit, criait le policier, les bras bien tendus ; ah, quelle bande de gourdes !» Il appela Madame Faustine à la rescousse. La patronne était de ces gourmandes rendues à moitié impotentes par l'embonpoint. De la chaise où elle se vautrait, elle allongeait le cou et, pareille à un chapon qu'on aurait déplumé, elle sommait ses pensionnaires de s'appliquer.

«C'est quoi ? ricana Zacharie, la répétition de l'"Aïda" ? Dis-moi, Rabbin, la question m'intéresse, cette Deborah Lewyn est une demeurée ? Il n'y a pas. Jamais elle ne croira à ces orphelines-là.

— Penses-tu ? dit le Rabbin. Fini. Une fois qu'on les aura débarbouillées, leur propre mère s'y laissera prendre.»

Les «orphelines» étaient au nombre de neuf. Neuf jeunes visages allant de l'ivoire à l'abricot et au cuivre, et chaque visage possédait son genre d'attrait. Les moins favorisées se corrigeaient par l'audace de leurs fards et ainsi les laides pouvaient se regarder dans le miroir des belles. La plus vieille, Rachel, abordait son vingt-cinquième printemps, et la plus jeune ne comptait pas plus de deux saisons dans les bras de sa mère.

«Pauvre innocent! s'émut Zacharie en avisant le nourrisson endormi. Une fleur sur le fumier. Du moins, le fumier est une vitamine. Est-il joli! La mère en miniature.

— Un peu noiraude pour mon goût, dit le Rabbin Shamgar, et filiforme comme l'échelle du voleur.»

La maigrichonne s'appelait Marika la Grecque. Elle n'avait jamais voulu dire son véritable nom et pas davantage les circonstances qui l'avaient poussée à fuir son pays. Probablement des parents féroces : de ces bourgeois qui tirent après eux l'échelle de la respectabilité. Marika appartenait à la meilleure société de Salonique, ses manières et son linge en témoignaient. C'était une brune fluette, aux attaches aristocratiques qui pouvait se montrer arrogante si on tentait de percer ses secrets. Comme elle était arrivée riche d'argent, Madame Faustine lui avait ouvert les portes de la Locanda. Elle y était entrée enceinte de quatre mois et bien décidée à le demeurer, en dépit des objurgations de la patronne. En revanche, les pensionnaires qui, en bonnes juives, réprouvaient le crime d'avortement – encore que plus d'une y ait succombé, malheureuses! –, se portèrent garantes que l'enfantelet aurait, à défaut de père, le soutien et la tendresse de neuf mères.

Il va sans dire qu'en l'occurrence la fille-mère contrariait le plan de Klapisch. Il avait bien songé à l'éloigner de la Locanda le temps que durerait la visite de Deborah Lewyn, mais elle avait refusé avec hauteur. Klapisch n'avait pas l'habitude qu'on lui parlât sur un ton aussi ferme et moins encore qu'on s'opposât à l'une de ses volontés. Il avait menacé la Grecque du retrait de son titre de séjour – il en avait le pouvoir, maudit soit-il! Alors, l'officier de police avait fait l'expérience de la solidarité féminine. Les pensionnaires, et même Madame Faustine, promirent de rompre le contrat passé avec la Cara, pis d'aller en informer le pigeon de la farce, si quiconque s'avisait de tourmenter Marika et la petite chère à leur cœur. En définitive, le problème fut résolu à la satisfaction générale : comme la visite de l'Américaine comportait un repas à l'Orphelinat, il fut convenu que la mère, attifée en conséquence, servirait à table.

«Même comblée de rondeurs, la Grecque n'arriverait pas au soulier de l'autre là-bas, dit Zacharie qui commentait à voix basse le suivi de la répétition. Une vraie perle, celle-là! Ô brunette à l'infinie chevelure, aux yeux de jais, aux traits tellement fins et sympathiques qu'on dirait une Andalouse!»

Zacharie ne pouvait détacher les yeux de Rachel Fleur de Péché. Elle allait lentement vers le piano et le remuement de ce corps colossal et si beau était comme l'ombre de la lune qui descend sur les hommes.

Elle attaqua le premier poème du Cantique des cantiques, «La Bien-Aimée» qui, à la fin du repas offert à l'Américaine, accompagnerait le café et les sirops. «Qu'il me baise des baisers de sa bouche. Ses baisers sont plus délicieux que le vin», chantait-elle. À chaque mouvement, des boucles follettes dansaient sur le front pâle, donnant au visage un aspect juvénile qui jurait avec la maturité de ses formes. Sa robe fendue découvrait une jambe charnue, en pleine sève, d'un blanc teinté de la roseur laissée par l'épilation. Ses bras de chair considérable mais ferme ondulaient dans le tintement des bracelets d'or. Elle souriait à sa musique, gracieuse et si douillette que Zacharie admit qu'elle devait être bienfaisante pour l'homme… Un ange, songeait-il, un ange habillé en femme. Il aurait juré qu'en cet instant tous les hommes de l'assistance en tombaient amoureux, qu'aucun homme au monde ne pouvait rester insensible au mystère de la beauté absolue… Tous le subissaient sauf le Trésorier Chemtov – le maroufle s'occupait à savourer les miettes coincées dans ses caries. Mais l'homme propose et la femme dispose. À de certaines mimiques, Zacharie comprit que Rachel n'en avait que pour le beau Belardo, jouait exclusivement pour lui… Non, ce n'était plus «La Bien-Aimée» du Cantique des cantiques, mais une musique de sirène, une transe érotique, une épilepsie des sens amoureux, que Dieu nous en garde… Une honte! Et le policier qui semblait s'en ficher? S'apercevait-il seulement de l'entrée en appétit? Ce n'est pas sûr. La passion du théâtre le ravissait tant qu'un tremblement de terre ne l'en aurait pas distrait.

«Ah! le théâtre, soupira Zacharie… Sais-tu, Rabbin, que jadis les Justes croyaient qu'un théâtre de bonne édification est plus utile qu'un livre de morale? Le monde change! Moi, tiens, qui aurait pu prédire, il y a une semaine seulement, que je me commettrais dans la compagnie de dames qui reçoivent?

— Des dissipées certes, dit le Rabbin Shamgar. Mais du moment que ce n'est pas toi qu'elles reçoivent, que t'importe?

— Il m'importe l'honneur, la réputation, l'estime de ma femme.

— Ta femme? Laisse-la reposer et que Dieu la

guérisse. Parlons franchement. Pour moi, je vois bien que tu es tourmenté par autre chose. Pour moi, tu te troubles de nostalgie et tu t'affoles dans ta virilité normale.

— Ne me prête pas tes pensées. Moi, j'ai passé l'âge des mauvais penchants !

— Comme tu voudras. Mais calme-toi, tout ça n'est pas si grave.

— Pas si grave ? » Zacharie haussa si fortement le ton que le Protector lui fit signe de ne pas troubler davantage la répétition.

Il faisait frais sur le balcon de la Locanda. Le soleil se couchait sur les jardins de l'Opéra. Les troncs d'arbres flamboyaient et, vus d'en haut, les promeneurs allant par couples, chemisettes blanches des garçons et robes claires des filles, semblaient être une monnaie du pape éparpillée sous le feuillage. «Comme je voudrais être jeune», pensait Zacharie et un pli amer creusait ses lèvres :

«Pas si grave, dis-tu ? Je rêve ! Enfin qui de nous deux est le Rabbin ? Dis-moi, ferais-tu de ta religion un accessoire et de l'accessoire ton objet principal ? N'as-tu pas honte de te faire le complice d'escrocs et d'impures ?

— Pour tirer l'homme de la boue, il faut y entrer soi-même, dit le Rabbin en tordant et retordant sa barbiche. Mais que t'importe ? Craindrais-tu pour mon salut ?

— Je pense au mien, Shamgar. On peut dire de moi ce qu'on voudra, ma vie n'est pas exempte de péchés, mais il me semble que ce dernier tour d'adresse dépasse en gravité tous les autres.

— Bien, bien, si cela t'importe autant, c'est que tu es un véritable bon juif. Et vois-tu, Zacharie, un véritable bon juif n'a rien à craindre.

— Alors, selon toi, un juif peut convoiter la femme dissolue, il sera sauvé ?

— Pas n'importe quel juif, Zacharie. Nous autres, les Rabbanites, nous avons un arrangement particulier avec le ciel. Ne sommes-nous pas le creuset où fut façonné le peuple élu ? *Deut.* 4, 20 : "L'Éternel vous a pris et vous a fait sortir du creuset de fer, qui est l'Égypte, pour que vous deveniez pour lui un peuple qui soit son héritage. "

— Ouvrons alors la question financière. Si je te comprends bien, Rabbin, toi qui n'as eu de cesse de voler ton semblable, tu es assuré de gagner ton paradis ?

— N'en doute pas. Lorsque j'aurai à me présenter devant le haut tribunal et qu'on me demandera : "T'es-tu consacré, comme il faut, à l'abstinence charnelle ?" Je répondrai : "Non, je ne suis qu'un homme !" Alors on me demandera : "T'es-tu abstenu, comme il faut, de voler le bien d'autrui ?" Je répondrai : "Non, je n'avais pas les moyens d'être honnête." Et quand enfin, on me demandera : "As-tu convenablement fait le bien autour de toi ?" Je répondrai non pour la troisième fois. Et le jugement sera prononcé : "Tu as dit la vérité, Shamgar. Et par respect pour la vérité, voici comme de droit que te revient ta part du monde à venir. " Bien raisonner, tout est là. Et maintenant plus de questions, mon chéri, j'ai si faim tout à coup ! Dis-moi, la question m'intéresse, crois-tu que Madame Faustine nous donnera à souper ?

— Aussi sûrement que le Nil rejette sur le rivage des poulets rôtis, rit Zacharie. Ces femmes-là ne donnent rien qui leur coûte. Non, moi si je m'écoutais, je ferais venir du traiteur de l'Opéra-Royal une morue à la tomate de la mer Noire, du veau aux gousses de fèves tendres du Fayoum, du lait caillé de Salonique et du rhum de la Jamaïque.

— Serais-tu devenu fou ? » Le Rabbin s'étouffait de rire. « Quoi ! la morue pourrait se satisfaire du rhum ? C'est un crime contre le bon goût. Non, je propose une fine bouteille de Richon-lé-Zion, servie fraîche avec une friture dorée, et, crois-moi, il ne nous manquera plus rien sur cette terre. »

Ainsi devisaient ces juifs dans le soir qui avançait, par ce temps qui allait à son terme, de plus en plus vite, touchait à sa fin, la fin d'un monde... Ainsi riaient-ils sans se douter que le destin, à la manière cruelle qui est la sienne, changerait leurs rires en larmes et leurs souvenirs en nostalgie. Salut aux derniers beaux jours ! Salut aux juifs du Caire qui auront su jusqu'au bout profiter des bonnes choses au bon moment... La nuit si claire... La simple pensée qu'on est tranquillement assis à bavarder sous les étoiles est un bonheur et finalement qu'est-ce qu'on peut demander de plus ?...

DEUX

Ce soir-là, Zacharie Borekitas ne dîna pratiquement pas. Il se sentait fiévreux. Frissonnade d'intestins, élancement dans le crâne, sueur froide... On pouvait en mourir ? Sa femme lui prépara une tisane de karkadé et lui frictionna l'estomac avec de la fleur d'oranger. Il alla se coucher et l'émotion accumulée durant le jour le fit s'endormir aussitôt. Mais au cours de la nuit, un air de piano le tira de son sommeil. La Bien-aimée de Salomon ?...

89

« Qu'il me baise des baisers de sa bouche.
Ses baisers sont plus délicieux que le vin;
L'arôme de ses parfums est exquis.
Son nom est une huile qui s'épanche,
C'est pourquoi les jeunes filles l'aiment. »

La voix de Rachel l'avait réveillé et, comme en plein jour, Zacharie pouvait voir le visage blanc au milieu du nuage sombre des cheveux, les hautes pommettes, les yeux bordés de longs cils, le pli mignon de ses joues quand elle souriait. Elle lui souriait? Elle fit un signe potelé l'avertissant que désormais leurs vies seraient intimement liées. Ce que Victoria opère par la tristesse, Rachel l'opère par la joie, disait-elle. Vraiment? Mais comment se fait-il? Rachel, je suis vieux, disait-il. Elle se mettait à rire. Notre terre est pleine de joies magnifiques et de lumières sublimes que l'homme se cache à soi-même avec sa petite main, disait-elle. Elle lui prenait la main et elle riait… Elle plaçait sa main entre ses seins et elle riait… Elle s'asseyait sur ses genoux et elle riait… Il ferma les yeux et, quand il les rouvrit, il était jeune. Et il était heureux. Il se sentait timide, ignorant du monde et des choses amoureuses. Rachel lui tendit sa bouche. Un instant, il sentit la soie de sa peau, l'instant d'après la joue se fripait sous ses lèvres, tombait en cendres… et Victoria se mit à tousser.

Victoria avait rejeté son drap. Sa chemise de nuit bâillait et il vit que ses seins, toujours très gros, pendaient sur le côté, pitoyables sacs de peau mouchetés de taches de rousseur. Son souffle gonflait une petite veine bleue sur le cou fripé. Ses joues se teintaient d'un rouge luisant. Son nez anormalement long se pinçait.

Sa bouche s'entrouvrait et des lèvres dépassait un bout de langue semblable à une goutte de sang.

«Victoria! Victoria! appela-t-il, d'une voix angoissée, tu dors?»

Quand, s'éveillant en sursaut, elle s'anima d'un sourire, elle redevint la Victoria d'autrefois.

«Comme tu es belle! Il n'y a pas. N'ayant pas trouvé de défauts à la femme-fleur, le temps lui a fait grief d'un peu de sel dans les cheveux.

— Ne dis pas de bêtises, Zacharie. Tu n'arrives donc pas à dormir? À quoi bon te tourmenter, mon petit enfant? Puisqu'il te faut obéir.

— J'ai honte, Victoria... Toutes ces filles! A-t-on jamais inventé pareille supercherie?

— On a! Zacharie, tu as le cœur d'un enfant. Ces brigands veulent t'initier aux turpitudes exagérées. Pour te désespérer et s'assurer de ton silence. Que Dieu qui voit cela les détruise! Et maintenant, dormons.

— Tu as raison ma lumière. Ce n'est pas ma faute si la vie est un tas d'immondices, le monde un baisoir, les hommes des escrocs! D'où vient alors que je me sente si coupable?»

Zacharie s'assit dans le lit qui exhalait des moiteurs maladives. Comme il l'avait vu faire au théâtre, il s'efforça d'arracher le col de son pyjama et se mit à râler: «De l'eau, de l'eau, au secours!» Victoria ne répondit pas et il esquissa – sait-on pourquoi? – un sourire. Soudain, et bien que rien de spécial ne se fût passé, il eut une illumination:

«Victoria, l'homme qui ne se rebelle jamais se ravale au stade de l'animal de boucherie... Être humain est aussi un devoir... Et si la meilleure façon de se distinguer de la bête commençait par le renoncement à la lâche petite sécurité matérielle ? C'est dit, je vais donner ma démission à la bande d'escrocs. Qu'en penses-tu ? Ce sera dur, mais il en va de mon honneur et *Meglio é morir che viver con vergogna* !

— Ce serait de la folie, Zacharie ; il faut dormir, tu le sais. »

Il ne le savait que trop… Il était payé pour le savoir : pour un Zacharie Borekitas l'honneur était une valeur démesurée. Au théâtre seulement, la vertu triomphe du vice. Dans la vie, l'homme souffre et se fatigue de la constance du mal, d'une effusion de scélératesses, d'intrigues et de crimes, qu'aucun écrivain ne saurait concevoir. Gloire à l'écrivain suprême ! Pourtant, songeait Zacharie, pourtant à ce qu'il me semble, Dieu a mis dans l'homme la tentation du mal, car, si le mal n'existait pas, l'homme ne penserait jamais à sa mort. *A meglio é morir que viver con vergogna* ? Une minute… À bien y réfléchir, Zacharie n'aurait pas voulu mourir sans connaître le fin mot du tour que les Bénéfactors s'apprêtaient à jouer à l'Américaine. En réalité, la répugnance le disputait en lui à la curiosité ; comme le parfum et la pestilence, ces deux sentiments ne se détruisaient pas, ils s'aiguisaient l'un par l'autre.

« Suis-je le gardien de ma sœur américaine ? dit-il. Qu'elle s'embrouille toute seule. Après tout, elle mérite, sans préjudices. D'où, par où venir chez nous faire l'espionne ? Nous saurons la recevoir ! Et maintenant, dormons. »

Sur ce, il réveilla sa femme, excuse-moi chérie de t'embêter, et la pria de le distraire. Mais Victoria déclara qu'elle était épuisée, elle n'avait rien à dire qui pût faire office de somnifère. Il lui demanda de lui parler de choses quelconques, des dorelots frisés sur son joli front, de sa famille, puisque tout le monde ici-bas en a une. Victoria le considéra avec une sereine indulgence. Il posa sa tête dans la tiédeur de ses seins et elle l'admonesta : admettons que Zacharie eût à se rendre coupable d'une vilenie, qui pouvait préjuger de l'amour de Dieu ? Elle lui raconta une histoire.

Il arriva qu'au lendemain du Yom Kippour, le Rambam Maimonide demanda à Dieu de lui dire quelle prière, parmi toutes les prières des fidèles, avait eu sa préférence. Dieu répondit que, parmi toutes les prières, celle de Tito Brik avait eu sa préférence. Le Rambam leva les bras au ciel : ce Tito Brik était un voleur de grand chemin, un ignorant de la Loi et de sa mère, un analphabète ! Le Rambam fit venir Tito Brik. En homme qui ne pouvait distinguer le bien du mal, Tito Brik ne se fit pas prier pour parler. À la veille du Yom Kippour, se trouvant pris de boisson et mêlé à une rixe, il avait dormi en prison. « Cependant, dit le Rambam, tu as accompli un acte qui est arrivé favorablement aux oreilles de Dieu. – Vraiment ? dit Tito Brik, en vérité je ne sais pas lequel. – Mais qu'as-tu fait ce soir-là ? insista le Rambam. – Rien de spécial, dit Tito Brik. J'ai carotté le croûton rassis d'un frère endormi car j'avais faim. – Et le lendemain ? reprit le Rambam. – Le lendemain, on m'a relâché, et je suis rentré chez moi. – Et ensuite ? – Ensuite, je suis monté sur le toit de ma maison. Je voulais me rapprocher du ciel et demander pardon de mes péchés puisque aussi bien on ne peut le faire qu'à Yom Kippour. – Et alors ? dit le Rambam. – Alors, arrivé là-haut, je me suis souvenu que je ne savais pas lire dans le livre de prières. Voilà pourquoi ne sachant que réciter, j'ai récité une à une les lettres de notre

alphabet. Dieu, mon Dieu ai-je dit, voici des lettres
fais-en des mots, voilà des mots, fais-en la prière
qu'il te plaira d'entendre. »

TROIS

Minuit dans les jardins de l'Opéra.

Les promeneurs finissaient de se souhaiter de
beaux rêves, de se tenir longuement les mains avant
de se séparer, quand de la nuit surgit un spectre.

C'était un spectre discret et attentif, à l'instar de
toutes les apparitions du passé qui hantent les lieux
de leurs exploits nocturnes. Avec son habit noir et son
chapeau à large rebord serti d'un ruban clair, il ressemblait à ces prestidigitateurs venus d'Europe, qui
circulent pour vendre des lotions capillaires et des
dents d'animaux préhistoriques.

Le spectre embrassa d'un coup d'œil la petite Rue
Sans-Nom, puis il fila subrepticement le long des
maisons d'où sourdaient des voix captées par les
appareils de T. S. F. Il atteignit, près du troisième
réverbère, la maison dont le perron luisait comme une
flaque d'eau sous le disque de la lune, tandis que sur
ses murs jouaient des ombres. À cette distance, et sans
être doué d'un septième sens, on pouvait apercevoir,
derrière la porte-fenêtre largement éclairée du rez-
de-chaussée, des hommes et des femmes qui dansaient
le tango au son d'un phono.

Le spectre traversa rapidement l'allée bordée de
palmiers doum et, parvenu au pied du perron,

s'arrêta. Pensif, il s'efforça de se rappeler son passé où se mêlaient tant d'aventures glorieuses. Au tango avait succédé une mélodie de Chopin harmonisée en mambo. Nous ne vivons plus au siècle des merveilles, pensait le spectre; jadis les gens qui écoutaient «la Polonaise» croyaient à la structure magique de la musique, aujourd'hui la science a désagrégé la musique en atomes et Einstein nous prouve que la réalité ambiante est une illusion de nos sens…

Il cessa de penser quand du perron il vit briller une furole tombant de haut. La lueur vacillante imprima un éclair dans la rétine du spectre (comme preuve irréfutable de son existence) et, dans le gros paquet de dentelles qui agitait une lampe à pétrole, il reconnut Madame Faustine.

«Nuit de jasmin, Protector Gormazzano. J'espère que vous n'aurez pas pris froid, dit-elle avec une pointe de malice.

— Ma barbe a poussé à force. Dieu vous pardonne, Madame Faustine.

— C'est que de courir, nous n'avons plus l'âge. Non, mon Bey, nous avons l'âge où l'on reste avec une dizaine de dents branlantes dans la bouche, où l'on s'achète une bouillotte durant l'hiver, où l'on commence à s'endormir tôt dans la soirée tandis que le monde s'amuse…

— Espérons cent ans encore! Dieu vous garde, Madame Faustine. Vous donnez une fête? Et dites-moi au moins, elle m'attend?

— Si elle vous attend? Quelle question! Ne suis-je pas votre avocat? Sur ma vie, Protector, jamais cause ne fut plus facile à plaider et si vous voulez mon avis, elle vous aime déjà. Quoi d'étonnant, vous êtes la coqueluche des dames. Depuis qu'elle vous a vu, je ne peux plus la tenir. Je vous envie, ajouta-t-elle avec une inflexion ironique, certains doivent se suicider pour la conquérir et vous, vous il vous suffit de paraître pour entrer au paradis.»

Non pas grâce au philtre d'amour, pensa-t-il, mais au moyen de beaucoup d'argent, vieille maquerelle! Il écarta les paumes en signe de modestie et dit :

«Cela ressemble à un conte des Mille et Une Nuits.

— Et pourtant c'est vrai.»

Elle poussa la porte d'entrée. Il entendit, venant du salon, la conversation qui roulait sur l'effet de divers parfums ainsi que sur la bienséance des cure-dents durant les dîners en ville. Le cœur battant, il pénétra dans le vestibule. Deux ou trois tableaux apportaient aux murs une sorte de fraîcheur, avec leurs femmes nues qui se baignaient innocemment au sein de la nature tout en souriant d'un air dépravé. Tout soudain, dans la mémoire du Protector, revint le sens des convenances :

«Je veux savoir quel est l'imbécile, parmi mes affidés qui a négligé son travail? Madame Faustine, ce n'est pas permis. Il faut décrocher ces tableaux provocants, pour le moins, dans un Orphelinat de Jeunes Filles. Songez que Deborah Lewyn nous arrive demain!

— Y a-t-il le feu au Nil? Nous enlèverons, mon Pacha. Et dites-moi, la question m'intéresse, cette Américaine possède vraiment la moitié de New York?... Elle eut un sourire extatique. Forcément, où chantent le mieux les rossignols? Dans les ascenseurs des gratte-ciel!

— Conduisez-moi dans sa chambre, s'impatienta Belardo. Je ne veux pas être vu.

— Je vois à qui vous pensez...» Madame Faustine

rit par saccades qui faisaient trembler son triple menton. «Pensez-vous! il n'est pas des nôtres ce soir. Nous l'avons interdit de séjour en disant que ce soir nous avions mal à la tête. Qui le regrettera? Cet homme a de mauvaises manières et il lui pousse des épines dans le portefeuille. L'uniforme ne fait pas l'homme, c'est juste le contraire. Il arrive souvent que les gens qui portent des vêtements râpés soient plus réguliers dans leurs payements que ceux qui ont des chemises de soie et des chapeaux neufs avec une petite plume au ruban. Je ne dis pas ça pour vous, Protector, vous êtes un seigneur et la ville entière chante votre générosité. Seulement, l'argent c'est l'argent. Il n'y a pas. Personne de nous n'est tombé du ciel sur cette terre. La légende qui dit que chaque enfant naît avec un pain sous le bras est un autre mensonge. Cette histoire d'orphelinat est cause de grand dérangement moral et je ne parle pas des frais qu'elle m'occasionne. C'est dangereux aussi pour la réputation de ma maison, un petit effort financier et…

— Parler argent quand l'amour brûle? l'interrompit Belardo, honte à vous, Madame Faustine. Écoutez, je ne suis pas inquiet, mais Klapisch est un ami. Vous êtes sûre qu'il ne risque pas de débouler en pleine nuit?

— Puisque je vous ai donné ma parole? Je suis encore libre d'accueillir qui je veux. Et si le macaque étoilé se présente, je lui ferai avaler son étoile. Figurez-vous qu'il m'apporte des tartes, des bonbons, de chez Lappas soi-disant, des petits gâteaux à la vanille. Seulement quand je les mange ils sentent le pétrole. Ah, comme j'aimerais voir ses petits poumons éclater de rage en apprenant votre succès éclatant auprès d'elle. Allons-y, c'est le moment ou jamais.»

Venant du salon, il entendait la tendresse nerveuse précédant les départs; des adieux brefs et de longs baisers comme si les uns s'absentaient pour quelques heures seulement tandis que les autres, désespérés, s'arrachaient pour toujours à leur amour qui resterait à les regarder sur le quai.

«Montez vite, je vous précède.» Sur la première marche de l'escalier, Madame Faustine se retourna. «Dites-moi Protector, avez-vous un désir particulier? Quelque chose de spécial?» ajouta-t-elle avec toute la sympathie que lui inspirait sa profession.

QUATRE

Tous les passagers de 2e classe étaient réunis dans une même et vaste salle où, après le dîner, ils pourraient danser.

Deborah Lewyn éprouvait une sensation d'oppression, due sans doute au roulis. Elle avait peine à soutenir la conversation de Miss Rutherford qui s'obstinait à placer des maximes sur la folie des êtres humains.

«Et j'emploie à dessein l'ironie là où l'indignation serait légitime. Mon frère George ne pense pas que le terrorisme puisse engendrer quelque chose de bon.

— Miss Rutherford, dit Dizzy McLean, je me suis toujours demandé si boire autant de thé ne donnait pas soif?»

Le jeune homme s'ennuyait entre les deux femmes qui ne lui prêtaient aucune attention. Il enflait sa joue avec sa langue. Il tripotait le Mickey Mouse de métal épinglé sur sa chemise. Il observait le capitaine, un majestueux sanguin, qui traversait à pas lents la salle à manger. Quand il s'arrêta à leur table, Dizzy McLean s'imagina être un de ces vieillards considérables et gras qui jettent aux femmes de longs regards entendus.

«Ma chère enfant, disait Miss Rutherford, vous conviendrez avec moi que nous ne voulons rien d'autre qu'empêcher une nouvelle guerre au Moyen-Orient.

— Évidemment! dit Deborah avec une bonne humeur excessive. Évidemment! Empêcher la guerre. Comment? En demandant aux Palestiniens de massacrer tous les juifs!

— Dites Debbie, goûtez donc ce vin, dit Dizzy. Une véritable bénédiction du ciel! Ça vous fera du bien.»

Deborah lui lança un regard distrait et vaguement ému comme fait une mère à son enfant débile :

«Je ne veux pas être incorrecte, Miss Rutherford, mais l'arrogance des Anglais n'a d'égale que leur hypocrisie. Vous avez rejeté le plan de partage, vous avez condamné les thèses sionistes, et vous avez donné raison aux Arabes tout en continuant à distribuer des visas d'immigration à l'Agence juive. C'est vous qui mettez le feu aux poudres!

— Vous exagérez un peu, n'est-ce pas?»

Miss Rutherford eut un sourire de longue patience et d'intégrité morale. Pendant ce temps, la petite croix en or suspendue à son cou sautillait comme un être humain.

«Ma chère enfant, soyez raisonnable. Ça ne peut pas marcher. Les Arabes n'intégreront jamais les juifs, ils sont trop différents et George pense que...

— Il ne s'agit pas d'intégration, mais de tolérance! Notre Bible dit : "Aimez l'étranger car il est, comme vous l'étiez en Égypte, un étranger."

— Précisément!» Miss Rutherford eut un geste apaisant : elle tendit à Deborah la corbeille de pain. «Mais pouvez-vous m'expliquer comment une promesse faite il y a des milliers d'années donnerait des droits sur une terre? J'ai du respect pour les gens qui veulent vivre selon leurs convictions religieuses, mais faut-il pour cela mettre à feu et à sang le Moyen-Orient? C'est en tout cas le point de vue de George.

— Mais qui est George, le roi d'Angleterre? dit Dizzy.

— Par exemple, prenez les juifs d'Égypte. Eh bien, où est le problème? C'est une communauté bien tolérée, très intégrée, prospère. Je suppose qu'on peut comprendre le sionisme des juifs d'Europe centrale, des victimes du nazisme, mais...

— Cinq à six millions!...» D'une pichenette, Deborah propulsa une boulette de mie de pain.

«C'est horrible. La tragédie du siècle. Mais les quelques survivants peuvent très bien aller vivre en Palestine sans prétendre à la souveraineté nationale. Car qui ira vivre là-bas? Pas vous que je sache! En Amérique les juifs n'ont pas à se plaindre. Je ne connais aucun juif riche se dévouant à un idéal pour lequel il voudrait sacrifier quoi que ce soit.

— L'éthique chrétienne est aussi l'éthique juive.

— Absolument, c'est ce que dit George. Simple question de bon sens. Les riches qu'ils soient juifs, catholiques, protestants ou musulmans sont partout les mêmes. Ils ne pensent qu'à leur intérêt.

— C'est que vous ne connaissez pas Deborah! dit avec fougue Dizzy McLean.

— Il ne s'agit pas de moi, dit Deborah d'un ton irrité. Miss Rutherford, soyez honnête, dites à quoi vous pensez... Le lobby juif mondial, le complot des sages de Sion ?

— Mais Israël est complètement invivable sur le plan économique, se défendit Miss Rutherford. C'est une folie ! Une société à commandite du judaïsme mondial, en effet ! L'autre jour, mon frère George a reçu une lettre de...

— Je me fiche de votre frère George...

— Attention Debbie, vous dégagez autant d'énergie qu'une centrale électrique. Vous allez renverser votre soupe. » Dizzy posa sa main sur le bras de Deborah.

« Typique... Typique du raisonnement destructeur des antisémites.

— Idiot, ma chère Deborah. Mon médecin du Caire est un juif !

— Pourquoi ? Les Arabes vous répugnent davantage ?

— Mais parce que c'est un excellent médecin...

— Mais de quoi êtes-vous malade, Miss Rutherford ? demanda Dizzy.

— Quelle importance ? dit Deborah. Tout antisémite a son brave juif.

— Je vais vous laisser, pardonnez-moi. » Miss Rutherford jeta un regard navré au chromo qui sur la boiserie houleuse représentait une vue du lac de Constance. « Cette discussion est regrettable, soupira-t-elle. Vous autres juifs, vous avez tant souffert des persécutions que vous êtes incapables de faire face honnêtement à la réalité. »

Miss Rutherford tendit une main que Deborah refusa de prendre. Avec un sourire pénétré de compassion pour des interlocuteurs particulièrement obtus et injustes, elle quitta la table et ce fut la première grande satisfaction qu'éprouva, ce soir-là, Dizzy McLean.

101

«Bonne nuit, Miss Rutherford. Est-ce bien une femme? dit-il après qu'elle se fut éloignée. Vous avez remarqué sa pomme d'Adam, Debbie? Ça lui fait comme un deuxième nez au milieu du cou.»

Deborah ne daigna pas sourire. Elle lui tourna le dos avec un mouvement des épaules qui lui fit l'effet d'une gifle. Sur sa nuque, de petites boucles rousses criaient sa fureur; quoi qu'il fît pour la dérider, elle semblait décidée à le rendre responsable de l'altercation avec la vieille Anglaise. Seigneur, il avait pourtant eu l'impression de soutenir sa cause autant que faire se peut quand on n'entend goutte au fond du problème. Puisqu'elle refusait de desserrer les dents, il se consolait avec son verre et déjà il se sentait légèrement ivre. Il en avait honte et en même temps, ça lui était complètement égal, cette femme était trop compliquée, le diable l'emporte!

«Je me demande s'il existe bien un train de nuit pour Louxor? Le désert, être seul, enfin!»

L'orchestre prenait place sur l'estrade. Une mélodie surgit, presque étouffée par les derniers bruits de mangeaille, puis enfla comme portée par les odeurs grasses et chaudes de la salle à manger. Les couples se lançaient. Deux officiers déambulaient autour de la piste, en dévisageant les femmes. Celui dont le physique résumait l'expression «un fort bel homme» vint s'incliner devant Deborah Lewyn.

«Service commandé, rit Dizzy. Qu'est-ce que je vous disais hier, hein? Hier seulement? J'ai l'impression de vous connaître depuis des siècles. Quel culot ce type! Vous savez quoi, Debbie? Ces types-là sont des goujats. Ils n'aiment pas les femmes, je veux dire ils n'ont pas de respect. Le respect est plus important que l'amour, parce que le respect est une politesse qui ne rapporte aucun bénéfice, non ? Moi, quand j'aime une femme, je l'aime comme on doit aimer une femme !

— Logique ! C'est que vous êtes un homme ! Le Colorado, n'est-ce pas l'État béni du cochon et du maïs ? »

À son ton, il comprit qu'elle se moquait de lui, bien qu'elle conservât son air impénétrable. Elle l'observait sans intérêt ni haine personnelle et il avait le sentiment diffus quoique bien réel d'être un animal de zoo aux yeux de cette femme ; soudain l'alcool qui lui décrassait la gorge lui insuffla une tendresse navrée pour Dizzy McLean.

« Enfin quoi, dit-il d'un ton suppliant, la jeunesse n'est pas irrémédiable, elle passe avec les années. Je n'ai que dix ans de moins que vous !

— Onze, bientôt douze, répliqua-t-elle, implacable. Dizzy, mettons les choses au point. Que voulez-vous exactement ? Si vous cherchez un flirt, je préfère vous dire tout de suite de ficher le camp…

— Bonne idée, vous êtes vieille et misérable et vous n'avez besoin de personne. Dites-moi alors pourquoi vous avez changé de coiffure ? »

Deborah Lewyn ne jugea pas utile de répondre. Son visage tourné vers la lumière semblait transparent ; le sang affleurait légèrement à ses pommettes, la ligne sévère de sa bouche formait un pli qui allait des lèvres aux ailes du nez ; c'était une première ride, une ride si douce, si faible qu'elle appelait la tendresse et la protection… Et dans cet état de trouble et d'incertitude où il se trouvait et aussi dans l'effort qu'il faisait pour contenir les mots qu'il aurait voulu dire, il jeta sur elle un regard si tourmenté, qu'elle finit par en prendre conscience.

«Excusez-moi Dizzy. Je suis si triste. Et dire que j'étais si contente de partir. Ah, voir enfin Jérusalem! Le mont des Oliviers où les trompettes du Jugement dernier appelleront à la résurrection des âmes! Voilà ce que disait papa et enfant j'y croyais tellement que je voulais mourir pour renaître dans la divine Jérusalem. Je ne suis plus une enfant malheureusement! Les enfants courent après les papillons. Mais ils ne les voient même plus quand ils deviennent adultes...»

Plus elle déroulait son thème : l'âge du désenchantement, du cœur qui se ride et du cheveu blanchi, plus il concevait du dépit de n'entrer pour rien dans ses émotions. L'affaire était entendue, ils ne se verraient plus jamais. Savoir que ce soir était le dernier lui procura une sombre satisfaction : elle ne pourrait plus l'humilier!... Et quand bien même, elle changerait d'attitude, lui resterait inflexible. Elle lui dirait qu'elle l'aimait, il refuserait de l'écouter. Il ne la détesterait pas : il oublierait son existence... Ce fut un réconfort qui dura peu car elle eut un geste... Il est difficile à un homme de savoir exactement ce que ressent une femme, ce qu'elle pense, ce qu'elle veut ou ne veut pas. Surtout quand elle-même ne le sait pas. Elle fit un geste, un geste étrange, il en fut convaincu soudain, un geste prouvant que leur relation n'était pas tout à fait dénuée d'ambiguïté. Elle lui passa la main sur le visage, lentement, comme pour en chasser les ombres. Et elle y réussit avec une promptitude dont il fut le premier surpris :

«Je sais que vous n'avez pas beaucoup d'argent, Dizzy. Demain, un ami de mon père m'enverra chercher. Si vous voulez, nous pouvons faire ensemble la route d'Alexandrie au Caire.»

Mercredi 28 avril 1948...

UN

« Un découcher pareil, ce n'est pas permis ! Tu dois t'en aller maintenant, tu ne dois pas t'en aller ? »

Rachel alluma la grosse lampe de chevet coiffée d'un abat-jour japonais. Elle traversa la pénombre en traînant derrière elle une serviette rayée. Elle s'arrêta devant le miroir de la coiffeuse qui devant elle ne reflétait que du noir, comme pour ne pas distraire le regard de l'émotion. Nue, Rachel était un état d'âme. L'arrondi gracieux de sa gorge et de ses fesses ouvrait la voie de l'amour et de l'admiration. Elle était comme une sculpture monumentale, comme l'agencement d'une toile de Matisse, si définitive en son équilibre que rien ne pouvait y être modifié sans en détruire la miraculeuse harmonie.

« Comment veux-tu que je parte alors que mes yeux voient la vision idéale ? Viens, reviens au lit. Tu ne vas pas revenir ? Regarde, il se dresse encore.

— Encore ? » s'étonna-t-elle.

Encore lui revenait la vigueur incontrôlable, elle va m'enlever l'âme, Dieu est grand ! et il fut content, si content de son sexe infaillible qu'il le saisit entre ses doigts et le lui montra.

Dans sa nudité tranquille, elle vint s'asseoir au bord du lit. Distraitement, comme une femme seule à sa

105

toilette, elle leva le bras qui tenait la serviette rayée et dans un doux balancement la pressa sur sa nuque, ses aisselles épilées et moites. Après quoi, elle étira les jambes laissant voir la fente de sa rose. Il s'en échappait un parfum de sel marin, un parfum si agité de souvenirs que, se passant la langue sur la moustache, Belardo se salait le palais. Il se sentait repris par le besoin de s'enfoncer là-dedans, de sonder davantage l'attirante profondeur... Lui, dont personne ne mettait en doute l'expérience et la capacité de jugement dans ce domaine, ne se souvenait pas d'avoir rencontré un tel phénomène sexuel. Fleur de Péché, elle aimait l'amour comme une folle fille dont le devoir sur terre était de réjouir l'homme ; dans ses bras, on approchait le divin par ce sentiment d'étreindre une forme de paradis. Il se sentait devenir fou quand, pincé, griffé, presque expirant, il entendait sa voix murmurer des mots de feu éteint ; alors, avec l'énergie qu'il mettait en toutes choses, il s'appliquait à faire renaître le feu. Il lui avait fait l'amour toute la nuit et à l'aube le désir, aiguisé par le souci de la savoir propriété d'un autre homme – un ami qui plus est –, ne voulait pas s'assouvir.

« Fini, soupira-t-elle. Nous allons réveiller la maison. J'en connais une qui ne doit pas dormir non plus !

— Qui ça ? Je ne connais pas d'autre femme depuis que je te connais. La mienne m'est tombée de l'œil et ce n'est qu'un début », conclut-il.

Elle esquissa une mimique agacée, signifiant « je connais cette sorte de début » :

« Quand même, c'est ta femme de longues épousailles et de beaux enfants, Belardo. »

Pour la première fois depuis tant d'heures consumées en son lit effronté, elle l'avait appelé par son

106

prénom. Dans sa bouche, il prenait une grande douceur, une saveur rare en cette vie et Belardo songea qu'en dépit de son visage fermé il parviendrait à se faire aimer d'elle.

«J'ai pour toi un cadeau dont tu fixeras le prix, dit-il. Prends, prends ce que tu veux dans la poche de ma veste.

— Je peux?»

Il pensa qu'elle allait battre des mains, épanouie, heureuse, une enfant! mais elle haussa les épaules. Elle prit le veston posé sur le rocking-chair. Elle en palpa les poches avec soin. Le portefeuille était lourd de billets. Elle en vida le contenu dans le tiroir de sa coiffeuse. Lorsque le tiroir se fut refermé avec un bruit froid, il rêva à l'impulsion fougueuse qui la jetterait dans ses bras : l'argent a sur les femmes de ces effets enflammés! Elle remit le portefeuille à sa place non sans avoir lissé les poches du veston pour lui redonner sa forme initiale.

Elle me fait les poches, se dit-il. Parole, elle se comporte déjà en épouse raflant les sous du ménage. Pour rattraper la pensée mesquine, il s'écria :

«Tu auras tout ce que la Bethsabée a eu. Je te donnerai des bracelets et des habits de reine, ma petite reine, ma fleur de péché, ma pauvre petite enfant pauvre!

— Ce sont des paroles que j'ai entendues souvent. En général, elles ne dépassent pas le seuil de cette porte.

— Tu verras, tu verras… Le Protector Gormazzano tient toujours ses promesses. Je te veux du bien. Je t'aime. Un jour je ferai de toi une dame comme il faut et personne n'osera plus t'appeler Fleur de Péché!»

Quelle bonne idée! Le sauvetage de Rachel le remplissait d'une joie sauvage, je me souviens d'avoir ressenti la même exaltation au temps où j'ambitionnais de nourrir les pauvres au moyen du haricot géant d'Amazonie, ah jeunesse ! C'était un sentiment presque mystique et, par certains côtés, comparable au for intérieur des saints-simoniens qui, dans le désert du Sinaï, allaient mangeant des dattes sèches, buvant du lait de chamelle et ne riant jamais.

«Sais-tu à qui tu me fais penser, ma fleur ? À Prosper Enfantin qui voua un amour sublime et pur à la communauté humaine, dit-il, tout pénétré d'une conviction qui ne suscita pas l'enthousiasme de Rachel.

— Je ne sais pas qui est ce type, soupira-t-elle ; toi, tu ferais mieux de partir.»

Il caressa la lourde chevelure bouclée qui jetait sur sa figure très blanche des reflets bleutés.

«Ça ne fait rien, dit-il. À quel point je t'aime, tu ne peux pas comprendre.»

Et le lecteur non plus qui se demande par quelle gymnastique mentale l'homme qui se vautre actuellement dans le lit douillet se persuade d'une communauté d'idées avec les âpres croisés qui vinrent dans le sillage de Bonaparte afin de «féconder la race noire et sentimentale avec les vertus mâles et scientifiques de la race blanche»; quel rapport entre ces utopistes dont l'entreprise s'acheva dans la déroute et les maladies de peau, et le bougre en pleine santé dont le projet consiste, en tout et pour tout, à enlever une jeune femme à un vieil ami ? Il est difficile de dire comment la comparaison a pu venir à l'esprit de Gormazzano ; probablement que, empli de l'amour de Rachel et soucieux de son avenir, il se sera remémoré le triste destin des femmes de ce groupe excentrique ! Appelées «les Sœurs», elles allaient en terre musulmane, propageant l'union libre et la reproduction indifférenciée, jusqu'au moment où la morale ayant pointé son nez, elles furent flétries : «putains de sœurs saint-simoniennes», disaient alors les braves gens, et aujourd'hui encore ils prétendent qu'on trouve de leurs descendantes dans la plupart des bordels du Caire.

«À propos, dit Belardo, comment se fait-il qu'une personne aussi rare que toi, bien éduquée et modeste avec ça, comme si la merveille était ignorée d'elle-même, ait pu tomber entre les petites pattes velues d'un Klapisch ?

— À cause de ses qualités extraordinaires, la merveille s'achète, railla-t-elle.

— Ne plaisante pas, Rachel, je suis sérieux. Comment t'a-t-il connue ? D'où par où viens-tu ? Où es-tu née ? Qui t'a mise en ce monde ? Je veux tout savoir de l'histoire de ma bien-aimée…

— Tu veux savoir, mon histoire ? Comment pourrais-tu savoir ? Tes pareils ne peuvent même pas imaginer le lait aigre et le sang qui coulent dans ce genre d'histoire !»

Rachel quitta le lit. Elle se vêtit d'un peignoir de satin blanc dont les fleurs japonaises posaient des touches roses sur ses chairs fondantes. Elle alla s'étendre dans le fauteuil à bascule où, balançant un éventail à motif japonais, elle fit figure de dame créole, avec ses gestes alanguis, ses japonaiseries, les pistaches qu'elle croquait sans cesser de parler.

«Je pourrais parler pendant des heures, tu ne saurais même pas l'essentiel de mon histoire. Par quoi commencer ? Je suis née à Tantah, mais mes parents arrivaient de Palestine où ils ne gagnaient pas de quoi nourrir six enfants. Je suis la septième et on dit que le chiffre sept est bénéfique puisque, sa création achevée, Dieu se reposa ce jour-là. Erreur fatale ! J'ai commencé à travailler à l'âge de sept ans. Je tenais l'aiguille pour ma mère qui avait perdu ses yeux à coudre des caleçons molletonnés pour les riches de Tantah, car mon père lui ne travaillait pas. C'était un homme pieux, pauvre et fier de l'être : un richard qui s'adonne à l'étude du Talmud n'en a aucun mérite ! Mon père était si religieux qu'il allait se laver les mains chaque fois qu'il devait tourner une page du Livre. Il en oubliait de battre sa femme, de manger, de dormir. À force il a fini par cracher du sang et mourir. Je n'ai pas versé une seule larme. On dit que les enfants ne pleurent pas aux enterrements car ils ne peuvent concevoir l'infini de l'absence. Ils imaginent un voyage, l'être aimé va revenir vous serrer dans ses bras et tout sera comme avant. Mais moi, je savais le bon débarras. Je ne l'appréciais pas, lui qui, pour gagner sa sainteté, nous avait condamnés à vivre dans la crasse et la faim. Que les saints du ciel lui pardonnent, moi je ne pense jamais à lui sans colère. Ma mère n'était pas méchante mais, de travailler comme une bête, elle avait pour nous des tendresses de bête. Une chatte ne sait pas reconnaître son petit qui a grandi, aussi à peine avions-nous atteint nos douze années qu'elle nous jetait dehors. Moi, je serais partie de toute façon. Qui voudrait de la vie qu'elle a eue ? Aujourd'hui, aveugle et seule en son grand âge, elle regrette de m'avoir faite ce que je suis devenue. Il n'y a pas de mal à mal tourner. Est-ce qu'on peut reprocher à une fille qui n'a pas pissé dans la soie de tirer avantage de sa seule qualité ? Moi, je lui suis reconnaissante de m'avoir appris à ne compter sur personne et pas un mois sur douze je n'oublie de lui envoyer le mandat.

— Quoi ! ta mère est vivante – Dieu la bénisse ! – tu n'es donc pas orpheline ? »

Rachel partit d'un grand rire. Elle riait à en basculer du rocking-chair, à en loucher, ses joues blanches pâlissaient sous la lumière ambrée de l'abat-jour. Brusquement, elles s'empourprèrent de colère :

« Mais quel homme es-tu donc ? Un idiot ? Quoi ! L'invention de Klapisch est si agréable à ton hypocrisie que tu veux y croire ? Pardonne-moi, monsieur le Protector, il n'y a pas d'orpheline en cette Locanda, et tu n'as pas couché avec la reine Farida.

— Avec Cléopâtre, tu mérites ! Bon, et alors Klapisch comment l'as-tu connu ?

— Je t'avais prévenu : l'histoire est longue. Si tu rentrais finir la nuit chez toi ? Comme tu voudras... J'avais quinze ans quand le tailleur qui m'employait à Tantah est mort. Alors ma mère m'a envoyée au Caire, bonne à tout faire chez le frère aîné de mon père. Le frère de mon père avait réussi. Il tenait un salon "Barbes, Frisures et Dents malades" au coin du Darb-el-Kouttab, à côté de la synagogue de la Turque. Tu sais que cette sainte avait construit sa synagogue à la mémoire de son mari, et comme mon oncle l'avait sous les yeux, tous les jours, il ne tarissait pas sur ce modèle de sainteté. Il aimait aussi les moins saintes, toutes on aurait dit, les grandes et les petites, les grosses et les maigres, toutes sauf la sienne.

— Ne me dis pas !

— Je te dis... ! La première année, mon oncle m'a laissée tranquille. Avec tout le travail qui m'attendait à la boutique le jour et le soir à la maison... ! Au moins, on y mangeait trois repas complets, le frère aîné de mon père ne regardait pas à la dépense... Il faut lui rendre

111

une justice. Pour le reste, il était gras, chauve et chargé d'autant de rides qu'une année compte d'heures. Si on le contrariait, sa moustache gonflait, il attrapait le courbache et frappait tous ceux qui passaient à sa portée. Il me faisait peur. Une fois j'ai brûlé au fer une serviette. Le frère de mon père m'a attrapée. Il m'a relevé la culotte, m'a couchée sur ses genoux et il m'a donné la fessée! Après, je me suis dit que de la fessée était venu le projet. Un jour que je servais à table, il a remarqué ma joue ronde et fiévreuse. Il a dit que je devais le retrouver au salon. Quoi! en pleine nuit? Je devais! C'était une dent de sagesse qui pouvait m'emporter tout entière et c'est ce qui est arrivé.

— Et c'est en t'arrachant la dent mignonne que le dégénéré t'a forcée? Quoi! Le propre frère aîné de ton père! Mais c'est un crime pour les tribunaux ça! Enfin, tu n'as pas essayé de te défendre, belle et forte comme te voilà faite?

— J'ai essayé… Le courbache a répondu. J'ai été voir ma tante. Elle a fermé les yeux. Les ouvrir pour contempler son infortune, être battue, répudiée peut-être? Alors, je me suis enfuie, à Tantah, chez ma mère. Elle n'a pas voulu entendre. Des inventions pareilles, ce n'est pas permis, le frère aîné de son mari était à ses yeux un saint à cause de la réputation pieuse et de l'argent qu'il lui envoyait tous les mois.

— L'argent, toujours l'argent, ça ne peut pas être un idéal dans la vie, surtout à l'âge tendre de la jeune fille. Tu es retournée chez l'arracheur de dents?

— Celui qui crache sur l'argent en a plein les poches! Et ne dit-on pas: "À poche pleine, vie saine!" J'ai rongé mon mal pendant deux ans, et à la fin, je ne ressentais même plus l'envie de vomir cette vie-là. Je ne me révoltais même pas en pensée. La chose me dégoûtait parce que j'avais presque l'âge du berceau quand le frère de mon père a commencé à sortir avec moi, mais au bout de deux ans, j'ai fini par croire qu'il était normal qu'un vieil homme soit attiré par la fille jolie et intelligente qu'il a prise sous son toit. Mais un jour, va savoir pourquoi, l'amertume m'a débordée. Pourquoi ce jour-là et pas un autre, égal en noirceur? Parce que… C'est comme ça. Il faisait trop chaud ce jour-là, l'haleine de mon oncle sentait l'ail, j'avais mal à la tête, ou alors envie de me noyer dans les eaux du Nil, je ne peux pas expliquer ça. Tu peux expliquer ça?

— Tout ne s'explique pas.

— Et je ne sais pas pourquoi je me montre franche avec toi. Regarde. Ce jour-là, je me trouvais à balayer le salon de coiffure. Mon oncle m'a commandé d'aller place de l'Opéra, chez "Mille Fleurs" pour acheter du savon à barbe et des parfums verts. Il m'avait donné la grosse somme. Elle tintait si joliment dans la poche de mon tablier que l'idée m'est venue que les clients de mon oncle n'auraient pas assez de mille fleurs pour cesser d'empester le vieux bouc. Pendant que je pensais, mes pas m'ont fait dépasser les "Mille Fleurs", j'ai tourné le coin de la place et je ne sais pas comment je me suis retrouvée devant le caracol*.

— Je devine, je devine, tu pousses la porte et tu tombes sur Klapisch! Une histoire pareille dépasse tout ce qu'on peut savoir de la misère du monde. Petite fille adorée, tu ne savais pas que le remède serait pire que le mal? Ah, pourquoi ne t'ai-je pas rencontrée plus tôt?

* Le commissariat.

113

— Pourquoi ? Qu'est-ce que tu as de plus que Klapisch ? Sur la question sensuelle, il te vaut, ailleurs, tu as du retard. Depuis quatre ans que je suis à la Locanda, je ne manque de rien, Dieu en soit loué ! Klapisch paye la chambre et les bibelots et les bijoux et les sorties chics au Casino et à l'Opéra. Il m'a éduquée dans les manières mondaines. J'avais des dispositions musicales, alors il m'a acheté un piano. Il m'a appris à chanter et plus tard je ferai artiste !

— Artiste des concours de beauté, des plus belles jambes et des plus gros seins, voilà ce qu'il t'a appris !

— Il faut bien commencer et Klapisch est de bon conseil. J'ai appris à chanter, à lire des livres, à reconnaître mon pied droit du gauche. Pourquoi devrais-je le haïr ? Tous les jours que Dieu fait, je mange du pigeon casher, je chante, je bois, et tant pis si le vin a un goût de merde.

— Rachel, Rachel, si seulement tu savais le goût de l'amour sentimental, tu parlerais autrement. Et sais-tu quoi ? Aujourd'hui, grâce à toi j'ai découvert que la pitié est aussi une forme de l'amour. Peut-être la plus sublime !

— En attendant la grande découverte, ne gaspille pas ta pitié sur moi. Réserve-la à tes pauvres. J'ai entendu dire qu'ils n'en voyaient pas souvent la couleur. Retiens ta langue sur moi ! Ne t'avise pas de te vanter de m'avoir eue, le Zabet le saurait, ce démon sait tout, et tu n'aurais plus de place sur cette terre !

— Tu peux compter sur moi ! Ce n'est pas que le Zabet puisse en rien m'intimider, mais je suis un galant homme.

— Et moi une femme galante ! C'est la différence que la société met entre toi et moi ! Mais dis-moi, la question m'intéresse, au jour du Jugement dernier, qui sera le plus à plaindre : la putain ou le voleur ?

— Crache, crache le vilain mot dans une si jolie bouche ! Quant à moi, je ne suis pas un voleur, d'ailleurs c'est Dieu qui l'a voulu. Une histoire ? Avant que du haut du Sinaï Dieu eût édicté ses commandements, chacun surveillait son bien par crainte des voleurs. Si bien que les voleurs, le sachant, n'essayaient même pas de voler. Mais après que Dieu eut commandé : "Tu ne voleras point !" et quand les hommes s'imaginèrent trouver là une sécurité pour leurs biens, alors la génération des voleurs se prit à fleurir. Elle s'épanouit à seule fin que Dieu n'eût pas à rougir d'un commandement inutile. »

DEUX

À une trentaine de kilomètres d'Alexandrie, sur la route bordée de chaque côté par le désert immense, immensément indifférent aux entreprises humaines, la Mercury décapotable modèle 1946 dut s'arrêter pour laisser passer une procession.

Une cinquantaine de paysans avançaient en brandissant des outils, de longues haches, autant qu'on pouvait en juger à distance. Quand ils approchèrent de la voiture, Deborah Lewyn put voir que chacun des hommes agitait en réalité un instrument fait de lattes jointes en X par un clou. Des ciseaux ? Des ciseaux, d'immenses ciseaux de bois qu'au rythme de leur marche ils ouvraient et fermaient d'un même mouvement plus lugubre que musical. Le bruit s'accompagnait d'une modulation monotone, comme « l'appel des sistres de Toutankhamon », dit Deborah Lewyn. Dizzy McLean se fit expliquer le mot « sistre ». Il dit que cette musique lui paraissait aussi banale que le bruit du vent dans les arbres du Colorado, enfin quand il y avait des arbres, et que le défilé d'outils ne l'étonnait pas tellement. Il avait vu des tapées de films où des bouseux en liesse s'en allaient construire la maison d'un nouveau venu dans le patelin, ça s'appelait un « jamboree » ou un truc dans ce goût-là. Absurde ! Deborah protestait. Pour l'amour de Dieu, Dizzy, la civilisation pharaonique a été créée avant le cinéma et ses rites se perpétuent, abâtardis certes et obscurs, dans les couches illettrées de la population. Elle se souvenait avoir lu quelque chose là-dessus... Ah voici, Baedeker, page 23 : « Des superstitions vieilles comme le Nil, des terreurs antiques, des tabous, tous les reptiles d'une noire magie rampent sur cette terre que son immobilisme rend formidable et sacrée. »

Le cortège continuait à se dérouler lentement, plongeant tour à tour ses regards à l'intérieur de la voiture comme dans une cage renfermant quelque invraisemblable animal. Dizzy sortit prendre en photo les femmes qui suivaient à part, l'œil inquiet, un coin de leur voile noir retenu entre leurs dents.

« Ils coupent le mauvais air pour chasser les esprits qui font mourir en quelques heures », expliqua Baba en remettant en marche la voiture.

Le vieil homme parlait un français composite et chantant, auquel Deborah n'entendait qu'embûches du sens. Elle s'accouda à la banquette avant pour mieux saisir le discours du chauffeur. Comme le mot «choléra» revenait plusieurs fois dans sa bouche et qu'il y mettait une inflexion à la fois terrorisée et haineuse, Deborah songea à l'imprécation «choléra yasna», que les Polonais éructaient à tout propos et spécialement contre leurs voisins juifs du Bronx. Elle en déduisit que le chauffeur proférait des injures antisémites. Tiens, et pourquoi donc? demanda Dizzy. Cela tombait sous le sens : il suffisait de lire les journaux! L'Égypte avait l'intention d'attaquer Israël sitôt faite la proclamation du nouvel État. Dizzy admit que ce n'était pas exclu. Imaginons un instant la mobilisation générale, poursuivit Deborah, alors le cortège aux ciseaux pourrait bien regrouper une quarantaine de conscrits se rendant à la base militaire la plus proche... Peu probable, répondit Dizzy, et elle dut convenir qu'en effet la plupart de ces hommes avaient dépassé l'âge de partir guerroyer. Cependant, afin d'en avoir le cœur net elle s'adressa au chauffeur, en français, lentement : «Monsieur Baba, ces hommes sur la route, des sol-dats, ce sont des sol-dats?

— Trente morts déjà, répondit Baba qui suivait son idée. Quelques jours plus tôt, ils étaient dans leurs champs, occupés à cueillir le coton. Et voici qu'un frisson les prend dans le champ de coton, puis d'horribles coliques et des vomissements. Et pas un médecin à la ronde. Alors la Codia* du village a ordonné de couper le mauvais air autour des maisons pour barrer la route à l'ange de la mort... Mais des enfants sont morts... Après, ça a été le tour des adultes... Trente morts, malgré les ciseaux de la Codia... Que faire? Tôt ce matin, ils ont quitté leur village pour demander

* La Magicienne.

117

protection au pacha de la commune de Damahur...
Une idée, ma parole! Autant jouer de la viole au cul
de l'âne... L'Excellence a dû mettre sa graisse à l'abri
depuis longtemps... Eh bien, que feront-ils ces malheureux? Ils vont piller le palais du Pacha et manger
jusqu'à ce que le choléra les mange ou que la police
leur tire dessus... Et leurs femmes diront des prières
pour le jour anniversaire de la naissance de leurs
hommes. Chez nous, la mort se rappelle par le jour
faste ou néfaste de notre venue au monde... Ça vous
étonne, madame? C'est que nous sommes différents,
nous autres... Le temps, prenez le temps par exemple,
qui pourrait croire que nous vivons dans le même
temps? Chez vous on dit *time is money*. Et vous gar-
dez le temps dans vos banques. Et nous, qu'avons-nous
à garder? En Amérique, vous dites que vous êtes à
l'heure, *on time*. En Égypte, nous disons nous voilà
in time dans le temps... À l'intérieur du temps, comme
un enfant dans le ventre obscur de sa mère. Le monde,
la terre, ce sont eux les gardiens du temps qui passe...
Les différentes limites que l'homme, ce fou, a mis au
temps, la nature peut les remettre en cause d'un seul
coup. Il suffit d'un tremblement de terre, du Nil qui
se fâche, du choléra... Dieu nous en garde! Avez-vous
soif, faim, fatigue? Je peux m'arrêter un peu. Qui est
pressé? L'homme est libre. Pour moi le fin du fin est
de rouler doucement dans la beauté du désert. La lenteur est mon rythme normal, car la vitesse, à la fin,
ne fait que vous entraîner d'un présent obscur à un
avenir plus sombre encore. Moi, voyez-vous madame
Deborah, j'aime ressentir les émotions très pures de
la nature. J'adore la lumière du matin et sa première
musique, la voix du Muezzin. Je suis fou du chant de

la prière, mais je préfère quand même les tambours de mon village. Si vous aimez les *typics* comme disent les Anglais – Dieu détruise leur maison et rende stérile leur reine –, je peux vous chanter un poème de toute beauté :

> *« L'œil est dans l'œil, le cœur est en flammes*
> *Fatma est plus ronde que la lune*
> *Et Dieu l'a décidé.*
> *La graisse est la moitié de la beauté. »*

À la porte du désert, les pyramides. L'entrée au Caire se fit par une route plantée d'acacias et bordée de guinguettes telles que «Le Rendez-vous Cléopâtre» ou «Le Cottage des Chasseurs». La Mercury dut emprunter le sillage d'un petit tramway jaune qui menait une lutte incessante et vaine contre la poussière épaisse et tellement impalpable qu'elle se confondait avec la couleur du ciel. À chaque arrêt du tramway, on pouvait apercevoir l'employé qui, armé d'un plumeau, époussetait la couche de limon accumulée sur les banquettes et même sur la personne des voyageurs.

«C'est le vent du Khamsin», précisa Deborah, forte des connaissances du Baedeker : «On peut s'y enliser peu à peu, lut-elle, comme le Sphinx de Guizeh, et il provoque chez les Européens une nervosité inquiétante, une irritabilité maladive dont il est nécessaire d'être averti.»

La maison de Belardo Gormazzano se trouvait sur l'île de Rodah, à l'ouest du Caire, mais Deborah pria le chauffeur de continuer vers le centre-ville, afin de déposer Dizzy McLean à la gare.

Comme le train pour Louxor ne partait qu'à la nuit,

le jeune homme proposa de boire un dernier verre au buffet de la gare. Deborah craignait de faire attendre ses hôtes. Eh bien, voilà, alors au revoir… Ils firent quelques pas sur le quai. Ils y remarquèrent du linge d'homme qui semblait avoir été mis à sécher le long d'une poutrelle. C'était amusant. Des gens dormaient appuyés aux banquettes, ou encore allongés à même le quai, les uns contre les autres, alignés comme à l'hôpital, le souffle rauque, les pieds nus et crasseux. Donc, bon voyage, au revoir, adieu, et ainsi de suite… Dizzy avait pris l'expression de qui, au moment de monter dans le train, se rend compte qu'il a oublié de fermer le robinet du gaz. L'air morose, il retournait ses poches. Il en extirpa un bric-à-brac de fumeur, des pièces de monnaie, un crayon. Il s'enquit de l'adresse des hôtes de Deborah, promit d'y passer à son retour de Haute-Égypte, dans une dizaine de jours, et ils se séparèrent après s'être serré la main.

La saluade avait tant duré que le vieux Baba suffoquait en sa voiture demeurée au soleil. Le brave homme n'en faisait paraître aucune humeur et même il chantonnait tout en menant son véhicule contre les embarras de la circulation. Lorsqu'il traversa le pont conduisant à l'île de Rodah – prise entre les deux bras du Nil où glissaient les felouques, elle offrait une longue perspective de villas couleur pêche entourées de jardin –, Deborah songea à mettre quelque délicatesse dans l'expression de sa reconnaissance au chauffeur. (Au chapitre « Relations avec les Orientaux », le Baedeker conseillait : « Ne pas oublier qu'on a affaire à des gens qui, sous bien des rapports, sont de grands enfants ». Dans les négociations avec eux les gestes suppléeront bientôt à la connaissance de la langue. Ne pas faire montre d'une générosité excessive. En Orient l'homme du peuple tient tous les étrangers pour des Crésus et en partie aussi pour des fous parce qu'il ne comprend ni le but ni le plaisir du voyage. En conséquence, ces gens se croient le droit de fatiguer le voyageur de cette demande : "Donne-moi un bakchich puisque tu es riche et que tu parcours le monde en grand seigneur !") Bon, mais combien fallait-il donner au chauffeur pour un aussi long parcours ? Après réflexion, Deborah trouva avenant de lui tendre le panier contenant le reste des provisions de route – des tomates, des fruits, une pleine bouteille de coca-cola – au-dessus desquelles elle avait posé un billet d'une livre égyptienne. Baba plissa malicieuse-ment le vieux cuir de ses joues et marmonna quelque chose : il annonçait la fin du voyage. Deborah crut entendre une réticence, un souhait, imagina-t-elle, pour autant de dollars en place de la monnaie locale.

Soupçonnait-elle l'argent du pays de ne pas valoir tripette ? Participait-elle de cette croyance américaine d'après laquelle le dollar-roi susciterait l'irrépressible convoitise des populations sous-déve-loppées ? Comme ses dollars se trouvaient au fond de sa malle, elle s'engagea à les en sortir sitôt rendue à destination, dans deux ou trois minutes. Ce disant, elle pointa vers Baba le pouce et l'index… Deux ? Deux dixièmes de guinée ? Vingt piastres ! comprit Baba. Il imagina que cette dame policée, qui de la vie ne connaissait qu'aises du boire, du manger et du dor-mir, lui marchandait le service rendu. Sous l'humi-liation, il se tassa comme une maison mal bâtie. Et son cœur éprouva le millénaire chagrin des âmes serves. Avait-il réclamé son dû ? Avait-il tendu la main le premier? «Je ne suis envieux de personne, dit-il, et je ne jalouse même pas le Prophète dans la cité.» Deborah dissimula un début d'agacement: «Mais que dites-vous, monsieur Baba?» Il disait, à la suite du Prophète, que la générosité est le plus sûr moyen d'acheter la béatitude, aussi celui qui donne est redevable à celui qui reçoit. *Yes, yes! Consequently*, sans tourner la tête, d'une pichenette, il propulsa le billet vers la banquette arrière. Son geste ne manquait pas de fierté: une guinée représentait le quart de son salaire mensuel; Deborah y lut la cupidité native contre laquelle le Baedeker mettait en garde le touriste. Pensant que le chauffeur exigeait un supplément, elle refusa de reprendre son billet... Elle le brandissait au-dessus de la tête du vieux nègre, insistante, et comme il s'en défendait, le ton monta. Aigreurs! Clameurs! De sorte que chacun entendant noir à la place de blanc, personne ne comprit plus rien à rien.

Malentendu, déplorable contresens! Le Zabet Klapisch aurait pu résumer la situation par cette énigmatique sentence de Victor Hugo: «L'homme injuste est celui qui fait des contresens.»

À présent, plus personne ne pipe mot dans la voiture. Elle est arrêtée devant la grille de bronze ciselé d'une grande demeure aux formes si hybrides qu'il est impossible de les ramener à un style connu; aux étages, la façade ancienne est tournée dans le goût arabe avec ses balcons en saillie riches en arabesques, mais sur le bas court une galerie à colonnades de bois qui emprunte à l'architecture coloniale chère aux Anglais du début du siècle. On aperçoit au milieu du jardin, derrière les massifs d'hibiscus, de magnolias et de tubéreuses, une fontaine jaillissante carrelée de

122

mosaïques vertes et blanches. De chaque côté de la maison, les flamboyants ne portent pas d'ombre. Il est deux heures de l'après-midi et le soleil aveugle le ciel tout blanc. Baba va sonner à la grille du jardin. Il recommence à plusieurs reprises… Et pendant que Belardo Gormazzano dépasse lentement la fontaine, arrive devant la grille, cherche une clé en poussant des cris d'enthousiasme – en réalité il tremble d'affronter la fille de son ami Max Lewyn –, j'ai le temps de rapporter un fait historique qui illustre tragiquement le genre de malentendu dont je parlais plus haut.

Lorsque la Première Guerre mondiale éclata, lord Kitchener, le vice-roi d'Égypte, résolut d'incorporer cent mille volontaires indigènes au corps expéditionnaire qui irait se battre sur le front de la Somme. En dépit de la solde promise et du bel uniforme de l'armée britannique, il s'en trouva à peine quelques centaines à venir s'enrôler de leur plein gré. À ces braves s'ajoutèrent les bons-à-rien, chômeurs et larrons qu'il fut aisé de ramasser sur les souks et dans les taudis des villes. Mais tout compte fait, les recrues ne dépassaient pas un millier d'hommes, en piètre état qui plus est. Alors lord Kitchener chargea un colonel du nom de sir Edwards de parcourir le pays, afin que le protectorat consentît à fournir à la couronne ses défenseurs. Par un effet de leur simplicité, les populations concernées rechignèrent – elles avaient des soucis du roi d'Angleterre une idée vague, tandis que sa devise, *home sweet home*, leur dictait clairement de refuser de quitter leur sol natal. Devant tant de mauvaise volonté – la légendaire atonie qui, depuis la nuit des temps des invasions, garantissait le peuple

123

égyptien des belliqueuses exigences des «protecteurs» de toutes origines et provenances –, lord Edward recourut à des méthodes ne devant plus rien à la persuasion. Du haut en bas de l'Égypte, pas un village n'échappa à la razzia, d'autant que les maires et les pachas, qui savaient d'où soufflait le vent, prêtaient main-forte à la puissance tutélaire. À l'aube, les rabatteurs de sir Edwards arrivaient au village ; tel un vol de vautours, ils encerclaient les maisons endormies, en sortaient les «volontaires» à grand renfort de coups de crosse, les entassaient pieds et poings liés dans les camions en partance pour la capitale d'abord, le front de la Somme ensuite. Les paysans qui s'insurgeaient voyaient brûler leurs champs et les plus entêtés récoltaient une balle dans la peau.

Mais il arriva que les hommes du village de Der Hamama, en Haute-Égypte, réunirent assez d'argent pour faire appel à Abou Girgis, le bandit qui avait commis plus de crimes à lui seul que tous les Anglais réunis. Cependant, qui pouvait affirmer qu'il était bon ou mauvais ? Il plaignait le fellah, il aimait la terre, ses quatre fils et les armes à feu. C'était un sauvage, complètement illettré et capable pourtant de mettre en échec les démons de sir Edwards. La bataille s'engagea. Des deux côtés, on ne comptait plus les morts. Abou Girgis y perdit trois de ses fils.

Un jour, le dernier fils qui lui restait fut capturé par les soldats de sir Edwards. Il avait reçu une balle dans le mollet, si bien qu'il fallut l'amputer de la moitié de la jambe droite. Quelques jours plus tard, sir Edwards fit dire à son adversaire qu'il pouvait venir, seul, chercher son enfant. Abou Girgis flaira le piège, mais c'était un père ! Seul donc, il se mit en route pour le campement des Anglais. Là, il vit venir à lui son fils : pâle, estropié mais bien vivant ! Le lendemain, le bandit fit porter à sir Edwards une grande quantité de fruits et de légumes, trois moutons gras et une jeune fille nubile. C'était sa façon de manifester sa gratitude au colonel généreux qui, au lieu de mettre à mort le fils de son ennemi, s'était contenté de lui couper une demi-jambe. Ensuite, les combats reprirent comme par-devant, à cette différence que les soldats britanniques tombés aux mains d'Abou Girgis étaient renvoyés à sir Edwards proprement amputés de la moitié de la jambe droite.

Depuis lors, un proverbe de chez nous dit : « Il n'est meilleur marcheur que l'unijambiste ! » puisque, comme on sait, en dépit des embûches mises sous ses pas, l'Anglais continue à occuper notre terre. Pourquoi ne laisse-t-il pas l'Égypte aux Égyptiens ? Pourquoi ne rentre-t-il pas chez lui, quand le pays et tous ses habitants l'y invitent ? Ce que la raison politique n'a pas réussi à obtenir, la violence y pourvoira-t-elle un jour ? Dans combien de temps ? Combien de morts faudra-t-il encore à la liberté pour être libre ? Point de calcul et de méditation qui échappe pour l'instant à ma compétence, chacun son métier, le mien est de raconter cette histoire et, précisément, elle entre dans une phase cruciale ! Belardo Gormazzano vient d'ouvrir la grille du jardin et, se précipitant vers Deborah – oh ! le danger roux arrivé à demeure par un jour de canicule –, il pousse les cris de joie et de ferveur qu'entendra le Messie lorsqu'il se décidera enfin à joindre les hommes.

Quel chichi ! quelle duplicité ! penserait-on à voir l'effroi qu'inspire à Belardo Gormazzano la visite de

Deborah Lewyn ; les problèmes qu'a suscités cette visite et qu'elle suscitera encore car les choses ne s'arrangent jamais comme on voudrait. Le Protector de la Cara est terrorisé, c'est certain, et il donnerait cher pour réexpédier la malvenue chez son père ! En même temps, notre hypocrite est en proie à une réelle émotion, voire un début d'affection pour la jeune femme, trop maigre et rétive aux effusions – ça ne promet rien de bon ! – qui peut l'envoyer, lui et ses affidés, aux cent mille diables ! C'est surprenant ? C'est comme ça ! Chez nous comme ailleurs, il est établi qu'au moment de poser la tête sur le billot, le criminel peut éprouver un penchant pour son bourreau, après tout c'est le dernier visage humain que ses yeux retiendront de ce monde.

« Dorette, Dorette, criait-il à sa femme qu'on ne voyait pas, qui devait épier derrière une fenêtre, Dorette regarde qui nous arrive, Dieu en soit loué ! la fille de Max Lewyn. Mon meilleur ami… »

Belardo avait posé ses mains sur les épaules de la jeune femme et comme s'il retrouvait une enfant qu'il aurait autrefois fait sauter sur ses genoux, il l'attirait si près que de haut en bas leurs corps se pressaient. Tandis qu'elle s'efforçait de prendre ses distances, il l'embrassait avec tendresse et exaltation. En cette heure grave où il retrouvait sur le visage de Deborah les traits de son cher Max, sa rousseur ardente et ce qu'il y avait en lui de force et d'intégrité morale, Belardo disait ne plus pouvoir contenir la joie venue du fond de son cœur. Il en perdait ses mots, pardonnez-moi ma chère enfant, le souvenir englue à extase, et il poursuivit de la sorte, longtemps, sans que la répétition ne parût user son bonheur.

« La fille de ce cher Red Max ! Savez-vous quoi

Deborah ? Je me dis souvent qu'en dépit des années passées, du temps qui piétine la mémoire de l'homme sauvagement et ne lui laisse à la fin que ses chaussettes, le temps donc ne peut rien contre l'amitié qui me lie à votre père. Comment va mon cher Red Max ?

— Heureuse de vous connaître, dit Deborah, je suis épuisée. Tout à l'heure, je vous parlerai de papa. Maintenant, j'aimerais bien faire une petite sieste.

— Et c'est tout ? Dix siestes, toutes les siestes du monde. Entrez, entrez donc ! Ma maison comme la vôtre ! »

TROIS

À l'heure de la sieste, les pensionnaires de Madame Faustine s'étaient rendues l'une après l'autre dans la chambre de Rachel : pour être tranquilles ! Ça faisait combien de temps qu'on ne s'était pas réunies, entre petites sœurs, pour parler ?

Rachel était assise devant la coiffeuse dont le miroir renvoyait l'éclat de ses épaules nues. Simone occupait le fauteuil à bascule offert par Klapisch – comme la plupart des meubles et des bibelots que renfermait la chambre de sa maîtresse – et elle berçait dans ses bras la petite enfant de Marika la Grecque. (La bienheureuse dormait sans se douter qu'un père ça existe et qu'une mère n'est pas faite pour subvenir toute seule aux besoins de son enfant.) Les autres – Nérissa, Zouzou, Esther, Lila, Perle, Allégra – tenaient serrées dans le grand lit matelassé de plumes de

colibri. Lila en éprouvait la souplesse par gambades :
une gamine encore, un rien l'émerveillait ! Ça c'était
un lit ! Chez Lila, la mère et les huit enfants dormaient
à même la natte, seul le père, un rémouleur à rhumatismes, avait la jouissance du seul matelas de la cahute.

« Commençons ! dit Rachel. Donc, Marika, tu disais
que tu avais une idée ? »

Marika la Grecque s'appuyait contre la porte close
et elle promenait sur ses sœurs un regard… ; un regard
comme c'est pas Dieu possible ! Un regard froncé,
comme si elle cherchait quelqu'un sur qui déverser sa
colère. Les filles savaient qu'elle pensait au Zabet
Klapisch. Elle s'en obsédait à vengeance et meurtre
depuis le jour où il avait voulu la renvoyer de la
Locanda, la jeter elle et son enfant hors du pays ! Quel
maquereau ! Un sale juif ! Une flicaille qui osait lui parler à elle, la fille bien née de Salonique, comme si elle
était la première venue : « Eh ! dis donc, toi, la petite
pute, tu ne te montreras pas devant Deborah Lewyn,
sinon gare à tes fesses. » Maudit ! Si elle avait pu, elle
lui aurait arraché les yeux avec une fourchette…
L'aurait lardé à lame rouillée… L'aurait laissé pour
mort une dizaine de fois et même davantage… N'en
pouvant mais, elle se mit à arpenter la chambre, à l'air
étouffant déjà, et la suivait la trace moite de ses pieds
nus, des boutons de rose on aurait dit, avec leurs orteils
peints… Mais quelle rage ! Elle marchait de long en
large, comme par un soir de ventre vide !

« Alors, tu viens, chérie ? dit Allégra, histoire de
détendre l'atmosphère.

— Si vous l'interrompez tout le temps, comment
voulez-vous que Marika nous dise la couleur de son
idée ? » intervint Zouzou, une débonnaire fessue que

128

les très jeunes garçons chérissaient pour son savoir-faire enthousiaste et sa maternelle tendresse.

« Assez d'énigmature, dit sèchement Rachel. Nous écoutons l'idée de génie !

— Une idée du diable ! dit Marika. Aussi vrai que le diable habite les hommes, et spécialement un nabot velu que je ne nommerai pas de peur de souiller ma bouche, j'ai dans l'idée qu'il n'est pas juste de plumer la poule pour qu'un autre la mange. Il y en a marre à la fin, non les filles ? »

Les filles acquiescèrent. Et comment, tu parles ! Mais de quoi exactement ? Elles avaient compris, bien sûr, l'allusion au diabolique officier à une étoile – une belle source de disputes en perspective avec Fleur de Péché ! Mais non, celle-ci en convenait : son homme n'était pas bon, d'accord, et à peine humain, mais quel rapport avec une poule ?

« L'Américaine hein ? La poule à plumer, c'est Deborah Lewyn ! » dit Simone.

Simone avait oublié d'être bête. C'était de famille : le père faisait rabbin à Mehallah-el-Kobra et les deux frères étudiaient le Talmud. Ils ne gagnaient pas et voilà pourquoi il valait mieux quitter la maison natale si on voulait vivre comme tout le monde.

« Une milliardaire aux as, confirma Marika, et une chose est sûre : les Bénéfactors vont se remplir les poches ! Et nous, les filles ? Combien la mascarade va nous rapporter à nous autres ? Du boulot, ça oui, et puis… à peine de quoi se payer un repas chez Fechaoui. Un filon pareil… Petites sœurs, est-ce que c'est permis ? »

Finalement, toutes pensaient que ce n'était pas permis de faire bouillir la marmite aux écus en les écartant, elles, du festin. Même, une sacrée colère les prenait... Sauf Rachel qui se gardait d'y mêler son grain de sel, toutes s'étaient mises à hurler. Simone les fit taire : Madame Faustine pourrait venir insinuer sa curiosité et alors l'odieux n'aurait plus de limite.

«Rachel a perdu sa langue, dit Perle. Moi, je marche avec Marika. Elle doit penser à l'avenir de sa petite, et moi j'en ai marre de la Locanda el Teatro. L'argent, il n'y a pas plus beau! Nous pourrions repartir à zéro, nous refaire une vie. Une bonne vie. Ma parole, je rentrerais chez nous. Ah, respirer un jour le bon air d'Alexandrie!...»

Perle, qui était pour ainsi dire née poisson dans l'eau Méditerranée, devint muette et pensive... Ses sœurs virent que son imagination la ramenait vers le rivage de son enfance, ses yeux en prenaient la lumière, ses narines respiraient l'air salé, elle se souvenait du parfum de miel des locomadis que son père vendait sur la plage de Sidi-Bichr et peut-être se revoyait-elle courir, petite, dans la dune immense.

«Oh oui, une autre vie, dit Nérissa, une vie à vivre, même si ici rien ne nous manque, Dieu soit loué!

— Moi j'achèterai un frigidaire et une voiture américaine, dit Zouzou.

— Moi, un appartement avec terrasse à Héliopolis, dit Esther, l'air là-bas est le meilleur du monde!

— Moi, je voyagerai, dit Monette. Il faut courir le monde tant qu'on le peut.

— Moi je paye l'opération du meilleur docteur du Caire, dit Lila, et fini, je suis vierge pour le mariage.

— Et c'est tout? ricana Marika, toi tu serais satisfaite de bouffer ta merde. Les rêves, ça ne manque pas. Mais comment les réaliser, ça personne ne sait.

— Moi, je sais, dit Allégra. Avec l'argent, j'engage

Barakat qui me fait débuter vedette avec Omar Sharif. Quelle merveille! Ma photo sur les murs d'Égypte. Belle et tranquille et riche. Fini. Ni je crève de faim, ni je cours les concours des plus gros seins des cafés-chantants.

— Et tu échappes même à la mort, rit Simone, elle n'a plus la force de te prendre. Petites sœurs, nous serons le fruit du soleil, sa saveur et son noyau. Et maintenant assez rêvé. Parle Marika, dis-nous ton idée puisque aussi bien tu en as une.

— Voilà ce qu'il faut faire, dit Marika. Il faut faire chanter Klapisch, et de sa plus belle chanson encore. Il raque ou nous parlons à l'Américaine.

— Non, intervint Rachel, il ne faut pas.

— Quoi? Marika la Grecque était sur le point de se fâcher. Alors, tu le défends?»

Rachel se leva. Pourquoi? On la regardait… Elle allait, très superbe, la Reine de Saba en personne. Qu'allait-elle faire? Parfois, Fleur de Péché avait des réactions de capricieuse adulée par les hommes… Elle se porta vers le rocking-chair de Simone qui, cessant de se balancer, prit une expression apeurée… Mais Rachel ne fit que tendre le bras et se saisir de l'enfant de Marika. Revenue vers la coiffeuse, elle contempla le couple qu'elle formait avec la petite dormant sur son cœur moelleux, et naturellement elle sourit au joli tableau.

«Sur la tête de notre bébé, dit-elle, Klapisch peut crever dans le désert, je ne lèverai pas le petit doigt pour l'étancher. Et son squelette n'aurait-il plus que des dents, je lancerais encore l'urine dans sa bouche! Seulement, il ne faut pas l'attaquer frontal, il pourrait nous en cuire! Poignard, pourquoi poignardes-tu, poignard? Pour que le poignard poignarde! Il est terriblement rancunier, Klapisch, je le connais. C'est un méchant qui a la loi pour complice, et je vous le dis, petites sœurs, les lois ont été faites pour assouvir les vices et les ressentiments de ces hommes-là.

— Ce n'est pas une nouvelle, s'impatienta Marika, danses et grimaces dans la patrie des singes, tu tournes les mots dans ta bouche pour nous embrouiller ?

— J'avais une proposition, mais… »

Rachel esquissa une moue hautaine et circonspecte qui, dans les mimiques des connivences passées, signifiait : « Essayez donc de vous débrouiller sans moi, Dieu est grand ! » Simone entreprit de la radoucir en lui baisant les joues.

« Batailler contre Klapisch, dit-elle, est aussi vain que le rêve d'enfantement d'un monde meilleur. Écoutons Rachel. Rachel va parler… N'est-ce pas que tu vas parler petite sœur ?

— Sur ma tête et mon œil, reconnut Rachel, je dois parler. Je vous dirai une chose : se battre contre plus fort que soi est une idiotie dangereuse. Oublions Klapisch, et pensons à Gormazzano. Celui-là, nous n'en ferons qu'une bouchée. »

Parole d'or ! Fleur de Péché connaissait les hommes. Gormazzano était la cible idéale. D'abord il avait l'air plutôt gentil, un gentleman – avec lui les larmes n'étaient plus des larmes. Ensuite, le Protector détenait pouvoir sur les finances de la Cara. Et si l'envie l'en prenait, qui pourrait l'empêcher de doubler la tontine des artistes, hein, pour prix de leur loyal et compétent concours à l'affaire de l'Orphelinat ? La chose paraissait faisable, et je vous le demande, qu'est-ce qu'un millier de guinées quand on a la main sur la fortune d'un Max Lewyn ? Toutes étaient emballées par le plan de Rachel. C'est alors que Simone – elle en avait dans la tête celle-là – imagina les tenants et les aboutissants de la transaction.

« Rachel est notre émissaire. Elle lui raconte ceci et cela. Ils parlent. Le Protector est d'accord. Il nous offre un billet de loterie, mais pas n'importe lequel, attention, le billet du gros lot. Il n'y a pas. C'est le sort qui en a décidé. Fini. Tout le monde est content et Klapisch est obligé de fermer son clapet à merde. Hein ? C'est très possible. Qu'est-ce que vous en dites, petites sœurs ? »

Quelle pensée puissante ! Les filles en auraient dansé d'excitation. Elles se mirent à parler toutes en même temps et dans leur bouche les mots se réjouissaient comme des enfants. Après, elles se sentirent épuisées. L'espérance fatigue. Elles se couchèrent, qui sur le sol, qui dans le lit, se serrèrent l'une contre l'autre, les petites sœurs, et s'alanguissant, elles allèrent à la rencontre de leurs rêves.

QUATRE

La chambre d'amis des Gormazzano donnait sur un jardin de véhémente luxuriance. Allongé sous l'ombre d'un arbre en fleurs, un domestique poussait un ronflement rauque et pénible comme celui des patients endormis au chloroforme.

Deborah Lewyn avait fini de disposer ses affaires dans la pièce aux magnifiques proportions ; marbre au sol, boiseries incrustées de nacre, tapis usés jusqu'à la trame... Quelque chose d'indiciblement nostalgique s'en dégageait et, réminiscence du désert tout proche, le sable ternissait les miroirs et fanait les tentures pour aller se déposer en fine couche palpable sur le rebord des fenêtres.

Le cabinet de bain attenant était tout aussi suranné avec sa monumentale baignoire plaquée de feuilles d'or, sa robinetterie clinquante qui délivrait goutte à goutte une eau couleur de rouille. Deborah hésitait à prendre un bain : «L'eau joue un rôle considérable dans l'hygiène des pays chauds comme véhicule de quelques-unes des plus graves maladies endémiques…» (Baedeker, p. 56).

Elle fit sa toilette devant le lavabo. Elle brossa ses longs cheveux, les aplatit du mieux qu'elle put, puis les serra soigneusement sous le filet de soie sans lequel elle ne pouvait dormir; il offrait le double avantage d'ordonner la chevelure pour le réveil et, moins sérieusement, d'emprisonner la pensée sans l'épuiser par des rêves stupides.

Si le lecteur se demande, goguenard, pourquoi le désir d'ordre poursuit jusque dans le sommeil cette jeune femme aux cheveux indisciplinés, pour elle, je répondrai qu'il convient en toutes circonstances de brider les débordements sensuels de la conscience endormie.

Des trains partaient, d'autres arrivaient. Une pluie fine tombait, l'air sentait le brouillard. Deborah entendait les cris des porteurs qui poussaient lentement les chariots sur le quai bondé de voyageurs. Une locomotive glissait sur les rails, enveloppée d'une vapeur épaisse. Quand la fumée se dissipa, Deborah put monter dans un compartiment. Il était vide, à l'exception de sa mère qui lui fit signe de prendre place à côté d'elle. Maman portait un sweater vert. Elle avait les cheveux oxygénés et les lèvres peintes. Deborah ne se souvenait pas que Maman eût jamais teint ses cheveux. Contemplant son propre visage dans la glace du compartiment, Deborah vit la figure d'une toute petite fille. Elle s'aperçut que la gare s'était vidée de ses voyageurs. Les porteurs avaient disparu. Tous les trains s'étaient éloignés. Seul le leur, dont on avait décroché la locomotive, était resté à quai.

Deborah se réveilla à cet endroit et sa première pensée, très angoissante, alla de sa mère, morte à l'âge de trente-six ans, à son propre anniversaire. Dans quelques mois, j'aurai un an de plus que Maman, comment peut-on être plus vieille que sa mère ? Elle songea que sa mère demeurerait toujours jeune et belle tandis qu'elle, sa fille, avançait sans sursis vers la vieillesse. Oui, oui, Deborah Lewyn, l'héritière du magnat des ascenseurs de New York, s'acheminait vers la décrépitude, avec le prestige de la vieille fille qui entretient de par le monde, l'inévitable Baedeker à la main, toutes sortes d'institutions charitables.

Deborah Lewyn souriait amèrement – comme sous les coups répétés du sort on devient féroce pour soi-même, endurci et résolu à croire le bonheur impossible sur cette terre –, lorsque le destin, lassé de cette comédie du renoncement, introduisit dans sa chambre une créature qui parlait d'une voix remarquablement aiguë et ne reposait jamais ses mains.

«Bonjour, mille bonsoirs plutôt, mais c'est que notre belle dort en pyjama, comme les garçons, ce n'est pas permis, j'étais si hâtive de vous voir, je pensais à vous avec un tel attendrissement, mon cœur battait si fort que j'ai dû poser sur lui la compresse froide des sensations violentes et des larmes de joie jaillissaient de mes yeux, c'est comme ça, c'est le flux de l'émotion et je pensais, grâce à Dieu, après tant d'années d'attente pénible, elle est enfin venue dans ma maison, Deborah, la légendaire fille unique de notre plus cher ami américain, comme lui il n'y a pas deux, je rongeais la curiosité, mais à quoi ressemble l'oiseau rare de tous les dons, Dieu vous les garde mille ans, mais je ne voulais pas déranger, vous dormiez si bien, l'enfant au berceau, je n'osais pas troubler votre sommeil, ma maison comme la vôtre, reposez-vous, surtout que chez vous il n'y a pas trace de notre vie paisible et pleine de beautés naturelles, Belardo le dit toujours, comme je plains Red Max, New York est la ville des temps nouveaux, des statistiques, du pétrole et du sourire des bonshommes de neige, de la maffia et des nègres sur les rings de boxe, des Irlandais qui boivent des cruchons de whisky sur le toit des gratte-ciel pour échapper à la loi sur la prohibition, des juifs qui achètent des pistolets automatiques dans les pharmacies, ces juifs-là ont des corps d'athlète, n'importe qui peut devenir millionnaire en une nuit, la démocratie commande et il y a toujours place pour un étranger de plus.

— Vous avez une imagination pleine de vivacité, dit Deborah d'un ton perplexe. Madame Gormazzano, je suppose que vous aimez... comment dit-on en français... blaguer ?»

Deborah Lewyn avait en horreur la volubilité inconsidérément enthousiaste ; toute sa vie elle s'était méfiée des belles paroles et – elle y pensait à l'instant – de l'amour, pour une raison étroitement liée à la parole : de même que la parole voile la vérité pure, l'amour pour une seule personne voile l'amour pour l'humanité. Refrénant un élan d'antipathie, elle se demanda si la femme de Belardo Gormazzano n'était pas affligée d'une légère débilité mentale.

«Pas de "madame" entre nous, appelez-moi Dorette.»

Dorette avait atteint l'âge où heurs et malheurs de la vie s'impriment sur le visage. Pourtant ses joues pleines et lustrées, son nez minuscule, son œil rond trahissaient autant d'expérience qu'un œil de poule. Le corps, tout en force agitée, dégageait de l'énergie. Elle portait une robe rose bonbon qui lui tombait des épaules comme un tonneau retenu par des lacets de soie et s'arrêtait à dix centimètres au-dessus des genoux : si bien qu'elle dénudait des bras et des jambes qui eussent mieux convenu à une lutteuse de foire qu'à une dame de la bourgeoisie. À ces contrastes, s'ajoutait une panoplie de bijoux lâchés partout où ils pouvaient briller, un maquillage outrancier et des cheveux électrisés par la permanente.

«Soyons amies, Deborah, donnez-moi la main.»

Dorette Gormazzano écarta la moustiquaire, son parfum la précédait violemment, et vint s'asseoir sur le bord du lit.

«Bavardons un peu. Quoi! jamais de vernis à ongles?

— Non, je n'aime pas ces choses-là.» Deborah soupira.

«Le vernis est une fleur aux doigts de femme. Laissez votre main, elle me parle… Je vois… Vous n'avez ni mari ni animaux favoris… Dites-moi, vous n'aimez pas non plus les enfants? Vous avez raison, ils ne sont plus ce qu'ils étaient. J'ai mis au monde deux filles et pourquoi, je vous le demande? Pour partir au loin épouser des Belges! Hein, il fallait deux diables belges pour me priver de mes enfants! Vous vous rendez compte mes petits-enfants sont Belges! Mais je parle, je parle. Ouvrez-moi question de vous. Tout m'intéresse et dites-moi, ma chérie, quel bon motif vous amène parmi nous?»

Jeudi 29 avril 1948...

Sur le coup des 7 heures du matin, les demoiselles de la Locanda dormaient encore ou se proprettaient et il n'y avait de visible que Soliman, le boy. Il balayait le grand salon ; détritus, cadavres de bouteille, relents de tabac froid ! Avait-on jamais vu pareille déres-pectation de l'« Orphelinat » ? Zacharie Borekitas contemplait les reliefs de la bombance avec une vigilante férocité. Diable ! Ce sont toujours les mêmes qui vont au bal, et que n'était-il venu la veille au soir ! Cette nuit, il n'avait guère dormi, tant il avait conscience de vivre un moment excitant de sa vie.

Madame Faustine se trouvait à la cuisine en combinaison et culotte rose. Penchée sur l'évier, elle savonnait son triple menton où s'accrochait un talisman en peau de chameau orné de caractères arabes.

« Comment, encore vous ? Qu'est-ce qu'il y a dans le gros paquet ? Ouvrez voir le cadeau ! »

Zacharie ne voulut pas défaire le précieux colis. Il renfermait des jupes et des corsages de coutil kaki à galon blanc, neuf paires de bas blanc et autant de sandales en toile dont les brides se laçaient sous le genou, à la manière des anciens Grecs –, allez savoir

138

pourquoi! c'était l'idée que se faisait le tailleur de la Ruelle-aux-Juifs d'un habit d'orpheline…

« Ah, c'est jour d'essayage ? dit Madame Faustine. Alors, l'Américaine est arrivée ?

— Hier, Madame Faustine. Moi, je dois mettre le pas dans le pas des jeunes filles. Ordre de vérifier personnellement le tombant des uniformes. On ne peut rien laisser au hasard, vous comprenez ?

— Je ne comprends pas, soupira-t-elle. De quoi avez-vous peur ? Nous ne savons pas nous habiller toutes seules ? Nous allons embrouiller le haut et le bas ?… Ah ! Seigneur, des quatre fers dès l'aube. Mais qu'est-ce qui vous fait si pressé, monsieur ? l'Américaine ? Je parie mon pucelage que non… Ta vie c'est de la merde, hein ? Écoute, Borekitas, tu m'es sympathique, je sais ce que c'est… Une femme malade, les soucis, la solitude… Je vais te dire : quand cette Deborah de merde nous aura foutu la paix, tu reviendras nous voir. Nous t'apprendrons à ne pas confondre la queue du paon avec le cul d'une danseuse. »

Madame Faustine abaissa les bretelles qui marbraient ses épaules et la combinaison tomba. Même en détournant les yeux, on pouvait voir que c'était une femme qui aimait la chère grasse et les alcools doux, bref elle ne se refusait rien. Elle s'aspergeait les aisselles à l'aide d'un tuyau relié au robinet, mais Zacharie ne voulait rien en savoir ; en fait, personne n'aurait pu dire si les goussets d'hippopotame étaient oui ou non épilés…

« Qu'avez-vous à me regarder ainsi ? dit-elle. Vous n'avez jamais vu une femme en bonne santé ? »

Histoire de se donner une contenance, il entreprit de rassembler la vaisselle sale éparpillée jusque sur le sol et, ce faisant, délogea un chat noir qui dormait sous la table.

«Saloperie... Mais comment est-il entré ? Madame Faustine tonitruait. Soliman, goudron dans tes yeux ! Soliman !... au secours, Soliman... Attrape-le Soliman... Je t'ai interdit... Et vous, grand imbécile, pourquoi riez-vous ? Vous ne savez pas que le diable se transforme en chat noir rien que pour apporter sur terre la déveine ? »

Le chat s'enfuit. Son colis sous le bras, Zacharie le coursait le long du vestibule, sous la cage de l'escalier, au premier étage et, sans trop savoir comment, il se retrouva, le souffle court et les yeux exorbités, dans le corridor qui desservait les chambres des pensionnaires.

Mais qu'est-ce qui m'arrive ? se demandait-il, intrigué que déjà sa main avançait, avançait mue par une volonté étrangère à sa personne. Pour quoi faire ? et déjà sa main abaissait le loquet.

Une faible lumière pénétra par la porte ouverte. Elle traçait sur le plancher un damier dont la pointe allait à mi-pièce, éclairant le bas du lit et plus haut une forme sombre qu'il prit pour un vêtement oublié en travers du drap... C'était le corps déjeté d'une femme endormie. Une femme nue reposait sur le ventre, vulnérable de la croupe, frêle des cuisses, les bras crucifiés, la tête en bas qui balançait ses cheveux, de longs cheveux noirs, brillants et humides comme ceux d'une noyée... Mais bon, elle n'était pas morte. À un mouvement qu'il fit pour retenir son colis, elle geignit. Elle se mit sur le dos. Zacharie put contempler les traits de Perle, pâles et tendus par la fatigue. Une soûle douleur émanait du jeune visage levé vers l'ombre et les craintes errantes...

Vieille est la douleur que seul le sommeil peut révéler !

La tristesse tomba sur Zacharie comme une bruine, si fine, si pénétrante qu'elle allait de ses os à l'âme et il ne savait plus que penser, et s'il fallait encore penser quelque chose de ce monde de combines et d'enfants prostituées. Le monde change et lui, Zacharie, n'y comprend plus rien. Il songeait à fuir lorsque de la fenêtre monta la voix d'un camelot chantant la ballade des tomates et des goyaves. Il allait atteindre la porte, Perle se mit à crier. D'effroi il en laissa tomber son colis. « Qu'est-ce que c'est ? » criait-elle, dressée sur son séant. « Mademoiselle Rachel ? » répondit tout à trac Zacharie : c'était la seule excuse qui lui était venue à l'esprit.

« En face… La dernière chambre. »

La chambre était vide.

La chambre était vide, les persiennes fermées, le lit défait et tout en désordre.

Tout le temps qu'il demeura assis sur le fauteuil à bascule, son colis sur les genoux, il se sentit incommodé par les odeurs molles qui montaient du lit. Un vin trop fort… Il restait là, dans la pénombre, à scruter les meubles, les bibelots, les vêtements épars sur le sol, à n'en rien retenir, un brouillard, de la bouillie pour les chats… Soudain il n'y tint plus. Il déposa son colis sur le fauteuil. Il s'approcha du lit. Il passa la main sur l'oreiller tiède encore, caressa l'endroit où se formait un creux. Comme ça, pour sentir un rien de chaleur féminine. Quel mal à cela ? Ses intentions étaient des plus honnêtes, et à dire vrai il ne visait qu'au dénouement satisfaisant de cette journée : l'essayage de l'habit. On était venu pour ça ! Je ne vous dérange pas au moins ? Pensez-vous ! Prenez place ! On se fait face à face, on sympathise, on parle ! On vide l'amertume de son cœur. Qui trouverait à redire à une simple conversation ? Elle dirait ceci, lui dirait cela. Il parlerait de lui. Il parlerait de sa Victoria, de son mal inguérissable, de la tendresse de ses mains. Il parlerait de la fois où Victoria avait été admise à l'Hôpital des Espérants. Il s'était senti si perdu qu'on l'avait autorisé à dormir auprès d'elle, dans cet hôpital qui lui faisait si peur… Alors, c'est elle qui avait dû apaiser ses craintes toute la nuit, et entre eux s'était tissé le sentiment qu'ils mourraient d'être séparés. Victoria, sa femme… Il en parlerait à Rachel, oui, et sans surprise elle comprendrait à quel point lui, Zacharie Borekitas, aimait sa femme Victoria.

Zacharie ôta son tarbouche. Il délaça ses bottines. Il s'allongea sur le lit, lentement, en prenant soin d'épouser la forme du corps qui avait reposé là, dans le désordre des draps. Il tapota l'oreiller. Il y glissa l'enveloppe pleine d'argent qu'il avait emportée, à toutes fins utiles. Cinq guinées, pas moins ! Une somme, hein ? De quoi gagner au Temple les enchères du transfert de l'arche sainte… Avec une voix de commissaire-priseur, il s'écria : « À la ouana… à la due… Y a-t-il davantage ? Non ? À la tré… J'adjuge à l'honorable Protector Zacharie Borekitas… » Puis en verve décidément, il entonna la chanson en vogue dans les milieux où on s'amuse.

> *« Qui m'achète la paire de tourterelles ?*
> *Paire de tourterelles, qui t'achètera à moi ?*
> *Tes yeux dont le fard attise la flamme,*
> *Tes joues que protègent les roses,*
> *Tes seins sur lesquels l'aigle plane*
> *Ont provoqué mon amour, ma folie, ma détresse,*
> *Et toi tourterelle, tu me fais mourir ! »*

Comme l'horloge de l'Opéra-Royal sonnait, il réalisa qu'une demi-heure avait passé en ce lit. On y était bien. On pouvait voir les pétales que le vent plaquait à la fenêtre, frêles corolles aspirées par le vide, ce qui lui donna à penser qu'il n'avait pas pris son petit déjeuner. La plénitude du moment l'emportant sur la faim, il décida de s'y abandonner encore un peu, mettons jusqu'à huit heures un quart, pas une minute de plus, donnons à la dame une chance d'arriver.

C'est le malheur qui arriva.

Avant même que Zacharie ait pu réaliser tout le dramatique de la situation, le Zabet Klapisch surgit. Il surgit les bras chargés de roses et l'œil plein de noirs desseins. Zacharie fut convaincu que le policier allait lui enfoncer les épines de roses dans les yeux – c'est très censément ce que lui, Zacharie, aurait fait, s'il avait surpris un homme dans la chambre de sa maîtresse. Mais rien de pareil ne se passa. Le Zabet tenait son bouquet d'une main et de l'autre il clouait Zacharie au lit.

« Dis-moi Borekitas, la question m'intéresse, murmura-t-il entre ses dents, qu'es-tu au juste : un Bénéfactor ou le souteneur de la petite pute ? »

Quelle grossièreté ! Quelle injustice ! Jamais personne ne s'était permis de lui parler de la sorte, et pourquoi ? Pour une méprise ! Quelle erreur ! Il fallait parler, la parole est le propre du civilisé, on n'était pas des bêtes… Le Zabet ne voulait rien savoir. Après lui avoir pratiquement défoncé le thorax, il le bâillonnait à l'étouffer. En se débattant, Zacharie eut un geste inconsidéré : il empoigna l'oreiller… et dans son obscène réalité, l'enveloppe apparut, beige sur le drap blanc.

Klapisch relâcha son étreinte. Il se débarrassa de ses roses et entreprit de déchirer l'enveloppe. Zacharie sentit qu'il n'était plus à jeun : une saveur amère envahissait sa bouche. Klapisch compta les billets, posément, les mit dans la poche de sa veste puis il chiffonna l'enveloppe.

« Je vois qu'on est bon client ? Et maintenant ce sera quoi, pour monsieur, café, thé, chocolat ? C'est compris dans le prix de la nuit. Elle te plaît hein ? Et tu lui plais aussi ? »

Zacharie eut des frissons qui se propagèrent tout le long de son corps. Essayant de se rassurer quant aux intentions du forcené qui le fixait d'un air calme, trop calme, il aboutit à la conclusion que la chose la plus sûre dans la vie restait tout de même la mort.

« Ne tire pas, je t'en supplie, tu le regretterais », cria-t-il, et toute dignité bue, il sauta du lit et courut s'abriter derrière le fauteuil à bascule.

« Mais de quoi as-tu peur, mon frère ? Mon pistolet est à sa place. » Klapisch souriait, pour autant qu'on pouvait en juger à sa voix car, de derrière le fauteuil, Borekitas ne pouvait pas voir son rictus. « Sors de là, sois un homme. Tu es ridicule, mon cher. Écoute, si j'avais voulu te tuer, crois-tu que je ne saurais pas tirer à cette distance ? Fini. Nous sommes d'accord. Tu la gardes. Je suis fatigué de cette petite pute. Elle est tombée de mon œil, je ne veux plus la voir. Seulement, je te préviens, la salope coûte cher. Prends-la, ça m'arrange. Viens, sors. Allons annoncer la nouvelle à cette pauvre Victoria. »

Zacharie frémit : la vengeance du Zabet pourrait s'exercer contre Victoria ? Elle en mourrait, à coup sûr. Alors à quoi bon lui survivre ? Sortir, se battre,

en finir... Grosse manchette dans les journaux :
«Meurtre dans un bordel!»

«Assassin! Au secours! Crapule! Tu n'es qu'un
suceur de sang. Mais que t'ai-je fait à la fin? Et sais-
tu quoi? Je ne lâcherai pas ce fauteuil tant que tu ne
te seras pas calmé. Personne ne te trompe. C'est une
erreur. Klapisch, je t'en supplie, mon chéri, écoute-
moi. Regarde. Tu vois le colis posé sur le fauteuil?

— Je le vois. Tu te l'es envoyée combien de fois?

— Sais-tu seulement ce qu'il y a dans ce colis?

— Je ne sais pas! Tu as remarqué qu'elle a un sein
bien plus gros que l'autre? Non, tu lui préfères le cul,
peut-être? Je te comprends. Son cul est un pays.
Sors, j'aimerais avoir ton opinion sur ce cul planétaire.
Approche, viens avec ton paquet, tu lui as offert un
négligé de soie?

— Pour l'amour de Dieu, Klapisch, ouvre le
paquet, tu verras que j'étais venu pour l'essayage.

— Dans ce cas, c'est différent. Tout va bien. Tu peux
sortir maintenant. L'essayage, hein? Bien sûr, comment n'ai-je pas compris plus tôt?»

Klapisch se mit à rire. Il riait avec bonheur, à
gorge déployée, librement comme un homme qui se
réveille d'un cauchemar. Une gaieté si franche que
Zacharie n'y résista pas. Les éclats de leur rire enva-
hirent la chambre, roulèrent par la porte ouverte
dans toute la maison, atteignirent le rez-de-chaussée
où Madame Faustine cria pour savoir ce qui se passait à l'étage.

Zacharie s'extirpa de derrière le fauteuil à bascule.
Il alla donner l'accolade à son ami. Il ouvrait les
bras... Il sentit des doigts se refermer sur sa gorge et
le canon du pistolet se logea contre sa clavicule. Alors

145

il comprit qu'en traversant l'épaule, la balle fracasserait non seulement l'aorte et la mâchoire mais aussi une bonne partie du cerveau, car en raison de sa petite taille le Zabet était obligé de pointer obliquement son arme.

«Mais tu trembles? Voyons Borekitas, tu n'es pas heureux? Le jour de ton mariage avec la plus belle femme du monde, tu trembles? Fini. Il n'y a aucune raison. Un jeune marié! Qui aurait le cœur de tuer un jeune marié? Personne. Personne, répétait-il, enfonçant toujours plus son arme. Quoi, tu aurais peur de moi? Dis-moi, Borekitas, est-ce que tu me prendrais pour un assassin? Voyons, je suis un officier dans l'exercice de ses fonctions. Je ne vais pas te tuer. Pour quoi faire? Je vais te détruire. Je vais détruire ta maison, ta femme, ta foi, ta vie. Je vais t'envoyer aux cent mille diables. Et sais-tu comment? C'est très simple Borekitas. Une dénonciation, c'est moi qui les reçois. Tu me suis? Fini. Tu vas direct de la Ruelle-aux-Juifs au camp de concentration. Pas de problème. Tu sais qu'on parle beaucoup d'une guerre? Tu le sais, Borekitas: le bruit de la guerre ne cesse de courir. Il enfle partout. Il s'épaissit comme un brouillard. Dedans des gens disparaissent. Plein de gens. Que veux-tu, il faut conjurer le danger du sionisme par tous les moyens. Non, tu n'es pas sioniste? Communiste alors? Tu préfères? Réponds, sioniste ou communiste?»

Zacharie imagina le peloton d'exécution. Il se vit tomber à genoux dans un terrain vague… une détonation, et soudain tu n'es plus seul: des dizaines de cadavres viennent s'entasser sur ton corps, la fournée part pour la fosse commune, pauvre Blanche Séreno, nous dormirons ensemble!

Mû par le sentiment qu'il n'avait plus rien à perdre ou à espérer, Zacharie ne voulut pas mourir sans combattre. Il poussa un cri terrible et chacun de ses membres se mit en mouvement : un bras de ce côté, une jambe de l'autre et, comme un écho, le Zabet entonna une plainte affreuse.

«Hé, vous deux, les veilleurs de mort, vous avez perdu un être cher ?»

Rachel portait son regard de son amant à Zacharie, tranquillement, comme si tout cela, deux hommes s'entre-tuant pour ses beaux yeux, ne la concernait pas. Elle se tenait devant eux, nue sous le peignoir d'éponge, nu aussi le visage sans artifices et parfait cependant, et les effluves de ses chairs alanguies par le bain embaumaient à tourner la tête. Ainsi pensait Zacharie, et Klapisch subissait la même fascination. Il se précipita vers les cuisses de Rachel, y mordit comme dans du bon pain et n'arrêta de mordre que lorsqu'elle lui asséna un coup sur la tête. Un rugissement s'échappa de sa poitrine et sanglotant, éructant, il ne fut plus qu'un très petit homme agenouillé devant la plus belle femme du monde.

«Comment, comment as-tu pu ? Rachel, tu ne vois pas la peine que tu me fais ?... Tu veux briser ma vie ? Mais pourquoi, que t'ai-je fait ? Âme de mon âme, tu m'as tué. Mais tu m'aimes, tu m'aimes Rachel ?

— Comme au premier jour !

— Ne te moque pas, Rachel, je souffre. Pourquoi me regardes-tu comme ça ? Tu me hais donc ?

— Non. La haine est un sentiment. Sortez de ma chambre, vous deux. Allez vous battre ailleurs.

— Nous battre ?»

Le Zabet considéra avec étonnement le pistolet qu'il

147

brandissait encore. Il semblait ne pas se souvenir qu'un instant plus tôt, il en avait menacé son vieil ami. Promptement, lui revint la mémoire. Il se mit en position de combat, un genou fléchi devant Rachel, le bras raidi pour atteindre sa cible :

«Maudite ! Je te tuerai ! Je vous tuerai tous les deux ! Toi le pauvre type et toi la fille à tout le monde ! Avant, je veux savoir ! Dis-moi Rachel, dis-moi, pourquoi lui, pourquoi ce porteur de guigne qui ne pourrait même pas payer ton vernis à ongles ?»

L'explication ne laissait pas d'intéresser Zacharie. Il jugea prudent de ne pas s'attarder. En dévalant l'escalier, il entendit la voix de Rachel. Elle avait une voix cinglante, une voix à rendre fou l'homme le plus raisonnable de la terre.

Vendredi 30 avril 1948...

UN

Les Gormazzano eurent la délicate attention de convier leur invitée à une cérémonie importante et spirituelle entre toutes : la fête de Sefirat Omer*.

« Montez près de mon mari, dit Dorette. Montez, sans façon, il faut bien toute la banquette arrière pour étaler mon chapeau. Ma chère, vous êtes en beauté naturelle, mais sans vous critiquer, apprenez que chez nous, on s'habille pour fréquenter la synagogue. C'est une politesse !

— Hé quoi ! Deborah serait nue ? dit galamment Belardo. Avec des yeux pareils au vol des papillons, on naît tout habillée », conclut-il en lui tenant la portière de la Mercury.

La voiture longeait les berges du Nil où, à l'approche du crépuscule, les jardins bordant les belles maisons étaient autant d'oasis de fraîcheur et de propreté.

Sitôt dépassée la paisible île de Rodah, ce ne fut plus que cloaques des rues indigènes, immondices, odeurs d'égouts en fermentation. La boue envahissait la chaussée, cette boue spéciale à l'Égypte, noire et

---

* La Fête qui, de la sortie d'Égypte, conduit au don de la Thora sur le mont Sinaï.

149

onctueuse et grasse où, remarqua Deborah, les larges orteils des natifs s'étalaient avec délices. Au dire du Baedeker, cette fange natale expliquait, dans les statues anciennes, la pesanteur et la carrure formidable des pieds.

« D'où par où le Baedeker ? dit Belardo. Otez-vous des sottises de cet Allemand. La vérité, Deborah, est anglaise. Les Anglais prennent plaisir à laisser croupir les Arabes. Leurs quartiers à eux sont nettoyés tous les jours, lavés, récurés… Une rue comme celle-ci est bien assez bonne pour les Égyptiens, disent-ils… Et moi, je ne vous dis pas le travail que nous avons dû accomplir pour assainir un peu le Vieux-Quartier-Juif. »

Un peu plus loin, il apparut qu'à l'unanimité les autos et les fiacres, les charrettes tirées par des ânes étiques, tous les véhicules disponibles au Caire montaient des rues étroites pour converger vers les grandes avenues du centre. Belardo n'en manifestait pas le moindre énervement. Il ne participait pas au concert des klaxons et les invectives – effroyables à en juger par la gestuelle et les réponses qu'elle entraînait – le laissaient calme. Se dirigeant avec virtuosité au milieu d'une circulation aggravée par la défaillance des signaux lumineux, Belardo décrivait avec enthousiasme la belle ordonnance de la grande synagogue de la rue Adly. Son architecture égypto-romaine ; son faste comparable… je ne sais pas moi… à la Bourse de New York, etc. C'était là et nulle part ailleurs que le Messie choisirait de venir, précisa-t-il, car la meilleure société du Caire s'y rassemblait. Ah bon ? Humour ou naïveté ? Ne parvenant pas à se faire une opinion quant à ce genre d'assertions – les Gormazzano en étaient prodigues –, Deborah fit valoir qu'en tout état de cause, elle penchait pour la fervente modestie des temples du

Vieux-Quartier-Juif. Cependant, elle se plut à apprendre que la grande synagogue de la rue Adly portait le beau nom des «Portes du Ciel».

Il fut impossible d'y garer la voiture. Belardo s'en fut après avoir déposé les deux femmes sur le parvis. Devant le portail clos, attendait la masse des fidèles. Dorette se frayait un chemin tout en présentant Deborah avec infiniment d'orgueil et de prévenances : «Notre amie américaine, une dame très riche et très gentille.» Quand les connaissances des Gormazzano apprirent que leur invitée s'occupait de bienfaisance, elles se mirent à parler de thés de bienfaisance, de ventes de bienfaisance, de cocktails de bienfaisance et d'une façon générale de toutes sortes d'activités désintéressées. Tout le monde parlait en même temps, personne ne paraissait s'entendre. Les hommes, coiffés de chapeaux de feutre ou de la traditionnelle kippa, fumaient en attendant de pénétrer dans le temple; ils sirotaient de petites tasses de café que de petits Arabes apportaient des bistrots environnants. Leurs dames suçaient des glaces. Elles dissimulaient leurs cheveux teints sous des mousselines pailletées ou brodées de couleurs vives. Leurs bijoux scintillaient dans la lumière du jour finissant et, de-ci de-là, les ongles laqués de rouge voletaient, menaçant les enfants épanouis qui hélaient les vendeurs de bonbons, de plumes d'oiseau, de joujoux en carton.

Deborah Lewyn contemplait tout cela d'un air songeur. Elle voyait les visages s'éclairer du reflet des bonheurs et des grâces dont ils étaient comblés. Elle écoutait les voix exprimer l'insouciance et la joie de vivre – la joie de vivre des riches juifs du Caire qu'aucun ennui ne pouvait venir troubler – quand, brusquement, il y eut un cri. «Lag Baomer, Lag

151

Baomer est aussi le deuil de Rabbi Akiba, ne l'oubliez pas, vous autres ! Pleurez au lieu de rire ! »

L'imprécateur était en proie à une si grande agitation qu'il en perdait son châle de prière. Deborah avait l'impression d'avoir déjà vu cet homme menu et presque chauve dont la moustache en croc, depuis longtemps passée de mode, occupait toute la figure ; une figure sympathique, décida-t-elle, en raison des émotions qui s'y succédaient très vite, comme chez les enfants. Il tenait une boîte à offrandes ornée d'une inscription que Deborah ne parvint pas à déchiffrer, et la secouait comme un quêteur rendu furieux par l'indifférence du monde.

« Pourquoi trembles-tu ? lui dit Dorette, il t'est encore arrivé malheur ? »

Le vieil homme devint tout pâle et, secouant sa boîte, il se mit à parler à toute allure. Il ne parlait pas, il hurlait :

« Madame Deborah Lewyn ! Madame Deborah Lewyn ! Vous amenez le désordre dans notre vie. Il ne fallait pas venir au Caire. Pourquoi êtes-vous venue ?

— Arrête de tourner ta langue, se fâcha Dorette, qu'est-ce qui te prend ? Il n'y a que le caméléon qui sait se nourrir de vent.

— Vous autres, vous m'avez appris à ravaler mon orgueil, mais je n'en suis pas encore à aboyer et à remuer la queue comme un chien qu'on flatte. »

Le visage du vieil homme exprimait le dégoût, derrière les lunettes d'écaille le regard se faisait implacable. Il se dégagea de la main qu'en signe d'apaisement Dorette avait posée sur son bras.

« Vous, laissez-moi parler à Madame. Je dois parler. Ce matin, en me réveillant, j'ai vu dans ma chambre un squelette qui allumait le chandelier à sept branches. J'ai eu peur, puis j'ai compris l'avertissement.

Madame Deborah, je dois vous prévenir. Méfiez-vous de nous ! Rien de bon ne vous adviendra chez nous ! Partez ! Quittez-nous pendant qu'il est encore temps !

— C'est ça, partons, dit Dorette, nous allons être en retard, et toi Zacharie, tu devrais avoir honte de te soûler un soir de Sefirat Omer. »

Le vieil homme assura son châle sur ses épaules comme s'il s'apprêtait à prendre congé. Mais il eut une hésitation et baissant la voix pour n'être plus entendu que par Deborah, il dit :

« Croyez-vous à la vie dans l'au-delà ? Que Dieu nous accorde cette grâce ! Si nous nous retrouvons quelque part, je vous dirai là-haut ce que je ne puis vous révéler ici-bas. En attendant priez pour moi ! »

Le vieil homme s'était remis à agiter sa boîte, à vociférer comme s'il s'adressait à une compagnie de sourds. Soudain, il tourna les talons et se fondit dans la nuit tombée d'un seul coup.

« Je n'ai rien compris au discours de cet homme, dit Deborah. Son visage ne m'est pas inconnu. Il me semble l'avoir rencontré une fois. Qui est-ce ?

— Ce n'est rien ! Un employé de mon mari. Il n'est pas méchant, mais la déveine le harcèle depuis si longtemps qu'il en perd la tête. Sa femme est malade et il croit qu'en se mortifiant publiquement il va attendrir le ciel. Mon Dieu, mon Dieu, et l'office qui a commencé sans nous ! »

Du haut de la galerie réservée aux femmes, Deborah Lewyn pouvait contempler les hommes palpitant d'émotion à l'accueil de la bénédiction du Omer. Le Rabbin psalmodiait un hébreu aux consonances riches de mystères pour Deborah ; les répons et les soupirs de l'auditoire venaient la frapper en pleine poitrine et, par contagion, provoquaient en elle une même envie de pleurer. Ah! communier dans la simple et naïve foi orientale. «D'Égypte sortira la loi et la parole de Sion», se remémora-t-elle. Alors, son imagination, suppléant aux accents incompréhensibles, lui fit voir la sainte assemblée s'unir; les hommes et les femmes gagnaient la terre à nouveau promise au lait et au miel, ils plantaient la vigne et le blé, ils établissaient la nation juive enfin en paix avec le reste de l'univers.

À cet endroit de ses pensées, un problème survint qui accapara la galerie des dames, surprit Deborah – et plus encore la manière dont il fut résolu. Autour d'elle, on agitait furieusement les éventails, on se tordait le cou, on marchait vers une haute colonne de marbre. Juché sur le chapiteau, un ventilateur électrique. Il était tombé en panne. La chose épouvantait les dames – un serpent suspendu au-dessus des têtes n'aurait pas suscité plus d'effroi. Penchées par-dessus la balustrade, elles en appelèrent aux hommes. Un instant déconcerté, le rabbin dépêcha le bedeau, puis reprit le cours de son invocation au créateur d'harmonie et de béatitude éternelle. Le bedeau grimpa l'escalier conduisant à la galerie. Planté sous le ventilateur, il commença par éponger son front proéminent sous lequel s'épanouissaient des paupières alourdies de conjonctivite. Après avoir étudié la position des pales, résolument immobiles, il se hissa sur le rebord de la colonne pour tenter de les remettre en marche. Ses doigts ne suffisant pas, il redescendit chercher un balai. Le manche se trouvant coincé entre les pales, il se mit à injurier l'appareil. Au même moment, dans la nef recueillie, les porteurs de rouleaux sacrés faisaient exécuter à leur précieuse charge la danse de David devant l'arche. En bas on priait, en haut on criait.

Les dames réclamaient de l'efficacité, elles vitupéraient le bricoleur. Il disparut. Il réapparut, ployant sous une échelle. Il l'appliqua contre la colonne et, sous les vivats, parvint à se hisser à hauteur de l'appareil. Au plus fort de la prière, on l'entendait ferrailler au moyen de son balai, sans résultat probant. Les dames suffoquaient. Il en allait de leur vie. Le président de la communauté, lui-même, se décida à monter mettre fin au chahut. Remontrances vaines. Alors, poussé par le hasard ou la nécessité, il appuya machinalement son doigt sur le commutateur.

Des applaudissements ébranlaient la voûte. L'air frais soufflait à nouveau sur les têtes rassérénées par les effets du progrès moderne. Dans de longs soupirs de soulagement, des rires heureux, l'office de Sefirat Omer put aller à son terme.

Tout le temps que dura la péripétie – un bon quart d'heure de tumulte et de cris –, Deborah se demanda s'il fallait en attribuer l'extravagance au relâchement de la foi, ou bien à la nonchalante bonhomie du judaïsme oriental. Je ne prononcerai pas sur ce point qui n'a aucune importance, sinon pour Deborah Lewyn, partagée entre la perplexité et une forte envie de rire.

DEUX

Le Caire, vendredi 30 avril 1948

« Mon cher petit père,
« Pardonne-moi d'avoir tardé à t'écrire mais, depuis mon arrivée chez lui, ton ami Gormazzano ne m'a pas

laissé souffler une minute. Il ne sait qu'inventer pour me faire plaisir. Dorette, sa femme, m'a préparé un programme impitoyable. J'ai dû faire ce que le stupide étranger doit faire au Caire, selon le Baedeker : à savoir, prendre d'assaut la grande pyramide de Guizeh. La visite s'est bornée à un tour de chameau car la pyramide n'est plus accessible depuis que les Anglais s'y adonnent à des recherches scientifiques, autrement dit à des vols. Je n'ai pas l'intention de perdre mon temps à visiter de vieilles pierres. Elles m'ennuient. Le passé m'intéresse seulement dans la mesure où il illustre la pérennité de la présence juive dans ce pays.

« J'ai dû insister pour visiter le Vieux-Quartier-Juif. Dorette m'a dit : "Pour quoi faire ? C'est comme chez les Arabes. " Elle a pris un air dégoûté. Dans un sens, je pourrais la comprendre. Tout est sordide et sale dans cette spirale de rues obscures. Les maisons s'écroulent et les enfants se roulent dans la fange avec les animaux. L'hygiène n'a pas encore révolutionné les mœurs. L'électricité et l'eau courante sont rares. Il y a une quantité impressionnante de synagogues, très simples et ce n'est pas pour me déplaire, ne fût-ce que par contraste avec le fatras de motifs qui caractérise les églises coptes et les mosquées. L'idée juive de Dieu transcende les arches d'une cathédrale ou les arabesques des minarets. J'ai flâné dans la chaleur du soleil à travers les rues commerçantes : ce sont de petites rangées d'échoppes et d'ateliers en plein vent. Il reste par-ci, par-là, quelques belles maisons en ruine. On y loge les indigents et les malades. Hélas, même les bien-portants paraissent trop paresseux pour s'en sortir. De la sorte, tous les habitants vivent dans un état de pauvreté et d'arriération en harmonie avec cette paresse. J'ai tout de suite pensé à l'ouvrage de Gorki *les Bas-fonds*. J'ai assisté à des scènes incroyables. Hier, un garçon, d'environ dix ans, gisait presque nu, une sorte de compresse autour de la tête. Dorette m'a dit : "Il n'est pas très malade !" Je crois bien : il se mourait… Je commence à mettre le doigt sur le fameux fatalisme oriental, mot indulgent qu'on pourrait traduire par l'indifférence à ses propres maux et *a fortiori* à ceux de son prochain. L'enfant agonisait, le regard presque fixe, et pendant ce temps Dorette avait sorti son poudrier. Son attitude m'a bouleversée. Comment expliquer qu'elle demeure si indifférente aux malheureux auxquels son mari consacre sa vie ? Curieusement, cette femme n'a pas la moindre idée de nos préoccupations humanitaires et le dévouement de son mari l'agace en cela qu'il le retient loin d'elle. Parenthèse : à tous les repas, Belardo parle de toi : et comment va Red Max, et la santé de Red Max, et les affaires et les amours et quand Red Max se décidera-t-il enfin à me rendre visite ? Etc., Max, je vais finir par croire que tu m'as caché un grand amour de jeunesse, Max !

« Ton ami est un caractère et j'avoue qu'il me surprend. Un mélange d'ardeur et de lymphatisme, d'autorité et de faiblesse, d'intelligence et de naïveté. Il est cultivé, il lit, sa maison regorge de beaux objets qu'on sent choisis pour eux-mêmes : ils voisinent avec d'abominables bibelots. La main de Dorette ? Je vais te raconter un détail qui éclaire la naïveté de mon hôte. Dans l'un des salons, de superbes originaux de Prisse d'Avennes, de Robert Clark, un lavis de Marie Laurencin et même une toile de Matisse. Une collection d'amateur éclairé en somme ! Je m'émerveille et c'est alors que Belardo me montre fièrement un minuscule portrait fait à l'encre de chine : "Regardez, me dit-il, voilà une peinture qu'un ami a faite de moi, tout seul et rien qu'avec une petite plume !"

« Ses amis de la Rakab Arabot sont de drôles de phénomènes eux aussi. Laisse-moi d'abord te dire que leurs locaux sont bien différents des nôtres. Ils sont situés au cœur du centre social qui n'est pas un modèle d'hygiène et de calme, il s'en faut ! Les Bénéfactors y occupent un bâtiment correct. Dans les bureaux, le mobilier de style, non point authentique mais bien imité donne à lui seul une impression civilisée. Il y a au rez-de-chaussée une grande salle où on distribue les secours. Nourriture, vêtements, médicaments, cours d'hébreu, bourses d'études pour les jeunes, bref, tout ce qu'il faut pour que les juifs soient respectés et se cultivent. Hier jeudi, j'ai pu assister à la "marenda", le goûter servi tous les après-midi aux nécessiteux. Une dizaine de beaux vieillards et quelques enfants aux pieds nus étaient attablés autour d'un bol de lait frais dans lequel ils trempaient un pain noir, très nourrissant qu'on appelle ici pain "baladi", c'est-à-dire paysan. Ensuite, j'ai été conviée à une petite fête de bienvenue plus consistante et arrosée de raki, une sorte d'alcool anisé. Belardo me gavait de petits gâteaux écœurants, en prétendant qu'il était de son devoir de me renvoyer "remplumée" à mon cher papa. C'est un mondain ! Ses amis semblaient inquiets, presque terrorisés de me voir. Leur timidité – envers une Yankee ? – les rendait obséquieux. L'un après l'autre, ils ont loué ma beauté, mon vêtement – rien du tout je t'assure – et la grandeur de mon âme.

158

Qu'en savent-ils ? Je pense qu'ils la mettent au compte des subsides que tu leur verses. C'était primitif et charmant. J'ai dû promettre de faire la connaissance de leurs épouses qui "tous les jours bénissent le nom de Max Lewyn et recommandent à Dieu sa gracieuse fille Deborah". Les juifs arabes s'expriment dans un français spécial pour moi, et très surprenant. Ils parlent beaucoup, avec grandiloquence, avec les mains, les yeux, tout le corps, et ils peuvent se disputer et s'étreindre en même temps. Une chose m'a étonnée : leur innocence, leur ignorance des interdits sexuels entre individus du même sexe. Imagines-tu des hommes d'âge mûr qui ne cessent de se toucher, de se tripoter les mains, la nuque et même la poitrine ? Ils vont jusqu'à s'embrasser, sur les lèvres autant qu'on peut en juger à travers leur large moustache. En tout bien tout honneur, évidemment. Spectacle émouvant pour moi et plein de nostalgie. Ils m'ont fait penser au Gan Eden d'avant la chute. D'ailleurs, leur Protector Belardo les couve du regard, comme fait Dieu des anges dissipés. À ce propos, lorsque je me suis risquée à parler de l'innocence des anges, le comptable de la Cara, un vieil homme très agité et sympathique pourtant, m'a dit : "Nous sommes des anges infirmes ou acéphales. C'est que voyez-vous, Madame, pour chaque péché commis par un croyant d'Israël, Dieu a créé un ange blessé. Comme le pécheur n'a pas la plénitude de sa volonté, son cœur se retranche de son corps. Pareillement, l'ange qui le représente ne parvient pas à garder son intégrité physique." Bizarre non ? Je crois que je ne comprends rien à la tournure mentale de ces gens-là : c'est un exotisme supplémentaire.

« Il me reste encore beaucoup à écouter, regarder, observer et comparer, mais une chose est claire, c'est qu'il n'est pas question de se croiser les bras. Papa, il faudra songer à donner plus d'argent à nos amis égyptiens. J'ai évoqué cette éventualité avec Belardo qui sans refuser nettement m'a fait comprendre que le budget du Pentagone n'y suffirait pas. C'est qu'il n'y a pas que les juifs. L'Égypte tout entière souffre des maux et des injustices du système féodal – et malheureusement pour eux, les musulmans et les coptes ne pourront pas émigrer en Israël. En attendant, ce n'est pas une raison pour ne pas venir en aide aux nôtres. Tout en espérant qu'un jour la notion du tien et du mien fera place à l'universalisme, je suis convaincue qu'on peut améliorer le travail, immense déjà, entrepris par la Cara. À vrai dire, c'est ton ami Belardo qui m'en a convaincue avec une de ses savoureuses paraboles.

« C'est l'histoire d'un oiseau père de famille. Un orage survient et il doit quitter son nid, en emportant un à un ses petits. Tandis qu'il survole le fleuve Nil, le père dit au premier bébé qu'il transporte : "Tu vois comme je trime pour te mettre à l'abri. Feras-tu de même pour moi lorsque je serai vieux ?" Le petit oiseau répond : "Bien sûr, mon cher père." À ces mots, le père laisse tomber son enfant dans les flots en disant : "Il ne faut pas sauver un menteur !" Il agit de même avec le deuxième bébé oiseau qui lui a fait une réponse identique. Mais le troisième enfant est porté en lieu sûr car, à la question de son père, il répond : "Cher papa, je ne peux pas promettre de te sauver. En revanche, je te jure de sauver mes propres enfants."

« N'est-ce pas charmant ? J'apprécie beaucoup

l'honnêteté morale de ton ami : avouer qu'on ne peut tout faire et faire pour les siens le peu qu'on peut, c'est déjà beaucoup !

« Je te laisse à regret, mon cher petit papa. Je ne voudrais pas me coucher trop tard. Demain est un grand jour : Belardo se fait une joie de me faire visiter l'Orphelinat de Jeunes Filles qui porte mon nom. Il est fier de son institution comme un enfant qui aurait bien travaillé à l'école.

« Je suis très heureuse et je t'aime.

Ta petite Deborah. »

« P.-S. J'oubliais de te parler de l'article qui a salué mon arrivée au Caire. Il est l'œuvre d'un des Bénéfactors de la Cara, un certain monsieur Klapisch, policier de son état. C'est un drôle de bonhomme. Haut comme Pinocchio, un tic aux yeux, il vous observe sans cesse avec suspicion. Je me suis demandé quel crime enfoui dans mon âme il essayait de déceler. Il est docteur en psychologie, m'a dit Belardo, et il écrit. On ne peut interdire à personne d'écrire, n'est-ce pas ? Je te joins le chef-d'œuvre. Fais-le encadrer. Ainsi tes amis sauront que ta fille n'est plus n'importe qui. »

La Gazette juive

BIENVENUE AU CAIRE,
MADEMOISELLE DEBORAH LEWYN

Nos fidèles lecteurs qui connaissent bien le nom de Max Lewyn, le célèbre homme d'affaires new-yorkais, le Président de la Lift Corporation et plus directement, l'inlassable mécène de notre communauté, seront sans

161

doute intéressés d'apprendre que sa propre fille, Deborah, nous fait le grand honneur et le vif plaisir intense de son séjour parmi nous.

En visite pour quelques jours dans notre belle capitale, par un effet de la Grâce Magnanime de sa Majesté le Roi Farouk Premier – Dieu glorifie Son Règne et Préserve ses Jours ! – Mademoiselle Deborah Lewyn a été reçue par Monsieur Édouard Gormazzano, le dévoué Président de la Cairo Association of Rakab Arabot. Pour la circonstance, il a donné en sa maison de Rodah, une grande réception. Madame Gormazzano Dorette arborait une robe d'organdi gris argent et la belle dame venue d'outre-Atlantique, un petit tailleur de lin chiné, simplement élégant. Le buffet offrait la rafraîchissante particularité d'être composé typiquement oriental. Quelle soif de connaître, quelle curiosité ! Mademoiselle Deborah Lewyn posait mille questions d'ordre général et cultivé. Elle s'est entretenue avec les collaborateurs du Protector Gormazzano, des plus importants aux plus modestes, qui sont les efficaces artisans de l'exemple de persévérance, de travail et de bonne volonté. À leur concours infatigable est dû le remarquable développement de l'œuvre caritative. Ces vertus chacun peut les acquérir. Elles ont pour base l'altruisme, le génie n'est pas indispensable. D'ailleurs, il est souvent improductif. En revanche, des hommes doués d'une intelligence moyenne, mais d'un bon cœur, parviendront toujours à résoudre les problèmes les plus ardus. Créer, faire œuvre utile, en y apportant le meilleur de soi-même, est à la portée de tous ceux qui veulent joindre leurs forces, ou aider par leurs dons la Cairo Association of Rakab Arabot…

Deborah Lewyn a consacré toute sa vie au but défini par son père, Max Lewyn : la solidarité du peuple juif par-dessus les frontières et les océans. Cette dame est une grande femme, une vraie lutteuse, une personne véritablement juive. Nous savons, pour nous, que sa vie quotidienne en Amérique est imbriquée dans une vaste trame fatidique d'occupations, qu'elle vit au cours des évolutions de son temps avec un esprit vigilant et passionné, que son être et sa personnalité ne forment qu'une seule protestation contre les inégalités sociales, la dissolution religieuse et morale de notre époque. Au milieu de toutes les vies vacillantes et trébuchantes dans notre monde moderne, elle se tient toujours droite et va de l'avant, car elle possède le plus grand don qui soit accordé à quelqu'un : une voie. Et cette voie est aussi un chemin pour les autres. Elle montre la voie en indiquant les buts. Elle est douée d'une grande force et de la capacité d'apporter la joie dans les vies, de guider et de former les gens... Cette femme fragile a pris en charge le monde.

Son inamovible confiance en la loi juive, qui gouverne sa vie entière, est évidente dans une sphère qui semble la plus éloignée de son sexe : l'amour de l'art. "À proprement parler, les hommes mettent l'infini dans l'amour de l'art. Ce n'est pas la faute des femmes !" Chamfort. Cette confiance qui apporte à Mademoiselle Lewyn un sens aigu de la justice engendre, par ailleurs, sa profonde relation à l'art, et principalement à l'architecture. Ceci motive en partie sa visite en notre pays riche des merveilles du passé et, sans nous vanter, nous pouvons parier que son séjour parmi nous ne la décevra pas.

Pour nous, il ne nous reste plus qu'à écrire : Bienvenue au Caire, Mademoiselle Deborah Lewyn.

LE SCRIBE.

Samedi 1er mai 1948...

UN

Enfin le grand jour est arrivé.

C'est un jour comme on n'en fait pas dix dans la vie d'un homme. Un jour où tout peut advenir : est-ce qu'on va réussir à escobarder à Deborah Lewyn la fable de l'Orphelinat ? On a beau prendre les précautions nécessaires, sait-on jamais comment le destin vous fait la figue ? À imaginer la découverte du pot aux roses – Dieu nous en garde ! – le scandale et l'opprobre vont s'abattre sur les Bénéfactors ! Dans ce cas, ils auront le choix : aller en prison ou bien fuir la ville en abandonnant le magot de la Cara.

C'est un jour où il fera chaud. Il est arrivé avec la fumée qui s'échappe de la boulangerie, l'odeur du linge qui sèche aux fenêtres et une puanteur de charogne : un chien assassiné proprement par la faim empeste la Ruelle-aux-Juifs.

Chez Zacharie Borekitas, ça sent la pharmacie. La maison est plongée dans une semi-obscurité : il faut fermer les persiennes car les yeux de Victoria redoutent le soleil et les bruits de rue la mettent à migraines. Zacharie s'est levé tôt. Il s'est préparé. Puis il a procédé à la toilette de sa femme. Il a passé une serviette humide sur le visage, la nuque et les bras. Il a enduit de pommade les chairs mortifiées au sang par la station immobile. Chaque jour les escarres gagnent… Et la puanteur… Le dos, les fesses, les jambes ne sont qu'une longue plaie, noirâtre et révulsive au nez de qui n'aurait pas fait l'expérience de passer des semaines et des mois auprès d'une malade. L'habitude falsifie l'odorat, d'accord, mais de ne pas s'en ressentir tourmente Zacharie… Et si l'indifférence olfactive trahissait non pas l'accoutumance des sens, mais un accommodement égoïste avec l'inéluctable ? La vie n'en finit pas de finir en ce pauvre corps supplicié. Parfois, Zacharie souhaite à sa femme la prompte mort – oh, l'horrible souhait ! – pourvu qu'enfin la souffrance la quitte. Ce ne sont pas choses à dire et de son côté, ce matin, Victoria simule l'appétit. Vers son plateau, elle esquisse un geste qui se veut vif… elle qui n'aurait pas la force d'écarter les mouches de ses yeux ! Les vieux époux échangent un même sourire de pitié, mêlé d'angoisse chez lui et, chez elle, plein d'indulgence. Elle l'observe, assis auprès d'elle, sombre et mangeant en silence. Ces derniers temps, son mari est presque muet, distrait dirait-on par des pensées tristes. Quand il n'est pas dans son bureau de la Cara, il traîne à la maison comme une âme en peine. Victoria ne l'importune pas de questions. Elle attend patiemment que s'achève l'épreuve ; lorsque l'Américaine aura fichu le camp, Zacharie redeviendra le garçon prévenant et gai qu'elle a toujours connu. Mais vrai, il fait tout à l'envers. Aujourd'hui, il a mis son beau costume n'importe comment, en oubliant d'ôter le vieux maillot de corps qui lui sert de pyjama. Avant de le laisser partir, Victoria resserre sa cravate et frotte un grain de poussière sur le revers de son veston.

165

Les frères Mouchli se sont habillés comme pour la noce ou le cimetière. À la terrasse du café Romano, ils boivent du café et mangent du fromage de brebis arrosé d'huile d'olive. Ils se divertissent des paroles inconvenantes que chante le serveur, mais ils n'ont pas vraiment envie de rire. Ils sont sur leurs gardes. Ils observent la rue qui s'élargit, sitôt passé le Four-aux-Pains-Azymes, comme s'ils craignaient d'y voir apparaître une patrouille de police.

«Je n'ai jamais eu aussi peur de ma vie, dit le Collector Raoul. Pas toi?

— Naturellement, dit son frère, mais moi je ne montre pas. Si tu te voyais… On dirait que chaque fois que pète une mouche, tu chies dans ton froc.

— C'est que ces peurs-là ne sont pas faites pour nous. Voler les pauvres est facile, ils n'ont pas de mémoire. Les riches, eux, se vengent.

— Personne ne se vengera! Sais-tu pourquoi la chance nous sourit depuis si longtemps? D'abord, notre Protector est une personnalité. Quand il allonge le bras, il décroche la lune. Ensuite, il n'y a pas de meilleure protection que le Zabet. La force d'un homme est dans son uniforme et rien n'est plus néfaste à une société que de déférer ses uniformes devant les tribunaux.

— De tes lèvres au ciel!» se rassure Raoul.

Personne n'est dupe de personne! Les frères Mouchli se remontent le moral comme ils peuvent. Ils avalent un verre de raki, puis deux, et sans doute en auraient-ils commandé un troisième si, entre-temps, le Rabbin Shamgar n'était survenu.

Le Rabbin est apparu devant le Four-aux-Pains-Azymes. Il marche lentement sous le soleil, plongé

166

comme toujours dans un de ses livres prometteurs de félicité éternelle. Shamgar n'a pas assez de ses deux yeux pour étudier la Thora; de la sorte il s'élève au-dessus des tracas de ce monde et la criaillerie des mendiants n'a pas la moindre chance de l'arracher à sa méditation.

« Jour de grâce et de jasmin! lui souhaitent les frères Mouchli

— Jour redoutable en vérité, même les poissons frémissent dans l'océan, dit sévèrement le Rabbin. Dieu nous assiste et nous aide à rester en communion avec lui tout au long de ce jour! »

Le Rabbin prend place. Il fourre dans sa bouche les quelques poils de sa barbiche, ouvre son livre, s'étonne : « Comment, le Trésorier ne devait pas nous rejoindre? »

Chemtov se trouve à quelques rues de là, en sa vieille maison de peu d'apparence. Sur deux étages, elle compte six pièces encombrées des fournitures de la boutique qui en occupe tout le rez-de-chaussée. Actuellement, Chemtov est dans la cuisine où, comme chaque matin, il ramasse les miettes tombées à terre après le repas de ses enfants. Lui aussi s'est mis en frais de toilette; il a endossé une veste vieille de quinze ans seulement, elle le serre à la taille mais moins que ses souliers neufs, et à la souffrance des pieds s'ajoute le remords de l'achat. Il gémit. Il s'approche de sa femme qui se tient devant l'évier. Avec douleur, il la regarde droit dans les yeux : c'est sa façon de lui dire qu'elle use trop d'eau pour faire la vaisselle. Quant à la poudre de lessive, n'en parlons pas, le sable ne manque pas dans la courette. Sa femme n'ouvre pas

la bouche, c'est sa manière de dire «cause toujours»…
Chemtov attend que la dernière assiette ait été rincée, puis il coince le robinet au moyen d'un cadenas.
Quand il a fini de condamner le placard aux provisions, il sort dans la courette. Passant devant sa boutique, il s'assure que la porte est bien verrouillée. En bon propriétaire, il tâte les volets. Celui de droite qui branle pourrait inspirer un voyou. D'une planche, il secourt le volet défaillant. Puis, pestant contre ses croquenots, il se met en route pour le Café Romano.

«Je n'ai pas le temps de consommer, dit-il aux confrères attablés. Le Zabet Klapisch m'attend pour une affaire des plus urgentes.
— Vous mijotez un nouveau coup?» Raoul soupire. «Comme si nous n'avions pas assez des emmerdes du jour d'aujourd'hui à nous mettre sous la dent!
— Mouche à merde entre vos dents!»
Le Trésorier Chemtov tourne casaque, non sans avoir écarté les cinq doigts de sa main droite pour prévenir le sort qu'on lui jetterait si on venait à apprendre sa chance: grâce à Klapisch, c'est lui, Chemtov, qui fournira au Palais le grand feu d'artifice que traditionnellement le roi offre au jour du championnat d'Égypte de basket-ball. C'est l'événement sportif de l'année! Le 8 mai prochain, tambours et fanfares résonneront le jour, et la nuit engendrera de nouvelles étoiles. Chemin faisant vers la place Ataba-el-Khadra, il songe que la grandeur d'un souverain se mesure à celle de ses fastes, lesquels vont dépendre de ses feux de bengale à lui, Chemtov. Quelle pensée agréable! Vivement le jour du championnat! Encore qu'en ce genre de réjouissances publiques on ne puisse empêcher les

168

enfants de réclamer barbe à papa, caca chinois, toutes ces bêtises porteuses de caries et de ruine. À ces dépenses s'ajoutera la commission du Zabet, ce mulet qui lèche le cul de ses supérieurs et rue sur ses inférieurs ! Il faut s'attendre à ce qu'il exige la braise ardente ! Enfin, après déduction des frais généraux, le bénéfice sera d'un pacha. Alléluia ! Les oiseaux chantent, ce jour est beau comme un jeune billet de banque. Chemtov est heureux. Il donnerait l'heure s'il avait une montre. Et sans plus sentir ses pieds meurtris, le voilà rendu au Caracol.

Le bureau où officie le Zabet surprend en cela que son occupant est si petit que les meubles et les classeurs qui l'entourent paraissent être ceux d'un géant.

La pièce est sens dessus dessous. Quantité d'enveloppes déchirées jonchent le sol. Assis devant son bureau, le policier brasse des lettres et, ça se voit, il endure le martyre. Il renifle dans un bruit épouvantable. Chemtov en est chagriné et aussi un peu écœuré. Quoi ! la terreur du Vieux-Quartier, le fléau des consciences coupables, le pourvoyeur des basses-fosses est en train de sangloter comme le misérable qu'il a envoyé hier au bagne ? Chemtov attend de pouvoir aborder l'affaire qui l'amène. Il laisse passer la crise. Mais elle ne passe pas. Le Zabet vomit son âme dans un mouchoir. Soudain, il jaillit de son fauteuil et se jette à terre. À quatre pattes, il furète et grogne sous son bureau. Chemtov a l'impression qu'il va se mettre à aboyer. Quand il se relève, il tient une lettre à la main. Il la regarde avec des yeux vitreux, et inlassablement il bat des paupières.

« Ce n'est pas la première fois, pourtant », dit Chemtov d'un ton réprobateur.

169

Un crétin comprendrait que l'officier de police à une étoile vient de recevoir une ou plusieurs lettres anonymes dont la teneur forcément se rapporte à Rachel Fleur de Péché, le seul sujet qui lui tienne à cœur.

«Tu sais quelque chose? Dis-moi ce que tu sais.» Klapisch hoquette et bave furieusement sur l'épaule de Chemtov qui lui soutient la tête. «Alors, toi aussi mon frère, tu étais au courant?

— Pas positivement, mon pauvre ami. Tu permets?»

Chemtov lit à voix compatissante : «Ô soupçonneux qui es jaloux même de ton ombre de nuit, le conseil d'un homme qui te veut du bien. Prends garde aux faux amis et surtout à un certain Protector de mes fesses. Il baise celles de ta maîtresse!»

D'autres lettres de facture, d'encre et de graphie diverses relatent le même événement dans des termes aussi choisis.

«Quelle histoire! Mais pourquoi la crier sur les toits? À quoi sert de dépenser un timbre? Chemtov est outré. Tiens, celle-là tu aurais pu en être l'auteur cultivé : "Chose étrange, on apprend la tempérance aux chiennes, on ne peut l'apprendre aux femmes!"

— Quoi! tu as le cœur de railler, alors que je crève? Mais vous voulez tous ma peau!»

Klapisch se redresse tant bien que mal et fait de gros efforts pour tenir sur ses pattes. Dans une seconde, il va redevenir violent!

«Je raille, parce que je n'y crois pas, proteste Chemtov. C'est un complot, la preuve : ils s'y sont mis à plusieurs. Bande de lâches! Mais écoute-moi, mon chéri, Belardo est un coureur d'accord, mais il place

170

l'amicalité plus haut que le cul. Après tout, qu'est-ce qu'une femme ? Du popotin, des nichons, une langue de vipère, une tête d'oiseau, un appétit de lion ! Les femmes pullulent, pourquoi la tienne ? Non, non, ça n'existe pas. Jamais le Protector ne s'abaisserait à pareille trahison !

— Tu en es sûr ? »

Le Zabet se mouche. Chemtov persévère dans son pieux mensonge. Il en rajoute : il est si convaincu que Rachel est vierge de tout soupçon qu'il parierait là-dessus dix guinées. Klapisch le scrute avec méfiance. Chemtov renchérit : vingt guinées ! Il fait même mine de retourner ses poches : « Allons, allons, oublions, passons aux choses sérieuses. À ton avis, combien de feux de bengale pouvons-nous espérer placer ? Il faudrait pour le final une fusée à douze têtes qui… » Il s'interrompt. Le regard de Klapisch fait passer des frissons dans le dos.

« À quoi sert de s'énerver ? » dit le Zabet. Il se rajuste, il endosse la veste blanche de son uniforme de printemps. « Tu as raison, Chemtov. Où est la vérité ? Dieu seul le sait !

— Et qui d'autre qu'un bon policier peut savoir la vérité ?

— L'amour est une avalanche, Chemtov, un torrent qui emporte tout sur son passage. S'il est coupable, il paiera. Si elle l'aime, elle mourra. Rachel, tu regretteras le jour de ta naissance et toi Gormazzano, tu béniras le jour de ta mort ! »

Chez Belardo Gormazzano, il est justement question d'une lettre qui vient d'arriver au courrier du matin. Depuis près d'une heure, cette lettre repose sur la table de la véranda, entre les reliefs du petit déjeuner. Dorette a eu beau la palper, la soumettre à la lueur d'une bougie, elle garde son secret. Sur une enveloppe bon marché, le nom de Deborah Lewyn s'étale en capitales sous le cachet de la poste de Louxor. Qui peut bien lui écrire de Louxor ? Deborah ne connaît que les quelques Cairotes, triés sur le volet, que ses hôtes lui ont présentés.

« D'où par où Louxor ? répète Dorette. Tu veux mon avis ? Elle se doute de quelque chose ! Tu peux me dire pourquoi justement, ce matin, elle est partie dès potron-minet ?

— Hé quoi, dit Belardo, elle est libre que je sache. C'est toi qui lui donnes le soupçon à la fin ! Avec tes questions, ta façon de la retenir comme un sou dans la poche de Chemtov ! Elle a eu envie de respirer toute seule, elle va revenir ! »

Si Belardo ne partage pas complètement l'affolement de sa femme, son instinct lui souffle que tout ceci – la disparition de Deborah Lewyn, puis cette lettre étrange – est bien mystérieux. Encore heureux que l'enveloppe soit estampillée de Louxor, songe-t-il ; venue d'ailleurs, de la place de l'Opéra-Royal par exemple, elle pourrait signifier que Rachel a mis son chantage à exécution. Ah, Rachel, Rachel, âme de mon âme… Tu es un sacré morceau de chair !… Belardo se perd dans de doux souvenirs. D'un geste automatique, il sucre son café : au cinquième morceau, sa femme le chicane : ça n'a pas de bon sens ! En effet, se dit-il, pourquoi les filles de la Locanda révéleraient-elles à Deborah Lewyn les tenants et aboutissants de la supercherie ? Belardo a promis que le gros lot du prochain tirage leur échoirait et il tiendra parole. Quel souci! Non pas tant d'avoir à débourser – l'argent est vil métal, Belardo s'en est toujours flatté – mais comment s'y prendre? Truquer la boule sans que les Bénéfactors s'en rendent compte relève de l'exploit. Censément, Klapisch le saura – ce diable n'ignore rien des traficotages de ce monde – et alors gare à l'enquête! Et si à son tour Dorette apprenait la chose... Ah, il préfère ne pas y penser.

«On verra bien, dit Belardo, mange ma chérie, la journée va être dure.

— On verra quoi?»

Elle l'observe... Elle l'observe, jalouse dans ses yeux pleins de détresse... Le fait est qu'il manque à Dorette ces temps-ci. Il n'est pas gentil avec elle depuis que la passion de Rachel l'emporte au-dehors, puis le fait s'assoupir brutalement dès qu'il regagne le lit où sa femme épie comme la chouette. Le désir la tient éveillée jusqu'au retour de son mari, alors son corps réclame aussi, à croire que les effluves rapportés de la Rue-Sans-Nom lui insufflent leur sensualité. Et comme il n'en peut mais... il récolte regards en biais, mots amers, phrases à double sens.

«Vois-tu, nous avons toujours tout partagé, Dorette, n'est-ce pas? Tu es mon réconfort dans la vie. La vie est courte, c'est notre existence qui est longue dans la vie. Cette fois encore, tout ira bien. Une seule petite journée fatidique à passer et tu verras, elle passera blanche sur nos têtes.

— Elle passera le jour où ta Deborah fera ses valises. Toi, tu passes par tous les âges de l'adolescence depuis qu'elle est là. Je n'arrive plus à diriger ma maison. Il n'y en a que pour elle. Tu fais tout pour elle, qu'est-ce que tu ne fais pas?

— Alors là, je t'arrête dans tes menteries !» La main sur le cœur, Belardo trouve les accents de la vérité bafouée. «Je te jure, Dorette, je te jure sur la tête de nos filles qu'il n'y a pas mèche entre cette femme et moi. Tu me connais : ce n'est pas mon genre de beauté, eile est maigre et honnête.

— Pas un bijou, pas une toilette, pas de rouge à lèvres, avec tout l'argent qu'elle a ! Ce n'est pas permis. Même la lingerie est en coton ! Elle a l'air plus vieille que moi, non ? Et aucune conversation ! Tout le temps, elle pense de nous en silence ! Que nous dépensons trop, que nous mangeons à l'excès. Qu'est-ce qu'elle veut ? La cure d'amaigrissement ? Elle me fait peur, Belardo. On dirait que j'ai fait entrer le juge dans ma maison.

— C'est une idéaliste ! Elle n'aime pas les hommes, elle aime le bien qu'elle leur fait. En cela elle est bien la fille de Red Max. Mais lui savait s'amuser et jouir de temps en temps. Tiens, je me demande si ce vieux filou court toujours la danseuse du Bronx !»

Belardo est ému à l'évocation des folies d'antan. Dorette ne partage pas son attendrissement :

«Pour ce que ça rapporte ! Tu veux la vérité ? La fille de ton ami restera vieille fille ! Les hommes ne l'aiment pas, alors elle se rabat sur la perfection. Tu sais quel est son but dans la vie ? Elle m'a dit : "Je voudrais me rendre utile par mes actions et mes paroles tout au long de ma vie, afin de mériter la petite parcelle de terre, à côté de la tombe de Maman. " Eh bien qu'elle crève et tout le monde sera content.

— Max serait désespéré ! Et elle est mon invitée ! Il ne faut pas parler comme ça, Dorette, il faut la plaindre. Une vie sans amour, tu appelles ça une vie toi ?

— Qu'est-ce que ça peut me faire sa vie ? Elle noircit la mienne. Oh, et puis tant pis pour elle, elle mérite !

— Non, non ne fais pas ça, c'est honteux ! »

Mais Dorette a déjà déchiré l'enveloppe. Une fleur séchée s'échappe de la double page couverte d'une large écriture. Dorette ânonne. Comme elle n'entend rien à l'anglais, avec un soupir elle tend la lettre à son mari. Celui-ci se met à rire :

« Notre Deborah est une petite cachottière. Sais-tu qui lui écrit de Louxor ? Un Américain qui fait des fautes d'orthographe amoureuse ! »

Devant le comptoir du Café Groppi, Deborah Lewyn finit de débourser – le prix fort ma foi – des friandises choisies avec soin pour les petites orphelines de la Cara.

Du pas alerte et camus des femmes qui ne portent pas de talons hauts, elle se dirige vers la porte à tourniquet. Elle y rencontre Miss Rutherford qui tente de glisser sa corpulence entre les battants.

Deborah fuit sur le trottoir. Miss Rutherford la rattrape. Elle lui donne un baiser sonore et enthousiaste, comme si les aigres propos échangés tout au long de la traversée se sont effacés de sa mémoire, ou au contraire constituent le ferment de l'amitié qu'elle lui manifeste bruyamment.

« Quelle merveilleuse coïncidence, ma chère, dit-elle. Je désespérais de jamais vous revoir. Je n'ai cessé de parler de vous à George justement. »

Miss Rutherford est accompagnée d'un homme plus jeune et plus petit qu'elle, au physique pareillement dénué d'attraits. Sur son front s'éparpillent les frisons d'une chevelure blonde. Il a le menton fuyant, signe de faiblesse se dit Deborah, et ses yeux rêveurs ne sont pas dénués d'aménité.

« Voulez-vous prendre un verre avec nous ? dit-il. Nous n'allons pas rester plantés sur le trottoir. » Il tente de se saisir du gros paquet à faveurs dorées, mais Deborah s'y cramponne.

« Vraiment, vous n'avez pas le temps ? dit Miss Rutherford. Quel dommage ! J'ai tant de choses à vous dire. Avez-vous appris la nouvelle ? Je le disais à George ce matin, Deborah doit avoir appris la nouvelle. Non ? Elle vous intéressera au premier chef. Il s'agit de Glubb Pacha, vous savez, le célèbre général britannique ? Eh bien, il renonce à sa nationalité pour s'enrôler dans les armées arabes. N'est-ce pas incroyable ?

— Que voulez-vous que ça me fasse ? » Deborah fait signe à un taxi qui passe son chemin.

« Eh bien, cela nous promet une belle bataille, dit Miss Rutherford. Si Glubb Pacha s'y met lui aussi… Ne vous fâchez pas, Deborah, de toute façon, vous le savez bien, un nouvel État ne peut se créer sans effusion de sang.

— Allons, allons, intervient George Rutherford, Rosamond exagère l'importance de tout ça. »

Ainsi la vierge intrépide, qui des deux Rutherford semble la plus mâle, porte le doux nom de Rosamond ? Deborah a un rire dont la tonalité railleuse n'échappe pas au petit frère George. Lui aussi se met à rire :

« Rosamond ne voulait pas vous blesser, Miss Lewyn, mais elle est très impressionnée par ce Glubb Pacha. Un aristocrate, né sir John Bagot. Pauvre lignée Bagot. Leur rejeton est un va-t-en guerre stupide à moins qu'il ne soit homosexuel, les deux cas de figure ne sont pas antithétiques au demeurant. »

Il adresse à la jeune femme un geste de connivence, la paume ouverte et levée pacifiquement, comme pour signifier que lui-même et aucun Anglais, hormis sa sœur peut-être, ne nourrissent d'agressivité à l'endroit d'Israël. Deborah se radoucit un peu. Elle songe que l'issue de la guerre paraît claire, même aux puissances britanniques. Elle en éprouve un double contentement : un, ce George la confirme dans l'idée que l'État juif existera bien au rang des nations libres ; deux, il inflige un cruel démenti à son horrible sœur.

« Rosamond vous aime beaucoup, dit-il. Vous l'aimerez aussi quand vous saurez qu'elle se donne volontiers pour pire qu'elle n'est. »

Celle-ci éclate d'un «Ho, ho, ho!» particulièrement joyeux. Après avoir pris à témoin le ciel de son excellente plaisanterie, elle fonce vers la porte à tourniquet et disparaît –, à jamais espère Deborah! George Rutherford a la courtoisie d'attendre qu'un taxi veuille bien s'arrêter. Il est avocat, voire une espèce de bâtonnier, comprend Deborah en parcourant la carte qu'il lui remet. Il l'invite à venir dîner un de ces soirs – de la maison des Rutherford on découvre un superbe panorama des Pyramides –, elle s'y engage sans la moindre intention de tenir sa promesse. Il insiste encore en lui tenant la portière de son taxi. Elle s'y engouffre en hâte. Brusquement un cahot la projette contre la lunette arrière. Le taxi a stoppé brutalement pour laisser passer un camion militaire. Des soldats en descendent qui vont se déployer en demi-cercle autour du Café Groppi. Avec stupeur, Deborah

177

observe que les soldats pointent leurs armes dans la direction de George Rutherford.

À la Locanda el Teatro, tout est en place pour recevoir les visiteurs. De bonnes odeurs s'échappent de la cuisine ; Madame Faustine s'y empiffre – elle a pris au moins trois kilos depuis deux jours qu'on prépare le festin. Ses pensionnaires se concertent au salon. Rachel est assise devant le piano ouvert. Elle porte la robe fermée au col qui sied à une directrice d'âmes juvéniles et innocentes ; toutefois, son naturel résiste et dans la tenue qui enlaidirait n'importe qui, elle demeure souveraine de beauté. Par comparaison, les jeunes filles, enfroquées de l'uniforme kaki, ont l'air de gamines maladives, l'air d'appartenir à une même famille de blême constitution. Et ce n'est même pas un mensonge : débarbouillées, les mines racontent des enfances malheureuses. Pour l'apparence donc, tout va bien, mais le moral, lui, n'est pas à l'avenant. De fait, la fatigue tient les demoiselles car il est rare qu'elles soient levées à pareille heure. Elles se sentent noyées dans les alcools et les fumées de leur nuit et le courage manque quand on a mal au cœur...

«Je ne sais pas si je tiendrai jusqu'au bout», dit Allégra. Avec de petits bâillements, elle se met à remonter sa tresse sur le haut de sa tête. «Je n'aime pas faire des connaissances inconnues. L'Américaine va nous regarder sous toutes les coutures. Elle va rire de nous, rien que pour s'amuser de nos figures. Qu'est-ce que vous en pensez, petites sœurs ?»

Les autres aussi pensent que la visite de Deborah Lewyn leur sera une épreuve, une gêne, peut-être une humiliation. Elles sentent n'avoir rien en commun avec la bonne dame : ni la naissance, ni la fortune, ni les manières... Depuis quand peut-on mélanger l'huile et l'eau ?

« Ces femmes-là s'imaginent que nous n'arrivons pas à leur soulier, gémit Simone et ses yeux, d'habitude si pétillants d'intelligence, paraissent éteints. Vous avez remarqué, petites sœurs ? Les femmes riches s'accroient pour nous juger.

— De quel droit ? dit Marika la Grecque. Tout le monde a besoin d'argent. Dites-moi, que feraient-elles, ces femmes-là, si elles devaient élever seules un enfant à la mamelle ? Qu'est-ce que j'ai mis au monde, moi, une plante verte que je peux arroser d'eau ?

— Basta, dit Rachel, tais-toi ou tu auras affaire à Klapisch. Tu veux qu'il te renvoie à Salonique ? Et vous toutes, seriez-vous devenues folles ? Une étrangère arrive et vous perdez la tête ? Vous avez peur d'une femme ? Une femme vous a engendrées et personne d'autre. Deborah Lewyn est une femme comme nous : elle n'a pas de mari, elle est seule dans son cœur. Belardo Gormazzano dit que puisqu'elle n'aime pas les hommes, son cœur éclate sur nous, les femmes. N'oubliez pas qu'à ses yeux, vous serez de pauvres petites filles sans papa ni maman. Elle va vous dorloter de bonnes paroles.

— Dorlotement dans son œil gauche ! Même Zouzou la débonnaire se met en colère, la frange de ses cils nus en frémit. Je ne veux ni dorlotement ni bonnes paroles de pitié. Je crache sur la pitié.

— La pitié, c'est pire que l'insulte, dit Lila. Moi, je n'ai jamais rien demandé à personne. Mon argent je le gagne toute seule et si voulez mon avis... »

Mais personne ne veut de l'avis de Lila. Elle reste

assise sur sa chaise alors que ses sœurs se lèvent, arrangent une dernière fois leur uniforme, puis courent vers le perron où Soliman le boy s'époumone : «Ils arrivent, ils arrivent… !»

DEUX

Midi sonnait, lorsque le petit groupe de mendiants et de vagabonds de la Rue Sans-Nom se mit à contempler avec curiosité le mouvement inhabituel qui se donnait devant la Locanda el Teatro. Une flottille de messieurs habillés avec soin avançait en direction de la maison généralement close à cette heure. Ils escortaient une dame grandiose, à en juger par la déférence dont on l'entourait et, plus étonnant, les visages semblaient dénués de l'empressement furtif et mielleux qui caractérisait les fréquentations de ces demoiselles. Il y avait là du convoi funéraire et de partout jaillit le mot «Choléra !» suivi d'une rumeur : en ce moment même, le service de l'hygiène publique procédait à la mise sous scellés de l'hôtel louche… Le monde, méchant comme on sait, applaudissait déjà la mesure…

Pourquoi, je vous le demande ? Pourquoi se réjouir de la mise à la rue de filles qui passent beaucoup de temps au lit, d'accord, mais elles balayent souvent leurs chambres, discutent avec le voisinage de la cherté de la viande et du riz et distribuent aux enfants les sucreries apportées par leur pratique… Laissons les médisants à une vindicte d'autant plus implacable qu'elle surgit sur un fond de misère et de loques accoutumées – l'avenir n'y pénètre point – et à la suite des visiteurs entrons au salon aménagé aux exigences du goût sobre.

Les rideaux avaient été baissés afin d'entretenir, à la faveur de la chiche lumière, l'illusion du refuge pour enfants abandonnées par père et mère. Aux murs : les maximes empruntées à la Cara et la photo des Bénéfactors souriant avec modération à leurs bonnes actions. D'un côté, le piano et de l'autre une rangée de chaises. Sur toute la longueur de la pièce, la table dressée pour vingt convives, derrière laquelle se tenait une servante en tablier amidonné : c'était Marika la Grecque et elle semblait renfrognée et inquiète. Sa petite Léa dormait là-haut, imaginez qu'elle se réveille et se mette à hurler au milieu du repas ?

« Madame, dit-elle tout de go, nous avons dans la maison une chatte qui a fait ses petits. »

Ce n'était pas vrai, mais elle avait ses raisons.

Deborah eut un léger sourire : en effet nul ne pouvait empêcher une bête en chaleur de faire des bêtises ! Comme il ne fallait pas perdre de vue les choses sérieuses, elle s'abîma dans la lecture des maximes placardées tout autour du salon. Dans une volte-face, elle alla embrasser les orphelines, une à une et sur les deux joues… parce que c'était une femme qui niait les différences sociales.

« Je suis une femme qui nie les différences sociales, dit-elle. J'ai toujours pensé qu'il n'y avait pas de quoi se vanter d'être né ici ou là. À New York aussi, on trouve beaucoup d'enfants dans les rues, et personne n'y fait attention, sauf la police. C'est bon d'avoir un foyer, n'est-ce pas ? »

Personne ne répondait. Une demoiselle toussait, une autre avait posé ses paumes sur ses yeux ouverts. Outre que les pensionnaires de Madame Faustine n'étaient pas rompues à ce genre de propos, il leur fallait s'habituer à l'épouvantable accent français de l'Américaine.

Le silence devenait embarrassant. Les Bénéfactors se tournèrent vers leur Protector. Belardo Gormazzano remua un peu et, le long de son dos, son costume fit des vagues lentes et pénibles. Il y avait de la confusion sur le beau visage de l'homme entraîné pourtant à tromper son monde. Il dit un mot à Klapisch qui se détourna ostensiblement. Que se passait-il ? Bien qu'on fût accoutumé à son mutisme, il paraissait clair que le Zabet n'était pas dans son assiette. Ses yeux lançaient des regards étranges, des papillotements de tristesse, ou bien de fureur rentrée. Il dévisageait Rachel, comme si, la voyant pour la première fois, il comprenait tout à trac la fatalité de son destin. Lors, comment s'étonner qu'il parût indifférent à la bonne marche de sa propre mise en scène ? Quoi ! il n'y croyait plus lui-même ?

On allait au fiasco !…

Deborah Lewyn promenait autour d'elle des regards étonnés, sévères aurait-on dit, comme si ses pensées avaient le soupçon pour objet. Alors Rachel prit sur elle de sauver la situation. Elle se porta vers Deborah Lewyn, doucement lui prit les mains et se mit à parler, à parler avec un charmant enthousiasme.

« Radieuse apparition, est-ce votre visage, madame, ou celui de la lune ? Ne soyez pas surprise que nos jeunes filles se taisent, mais imaginez leur émotion. Elles vivent leur plus beau jour. Depuis si longtemps, elles rêvaient de baiser la main de leur bien-faitrice. Alors, c'est bien naturel, elles ne savent comment vous remercier.

— Il ne faut pas me remercier. Au contraire. Je suis si émue de voir enfin une institution qui prend en main la sauvegarde et l'éducation de nos jeunes juives. Je suis vraiment très heureuse... Et confuse... Pardonnez-moi, je ne m'attendais pas à rencontrer de grandes jeunes filles. Je ne vous ai apporté que quelques bonbons.

— De chez Groppi, le roi des bonbons!»

Belardo Gormazzano avait recouvré son entrain. D'une voix heureuse, il invita les orphelines à bien l'écouter. Lui aussi avait songé à apporter son offrande : une enveloppe contenant neuf billets de la «Loterie du Destin» :

«Qui sait si le billet gagnant ne s'y trouve pas? Deux cents livres, si Dieu veut, et pourquoi ne voudrait-Il pas?»

Rachel remercia M. le président de la Cara; sa moue, toute de grâce indolente, tournait en dérision les fafiots de la chance.

«C'est gentil à vous Belardo, dit Deborah Lewyn. Mais il ne faut pas rêver. Nous devons placer nos espérances en nos propres forces. Seul le courage et le travail sur soi-même viennent à bout des destins les plus défavorisés au départ. N'est-ce pas, mademoiselle?»

Elle s'adressait à Lila qui en eut un sursaut de peur. Il devenait urgent de déballer le baratin livresque mis au point par le Zabet Klapisch. Rachel leva la main en un geste oratoire : on aurait dit une de ces statues allégoriques dressées sur nos places publiques pour éduquer le peuple au sens du courage, de la fierté, ou tout simplement de la beauté. La directrice raconta la trajectoire de chacune de ses pensionnaires... les naissances calamiteuses, les enfances brisées au jeu terrible des deuils et des catastrophes ; plus d'une orpheline essuyait une larme tant ces fictions faisaient peine à entendre...

Après quoi, toute la compagnie se transporta au pas de charge dans une chambre «choisie au hasard, dit Rachel, tenez pourquoi pas celle-ci ?».

C'était la chambre de Simone, mais repeinte à la chaux et installée de peu de choses : deux lits qui se faisaient face, une armoire en bois blanc, et sur une table un primus à alcool pour le petit déjeuner :

«Le repas du soir se prend en commun, expliqua Rachel, lorsqu'elles reviennent de leur travail. Il leur en coûte dix piastres. Il n'y a pas. Il faut participer, même si l'une ou l'autre veut manger dehors, à condition d'être rentrée à sept heures, bien sûr ! »

Bien sûr... Deborah Lewyn approuvait la gestion familiale, mais soucieuse de liberté :

«Dans ce genre d'organisme, on assimile trop souvent le gîte à la prison, essentiellement pour notre sexe.

— La vérité est dans votre bouche, madame. Est-ce que nous sommes des bébés à tenir en nourrice ?» Perle intervenait en pouffant, suivie bientôt par ses sœurs.

La Directrice fit taire les rires d'un geste impérieux. Ah, elle prenait son rôle à cœur et tout de bon même un œil averti aurait vu que de sa vie Fleur de Péché n'avait exercé d'autre métier. Une grande artiste, songeait Zacharie. L'art, c'est l'illusion faite femme. Surtout quand la femme est belle, alors la vérité demande pardon au mensonge et la réalité se prosterne devant l'artifice.

184

« Vous voulez peut-être voir une autre chambre ?
Elles sont toutes arrangées pareilles, prévint Rachel.
Alors redescendons. »

Rachel et Deborah allèrent bras dessus, bras dessous. On aurait dit des amies d'enfance remises en présence par le hasard et se communiquant des nouvelles
de la famille des hommes. Écoutant l'échange idéaliste, Zacharie se sentait mal à l'aise. Ce n'étaient pas
tant les mensonges qui le choquaient que la réunion
en ce bordel de deux femmes si opposées par nature
et destinée. Il y avait là comme de l'injustice et, malgré lui, il lui venait la tentation de redresser les torts
faits à l'une et à l'autre. Mais il se contenait, Dieu
merci, car dans des moments pareils on peut manger
le morceau rien que pour soulager sa conscience et
alors on fiche par terre son avenir.

La suite de la visite de l'orphelinat ne mériterait
pas d'être rapportée, si la petite Léa n'avait lancé sa
plainte au moment où on s'engageait le long du corridor conduisant aux communs. Un seul cri comparable à un long miaulement, auquel Deborah Lewyn
n'accorda pas d'attention, tellement elle était capti-
vée par les bobards de Rachel. Elle semblait prendre
plaisir à regarder le corps plus immense que nature,
la jambe splendide dans une plate sandale, le sein, le
visage lumineux et haut comme sur un écran de
cinéma. Autour des deux femmes remuaient des personnages tout ce qu'il y a de réel – les Bénéfactors et
les filles rassurés à présent et qui en convenaient à mots
couverts – l'Américaine n'avait d'ouïe que pour le miel
de Rachel.

On arrivait à la buanderie. Soliman le boy vanta les
mérites de la pierre bleue d'Égypte qui donnait à son

linge un lustre pharaonique. On entrait dans la cuisine. Elle fut jugée impeccable, « et surtout, rigoureusement casher » souligna le Protector. La précision fit à Zacharie l'effet d'un danger, à la fois craint et espéré (étrange comme l'homme peut vouloir une chose et son contraire hein ?) ; c'est que Belardo en avait menti étourdiment : un examen du placard aurait prouvé l'absence d'une double vaisselle pour la viande et le lait... Et comme on sait, une vérité entraîne l'autre et alors la supercherie tout entière dévide son fil. Heureusement, Madame Faustine créa la diversion. Elle ronflait sur sa chaise, la tête prise dans un halo de vapeurs grasses, le plastron tout barbouillé de sauce. « Notre cuisinière s'est éreintée à la tâche, pauvre poussin ! » dit Rachel, et tout fut dit.

Il était temps de passer à table.

Grande chère et rires clairs... Réussite totale ! Marika avait mis de l'eau dans son vin, et hormis le fait qu'elle remplissait chichement l'assiette de Klapisch, lequel ne desserrait pas les dents, on s'achemina sans incident vers la fin du repas. Café, raki, douceurs fourrées à la pistache et au miel. Comme c'est toujours dans ces moments-là qu'on se penche sur l'avenir – peut-être parce que l'estomac rassasié donne à penser que les bonnes choses sont éphémères –, Deborah Lewyn prononça un discours auquel personne ne s'attendait... Un discours qui plongea l'assistance dans l'embarras, puis dans un état proche du fou rire.

Puisque le lecteur connaît l'idéal de la fille de Max Lewyn, il ne sera pas surpris, lui, qu'en ce 1er mai 1948, à quatorze jours de la proclamation de l'État d'Israël et de la guerre qui le voulait détruire, la sioniste invitât les orphelines à rallier la patrie en danger.

«Pour finir, je voudrais dire mon espoir, c'est d'ailleurs une certitude. Nous allons créer une nation démocratique et libre où tous les citoyens seront égaux en droits. Tous unis et solidaires, juifs d'Europe et d'Orient, intellectuels et ouvriers, riches et pauvres.

— Et même nous ? intervint Simone avec le désespoir qu'on met aux choses impossibles.

— Mon Dieu, je m'en porte garante, dit fougueusement Deborah. Vous les premières ! Etre orpheline n'est pas un crime que je sache.

— Ne suis-je pas moi-même un bâtard ?» dit Belardo. Sa résolution prise, son propre départ ne semblait plus être qu'une question de jours.

«La bouche du Protector est une fontaine de sucre ! dit le Rabbin Shamgar qu'on savait conquis à l'idée du retour. Puisse Dieu, protecteur et sauveur d'Israël, accomplir sa parole, car n'a-t-Il pas promis : "Je vais par mon secours retirer mon peuple de l'Orient et du pays du soleil couchant ; et je les ramènerai pour qu'ils habitent dans Jérusalem. Amen !…"

— C'est comme si c'était fait, dit Rachel. Le temps de fermer le compteur du gaz et nous serons tous partis. Et maintenant, jouons des chansons.» Elle leva vers Deborah le feu de ses yeux noirs. «Ne faut-il pas un peu de musique pour finir ce beau shabbat ?»

Quittant la table d'un mouvement souple et lent, elle alla vers le piano. Elle attaqua l'air de *La Bien-aimée*. Bien que la musique fût allègre, Zacharie se sentait gagné par la mélancolie. La voix de Rachel montait à hauteur du cristal pour dire la jeunesse et l'amour, les jouissances fortes dont lui, Zacharie, demeurait interdit. Même en fermant les yeux, il voyait tout le temps ses lèvres attirantes comme certain péché, et quand il les ouvrait c'était pire : un envoûtement ! Il se demandait comment lui, un homme profondément croyant qui jamais n'avait proféré de gros mots, il en était arrivé à adorer la singulière puissance du vice. Et il en voulait, non pas à l'aimée qui lui refusait l'accomplissement de ses rêves, mais à Deborah Lewyn ; par sa faute, il avait découvert les tentations de la vie magnifique à laquelle il ne pouvait prétendre. Il contemplait l'étrangère aux aisselles non épilées, à la cigarette fichée éternellement au coin de sa lèvre pâle. Il maudissait la puissance dévastatrice de ses dollars. Que ne corrompt l'argent ? Le sien était cause de la bouffonnerie cousue de folle hardiesse et de fausseté. Se pouvait-il vraiment que Deborah Lewyn ne se rendît pas compte de la manœuvre énorme, unique peut-être dans toute l'histoire des escroqueries... ? Aucune ombre sur le visage empreint de gentillesse, d'un manque total de scepticisme. À deux mains, elle prenait la musique, les sourires et les mensonges. Qu'elle fût victime de ses sens abusés, comme lui en quelque sorte, finit par le calmer. L'un se voit, l'autre s'oublie ! De quel droit, lui le trompeur, reprochait-il à la trompée sa foi indestructible en l'être humain ?

« Vous partez ? dit Deborah Lewyn. Je le regrette. N'est-ce pas vous qui l'autre jour vouliez me dire quelque chose, devant la synagogue ? »

Zacharie prit congé de la compagnie. Il était rendu sur le perron quand, venant de la cuisine, un terrible chahut l'atteignit... Du fracas de vaisselle, des injures mâles, les cris de Madame Faustine appelant au secours. La voix de Rachel montait dessus : « Ce n'est rien, disait-elle, je vous en prie, continuons » et furieusement, elle tapait sur les touches de son piano.

Jusqu'ici, cher lecteur, la visite de l'Orphelinat se passait pour ainsi dire à la satisfaction générale. Mais voici qu'elle emprunte une tournure tout à fait imprévue et qu'à la surprise générale elle révèle ceci : il y a des gens qui savent régler leur différend en êtres humains et d'autres qui ne connaissent que la manière bestiale !

A-t-on besoin d'un dessin ?

Dans la cuisine mise à sac, Klapisch avait terrassé Belardo et il s'efforçait de lui fracasser la tête contre le carrelage.

TROIS

Le ciel s'assombrissait sous la brusque poussée rouge des nuages venus du désert, lorsque Zacharie Borekitas atteignit la Ruelle-aux-Juifs, toute chamarrée des lumières qui en masquaient la décrépitude.

Zacharie ne remarqua pas immédiatement que parmi les maisons illuminées, seule la sienne restait plongée dans l'obscurité.

À la première inquiétude (Victoria n'avait même pas eu la force d'allumer la lampe de chevet) succéda le soulagement : elle dormait ! De la sorte, Zacharie pouvait encore réfléchir au récit qu'il lui ferait des événements survenus à la Locanda el Teatro, et dont l'incroyable dénouement la divertirait un peu : « Peux-tu croire, Victoria, que l'intrigue si bien commencée ait tourné à la tentative de meurtre ? » L'opéra bouffo la ferait rire ! Lui-même se donnait une bonne risée à se remémorer le ressort tragi-comique qui, Dieu merci, avait détourné de lui la fureur de l'Othello du Caracol. En même temps, il se demandait comment parler de l'héroïne de ce nouveau drame de la jalousie sans trahir ses propres sentiments et le rôle, somme toute misérable et piteux, qu'il y avait tenu… Une fine mouche, Victoria ! Il lui suffirait de dévisager son mari, elle passerait ses longs doigts décharnés sur le front troublé et dirait : « Il est arrivé autre chose, Zacharie, qu'est-ce que c'est ? » Bah, il verrait bien venir ! En pareille conjoncture, le criminel, comme le mathématicien, laisse dormir la question problématique dans un coin de son cerveau, où, le temps aidant, elle s'élucide d'elle-même.

En montant lentement l'escalier, Zacharie se composait un sourire où il tentait de condenser dérision et sérénité devant la folie jamais démentie de l'espèce humaine. À mesure qu'il avançait, il avait l'impression que les murs se resserraient autour de lui ; l'odeur lourde et familière pourtant l'oppressait ; l'idée de tromper un être si désarmé, sa confiante bien-aimée, augmentait les battements de son cœur ; aussi, déboucha-t-il le visage en feu dans la chambre à coucher obscure et silencieuse.

« Victoria, tu ne devineras jamais ce qu'ils ont encore fait, dit-il d'une voix essoufflée. Écoute, chérie, ça mérite les annales. »

Il donna la lumière et tête baissée pour cacher sa confusion, il se dirigea vers le lit. Il heurta du pied le plateau du repas auquel Victoria n'avait pas touché – la gronder, pensa-t-il. Il se pencha pour tendre sa joue au baiser de sa femme.

« Oh, tu as pu te lever ! Félicitations. Je suis si

content, ma chérie. Victoria, Victoria... », appela-t-il plusieurs fois avant de réaliser qu'elle n'était pas en mesure de répondre.

Victoria était tombée du lit.

Elle gisait sur le dos, les yeux ouverts, une main agrippée au drap comme si, après sa chute, elle avait voulu regagner sa couche, ou se couvrir ; elle portait imprimée sur son visage la stupeur d'être étendue là, presque nue. La chemise de nuit, remontée à mi-ventre, dévoilait ses cuisses marbrées de croûtes sanguinolentes où tranchait la blancheur des poils du pubis. La première pensée de Zacharie fut pour Blanche Séreno. Il revit la mendiante morte comme un chien sans maître, morte songeait-il du choléra, et aussi bien de nommer la maladie le rassurait. Sa Victoria ne souffrait rien de tel – Dieu en soit loué – d'ailleurs elle n'était même pas évanouie. Sa figure trempée de sueur paraissait rose et brillante en pleine lumière, mais ses yeux s'agitaient à l'extrême. Elle voulut parler : sa bouche était tellement inerte qu'aucun son n'en sortit. La douleur la faisait grimacer, elle haletait faiblement et une abondante salive s'écoulait le long de son menton.

Combien de temps était-elle restée allongée au sol, seule dans le noir ? Avant même de songer à la relever, Zacharie se mit à hurler à son oreille, stupidement : « Tu te sens mal, Victoria, tu te sens mal ? Ne pleure pas, surtout ne pleure pas. »

Elle ne pleurait pas, tandis qu'il sanglotait, lui. Il l'étreignit, elle sentait la fièvre et l'urine. Dans un gémissement audible enfin, elle demanda à remonter au lit. Quand ce fut fait, il cacha son visage entre les seins lourds, mouchetés de taches de rousseur. Ses larmes, à défaut des cris qu'il s'interdisait de proférer, témoignaient de sa peur et de ses remords. Jamais il ne se pardonnerait de l'avoir abandonnée tout un jour. Comme à son habitude, c'est elle qui entreprit de le consoler. Toute la douceur dont elle était capable passait de ses mains aux paupières trempées de larmes de son mari. Elle l'assura qu'il n'y avait pas de quoi s'alarmer, et cependant la manière singulière dont elle s'y prit ne fit qu'accroître l'épouvante du pauvre homme :

« Calme-toi, Zacharie, tout va bien aller maintenant. Seulement, je crois que tu as raison, je ne peux plus rester seule à la maison, et toi tu ne peux pas t'occuper de moi tout le temps. Alors, écoute-moi bien. J'ai beaucoup réfléchi pendant que j'étais à l'hôpital.

— À l'hôpital ? » Zacharie était stupéfait. « Toi, tu as été à l'hôpital ? Quand ? Pour quoi faire ?

— Qu'est-ce que ça peut faire ? Je n'ai rencontré personne. »

Elle se mit à rire avec coquetterie. Relevant une longue mèche grise qui lui tombait sur le front, elle la pressa entre ses doigts. Elle la tortillait, l'observait d'un air absorbé, tendu, comme pour y découvrir un pou, ou autre chose de particulièrement angoissant… Ensuite, elle frotta ses doigts longtemps, avec l'effroi maniaque de qui efface une marque invisible gravée dans sa chair. Jamais encore il ne lui avait vu cette expression à la fois obstinée et hagarde. Voyait-il se rompre le fil ténu de sa raison ? Pourtant, elle parlait calmement. Elle parlait de l'hôpital.

« Tu peux te figurer ? Un endroit pareil on n'a jamais vu. Les femmes accouchent par le ventre des bêtes affreuses, des petits chiens, je crois, ou alors des

singes qui veulent se propager par la génération.» Ses
traits se tordirent en une grimace de dégoût. «Ce n'est
pas possible, ajouta-t-elle d'un ton raisonnable...
Heureusement, ces bébés-là ne vivent pas longtemps.» Sa tête retomba sur l'oreiller. Elle cria :
«Non, ce n'est pas admissible par la raison ou alors
tout devient possible.»

Paupières closes, elle ruminait une fièvre de pensées que rien ni personne n'aurait pu distraire.
Zacharie s'agenouilla au pied du lit et, les doigts
écartés pour éloigner ses propres terreurs, il se mit à
prier.

> *« Shema Israël !*
> *Je te confie au Seigneur de l'Aurore*
> *Contre les malheurs de la Création,*
> *Contre les maléfices des Ténèbres,*
> *Contre les maléfices de ceux qui*
> *soufflent sur les nœuds,*
> *Contre les maléfices de l'envieux.»*

Longtemps il demeura dans cette posture. Shema
Israël ! Alors, dans l'air saturé de supplications, le
Seigneur fit descendre l'ange préposé à la miséricorde
des douleurs. L'ange ouvrait ses ailes au-dessus de la
souffrante. La bénissant, il disait que la souffrance du
corps mutile l'esprit, que l'esprit humain est sacré, que
l'obscurcir est une douleur infligée à Dieu.

Quand, au bout d'un moment, Victoria se remit à
parler, sa voix était la voix d'une femme revenue à la
paix intérieure.

«Zacharie, je ne veux pas te faire de peine, mais
cette situation ne peut plus durer. Alors j'ai réfléchi.

Tu sais que papa m'aime beaucoup. Je suis sa préférée et nous nous entendons. Pourquoi n'irais-je pas vivre avec lui ? Il me soignera et je lui ferai la cuisine. Nous dormirons dans le même lit. »

Elle mit son bras sur l'épaule de son mari. Incapable d'articuler un mot, Zacharie embrassait le bras décharné, le mouillait de larmes amères, très amères tandis qu'elle lui caressait le front.

« C'est drôle comme papa a encore tous ses cheveux, tandis que les tiens sont sur ta tête comme le sel après les larmes. Tu as bien travaillé aujourd'hui ? Elle parut oublier sa question. Et si tu m'accompagnais tout de suite ? Papa ne dira rien. La maison est grande, nous ne nous gênerons pas du tout, au contraire. Tu viendras manger avec nous le soir. Qu'en penses-tu Zacharie, c'est une bonne idée ?

— Oui, ma chérie, c'est une bonne idée. Il y a un problème auquel tu n'as pas pensé. » Zacharie s'efforçait de parler posément mais la frayeur faisait trembler sa voix.

« Quel problème ?

— Ton père, Victoria, est mort depuis longtemps, très longtemps, tu sais bien, hein tu le sais qu'il est mort, insista-t-il avec force, espérant ainsi la ramener à lucidité.

— Papa est mort ? Ne me dis pas !... » Elle eut un geste de surprise, de surprise amusée. « C'est vrai, il est mort... Quel dommage. J'avais tout arrangé, c'était la meilleure solution pourtant. Alors j'ai rêvé ? »

Un rêve ! Comment n'avait-il pas songé plus tôt à l'écrasante évidence alors qu'une foule d'hypothèses plus folles et désespérantes les unes que les autres avaient anéanti en lui la faculté de raisonner ?

194

«La vérité, Victoria. Un rêve, voilà tout! Ne t'inquiète pas, c'est normal, nos ancêtres vivent toujours en nous», conclut-il, soulagé.

Merci Seigneur : Victoria ne tournait pas folle, non... simplement à toujours voguer sous son ciel de lit, elle finissait par confondre l'univers de ses songes avec la réalité du monde qui allait, dehors, sans elle. Passagère confusion mentale – la matière même des rêves! – duc à l'abus de sommeil. Et basta! Il en éprouva une grande joie. Ce fut un instant de plénitude, un instant de félicité trémissante comme, après un naufrage, on mesure le prix de la vie passée et à venir. Et dans le chemin qu'il leur restait à parcourir, tous deux, l'amour leur faisant escorte, il jura de ne plus tromper sa femme, fût-ce en pensée. Il couperait les ponts avec la Locanda el Teatro, il ne reverrait plus celle qui, au reste, le considérait à peine plus que le moustique. Riant de bon cœur – il se sentait sûr de lui à présent, presque guéri de l'obsession sensuelle, et par conséquent en voie d'être disculpé à ses propres yeux –, il dit tendrement :

«Comment ai-je pu t'abandonner pour me mettre en quête de choses sans importance? Je n'irai pas travailler demain. Je vais m'occuper de toi. Comme ça, tu ne te mélangeras plus entre sommeil et veille.

— Je suis trop vieille, Zacharie?

— Veille, chérie, pas vieille!» Il rit... Rien ne pouvait venir altérer son contentement!

Elle sourit aussi, mutine et un peu fâchée pourtant : une petite fille qu'on voudrait abuser... Résolue, elle lui demanda de l'aider à s'habiller. Tout de suite. Elle ne voulait pas faire attendre son père. Allons! Il répondit que c'était impossible. Elle propulsa son buste en sueur hors du lit, insistant avec colère pour qu'il lui passât ses vêtements, et l'instant d'après, cessa d'y penser.

« Mais que dois-je faire ? Lancer une pierre au ciel et attendre qu'elle redescende ? » cria-t-elle hargneusement. Puis comme si ce cri épuisait ses dernières forces, elle se rejeta en arrière et s'abattit sur son oreiller. Inanimée.

Lorsque Zacharie revint avec le docteur Menache qui demeurait au bout de la rue, Victoria reposait paisiblement, la joue appuyée à sa main comme une enfant rêveuse. Son souffle débutait par un halètement inégal qui allait s'accélérant jusqu'à la plainte et dans ce long gémissement, Zacharie entendit l'annonce de la mort. Le docteur Menache diagnostiqua la rupture d'un anévrisme. Il promit de dépêcher au plus tôt l'ambulance qui conduirait la malade à l'Hôpital des Espérants.

QUATRE

Au-dessus de la place de l'Opéra-Royal, le *Journal lumineux* dardait ses caractères enfilés comme des pruneaux secs. Dans le crépuscule s'épaississant, ils causaient un véritable émoi, car les haut-parleurs, après avoir interrompu la voix du Muezzin, diffusaient les mêmes inquiétants propos : « La fièvre typhoïde amène chez l'homme une lassitude des membres inférieurs, la paralysie progressive des fonctions vitales,

196

une asphyxie d'une persistance désolante, l'arrêt du cœur, et la mort qui s'ensuit n'a souvent pas d'autre cause. »

Le Premier ministre venait de prendre le micro pour rendre public le rapport de ses experts médicaux : effectivement, la bouteille de limonade saisie sur deux individus suspects contenait le microbe de la fièvre typhoïde. Les criminels étaient passés aux aveux : à deux semaines de la proclamation du prétendu État hébreu, ils avaient eu pour mission de déclencher la guerre bactériologique au moyen de ces bouteilles dont la limonade développait le germe de la terrible maladie.

L'allocution radiophonique eut un énorme retentissement auprès de la nation terrorisée comme un seul homme – à l'exception des Bénéfactors qui, à ce moment-là, n'écoutaient pas le poste, tout empêtrés qu'ils étaient dans leurs querelles, leurs passions, leurs rapines domestiques.

Au demeurant, le lecteur sait que ces hommes sont ainsi embouchés qu'une rage de dent les ébranlerait davantage que la menace d'une calamité nationale. Mais je ne suis là pour critiquer personne. De quel droit juger les uns ou les autres ? À commencer par moi-même : la complaisante attention que je porte à ces misérables drôles, la curiosité que m'inspirent leurs frauduleux exploits, et toutes ces pages qu'ils accaparent au détriment, par exemple, des nobles figures que compte en si grand nombre notre communauté : de vrais juifs du Caire ceux-là, probes et sérieux, des érudits, des notables, des religieux dont les actes rapportés donneraient à voir, au terme des sacrifices, les récompenses spirituelles… Une autre fois peut-être ! Pour l'instant, je ne puis résister à l'envie de te ramener, cher lecteur, au théâtre de la Locanda du même nom.

Nous l'avions quitté au moment où, dans la cuisine de Madame Faustine, chacun se persuadait que le Protector Gormazzano ne passerait pas la nuit qui descendait à la fenêtre, ni aucune autre nuit de sa vie, tant le Zabet Klapisch le colletait rudement… Une force pareille chez un si petit homme, c'était compréhensible seulement par la haine… Une haine assassine à laquelle l'autre, le grand corps bien conservé par le tennis et l'équitation, ne réchapperait pas, que rien ni personne ne parviendrait à endiguer. On essayait bien… De part et d'autre, tiraient les frères Mouchli ; au-dessus de la mêlée, Chemtov agitait les bras comme pour dissoudre un nuage de sauterelles ; en retrait derrière son livre, le Rabbin Shamgar vociférait : « Écoute le sang de ton frère Caïn crier vers Moi » ; Madame Faustine exigeait, dans les pires injures, qu'on respectât sa maison et ses pensionnaires ; celles-ci, prises à leur tour par l'excitation générale, envenimaient l'affaire par volonté de l'arbitrer.

Et Deborah Lewyn, comment réagissait-elle au spectacle qui aurait pu avoir sa place entre les cordes d'un ring mais en aucun cas dans un Orphelinat de Jeunes Filles ? Avait-elle enfin compris la véritable destination de l'endroit ? Oui ou non, réalisait-elle avoir été le jouet d'un gang autant préoccupé de bienfaisance que de colin-tampon ? Si oui, elle doit avoir à l'heure actuelle le cœur rempli de fureur et d'amertume… Pensez, elle a franchi les sept mers pour contempler le doux et charitable visage de la Juderia Orientale et voilà qu'elle découvre le masque de la

198

débauche et du crime… Naturellement, sa déception fait peine à voir – chez Deborah l'honneur, la morale, l'éthique juive sont immenses – et elle se demande quelle attitude adopter. Qu'auriez-vous fait à sa place ?… Bon sang ! Mais c'est bien sûr : trahison, vengeance ! Deborah Lewyn menace hommes et femmes confondus des foudres de son père et des tribunaux. L'intrigue s'achève par le châtiment des fripouilles puis rideau ! Sortant à jamais de notre histoire, notre héroïne embarque pour sa terre promise…

Cela arrivera en son temps, qui sait ! mais un peu d'ordre dans ce récit.

Au moment où dans une prise à faire dégorger une salade verte le Zabet parvenait à étrangler son adversaire, Rachel se décida à intervenir. Elle aurait pu le faire plus tôt. Elle attendit que Belardo Gormazzano fût saisi en crocs, que ses yeux s'exorbitent puis pâlissent, déjà il ne criait plus… Alors, posant les mains de chaque côté de ses hanches larges comme une mer agitée, elle dit d'une voix qui dominait tout : «Maintenant, tu vas le lâcher !»

Le forcené allait probablement obtempérer – jamais personne n'avait vu Klapisch désobéir à Fleur de Péché – mais il n'en eut pas le temps.

Il se produisit un tourbillon et la porte de la cuisine vola en éclats… Des hommes surgirent qu'on n'avait pas entendus toquer à la porte – si tant est qu'ils eussent toqué, mais le vacarme était tel un instant plus tôt que le canon lui-même aurait rendu le son d'un sifflet à une piastre. Six hommes en armes arrivaient, la narine frémissante et la respiration courte comme après une longue randonnée. L'un d'eux tira une balle au plafond, ce qui eut pour conséquence immédiate de désempoigner les belligérants – à la manière dont le Zabet desserrait sa prise, il parut clair qu'il comptait remettre ça à la première occasion.

« Allez, vous tous, contre le mur ! »

Une patrouille de nuit avait investi la Locanda, on l'a compris, mais pourquoi tant de fureur brutale ? Que voulaient exactement les militaires ? Rétablir la paix par la guerre ? Tout allait s'arranger et franchement il n'y avait pas de quoi faucher l'herbe verte sous prétexte que votre couleur préférée était le rose !

« Frères, dit le Zabet Klapisch, c'est le bruit qui vous a alertés ? Ce n'est rien, un petit jeu entre nous ! »

Le chef de la patrouille de nuit, un jeune sergent, donna un ordre. Ses soldats entreprirent d'ouvrir les placards, d'en sortir les bouteilles d'huile, de vinaigre, de vin, d'eau de Javel, enfin tout ce qui ressemblait de près ou de loin à une bouteille, et ils les disposèrent avec soin sous la table.

« Il y aurait le feu ? plaisanta le Zabet Klapisch. Je m'en charge ! Vous pouvez partir, frères ! Frères nous sommes et je n'ajouterai pas un mot de plus, frères ! »

Sa voix s'était adoucie et, répétant le mot « frères », elle faisait jaillir une chaude tendresse.

« Qui es-tu, toi ? dit le sergent sans abaisser l'arme qu'il pointait sur la petite poitrine. Juif, où as-tu volé ton uniforme ? Depuis quand les espions juifs commandent-ils dans la police ? »

Les paupières de Klapisch entrèrent en transe. Se raidissant de toute la hauteur de son grade, il se coiffa du couvre-chef blanc à liséré rouge qui avait passablement souffert dans la bagarre. Il réussit à s'exhausser de dix bons centimètres sans parvenir à remonter dans l'estime du sergent. C'était un jeunot avec un visage rond et bien dessiné qui évoqua à Deborah Lewyn les traits d'une icône pendue dans le salon des Gormazzano ; un descendant des premiers chrétiens d'Égypte, certainement, mais parlait-il la langue copte ? Nul ne prit la peine d'expliciter ce point intéressant – la langue copte n'est plus que latin de messe – du reste, le sergent en ignorait le premier mot, en bon musulman de la Haute-Égypte qu'il était. Cela s'entendait à son accent, et à ses grosses mains qui dépassaient de ses manches comme deux écrevisses cuites, on voyait qu'il arrivait droit d'une pauvre campagne... On sentait aussi qu'il était sur le point de perdre son sang-froid car il sem blait sincèrement incapable de concevoir l'existence d'un policier juif, de surcroît galonné à une étoile.

« Je suis déguisé pour Cham el Nessim*, triple buse, dit Klapisch, et tu paieras cher ton ignorance. Sais-tu seulement qui je suis ? As-tu déjà entendu pro noncer le nom d'Emam Ibrahim Pacha ? Le chef de la police politique, une excellence, ô ver de terre, et je suis son oreille et son bras, pour ton malheur !

— N'allonge pas ta langue sur moi, juif ! Tais-toi, juif, agent de transmission du choléra ! Foyer de contagion de la diphtérie ! Pou du genre humain ! Pou vivace, pou qui se multiplie, pou qu'il faut écraser partout où il gratte ! Que Dieu fasse triompher l'islam ! Inutile de faire semblant ! Vous êtes démasqués ! Nous connaissons tout le monde ici, des putains juives qui pervertissent la santé morale de notre jeunesse tandis que leurs maquereaux empoisonnent notre eau !

— Eau dans ton œil gauche, pauvre fou ! Que Dieu t'accorde assistance ! Je vais te torcher le rapport qui t'enverra pleurer après les eaux de ta mère, fils de

* *Cham el Nessim*` : La fête du Printemps.

syphilitique, déchet d'utérus, glaire de phtisique, morve de...»

Le Zabet s'arrêta en gémissant... Le sergent venait de lui asséner un coup de crosse en travers de la bouche. De l'avis de Madame Faustine, les dents de Klapisch allaient rouler comme un collier de perles dénoué. Il n'en fut rien cependant que le sergent le sommait de se déshabiller. Fouille à corps! Les Bénéfactors se virent également arracher leurs vêtements. Pour les besoins de la cause, les soldats tirèrent sur les barbes et les moustaches.

Le sergent commença l'interrogatoire : Qui êtes-vous? Voulez-vous qu'on vous arrache un œil? Pourquoi vous battiez-vous? Comment s'appelle le chef de votre réseau? Combien de sionistes sont-ils cachés dans ce bordel? Où sont vos complices? Aimeriez-vous être raccourcis par le haut ou par le bas? Qu'avez-vous fait des autres bouteilles? Qui cherchez-vous à protéger? Voulez-vous qu'on vous coupe la langue? Comment entrez-vous en contact avec vos chefs de Palestine?...

Et ainsi de suite sans que nul n'osât protester de son innocence. La force de dénégation manquait, oui, ce n'était pas de la lâcheté, non, c'était la philosophie instinctive du civil face à la force militaire, à sa tête animale, à sa bouche prête à cracher le feu.

Silence donc et larmes accumulées dans les yeux. Mais le sergent n'aimait pas davantage ces pleurs-là. Il donna l'ordre d'embarquer les hommes ainsi que les bouteilles ramassées à travers la maison.

Alors, Deborah Lewyn prit la parole en anglais :
«Je vous préviens que je suis citoyenne américaine. Mon ambassade sera prévenue, l'ONU aussi, et vous

regretterez votre erreur, dit-elle, furieuse et arrogante comme peut l'être une juive américaine, la fille du magnat des ascenseurs new-yorkais.

— Taisez-vous ou ils emmèneront aussi les femmes, supplia Madame Faustine. Ces gens-là ne souffrent pas d'entendre parler anglais, ça leur rappelle l'occupation britannique. »

Deborah s'entêtait. Heureusement, le sergent était occupé à déplier le papier dont il voulait donner lecture avant de procéder à l'arrestation « des individus suspects ou susceptibles de donner des informations sur le complot sioniste visant à inoculer la fièvre typhoïde au pays d'Égypte ».

Sitôt les hommes partis pour le palais du gouvernorat, les femmes respirèrent plus librement… Certainement la méprise – quand on ne peut avoir l'âne, on s'en prend à la selle ! – se dissiperait dès que le Zabet Klapisch aurait fait valoir sa qualité auprès d'une autorité intelligente. Elles en étaient toutes babillantes et rassurées, sauf Marika la Grecque remontée en hâte auprès de son bébé, et Deborah Lewyn mal remise de la barbarie des émules d'Hitler… Déjà, les crématoires fumaient à l'horizon…

« Pourquoi exagérer ? lui dit Rachel. Chez nous, la terreur dure autant que l'écume de mer. Est-ce que l'écume peut être nazie ? Ne vous faites pas de mauvais sang pour les Bénéfactors, leur prison s'ouvrira demain, ou alors après-demain ! »

Deborah lâcha une phrase sur la dépendance de l'être humain, sa résignation au malheur, le sale fatalisme propre à la diaspora orientale. La colère en était cause et aussi ce volontarisme américain selon lequel l'injustice doit être combattue, quand bien même le citoyen aurait à se dresser seul contre la nation entière.

Elle voulut téléphoner à son ambassade; les bureaux en étaient fermés depuis longtemps. Que faire, à cette heure tardive? Une collation, lança Madame Faustine, histoire de nous remonter le moral... Deborah Lewyn haussa les épaules, Seigneur, disait son air, mais où cette humble grosse employée trouve-t-elle la force de supporter une telle épreuve? Rageusement, elle réclama son sac à main. Elle composa le numéro inscrit sur une carte de visite.

Elle eut une longue conversation en anglais. Simone qui en possédait les rudiments traduisait. Il apparut d'abord que l'Américaine était soulagée de trouver son correspondant à demeure. Cet homme qu'elle appelait George la rassurait quant à je ne sais quel danger enduré par lui-même, elle ne s'y attarda pas. Elle exposa son problème avec la précision d'un général à la manœuvre. Elle exigea d'être reçue le lendemain à la première heure et raccrocha sans l'une ou l'autre des formules de politesse en usage chez nous.

«C'est un avocat anglais, dit-elle, le seul que je connaisse malheureusement, mais à la guerre comme à la guerre. Bon et maintenant, passons à autre chose. J'aimerais comprendre pourquoi le policier s'en est pris à Belardo Gormazzano. Il se passe des choses bizarres dans cette maison. Rachel, que se passe-t-il dans cette maison?

— Dans cette maison?»

Rachel se mit à éternuer. Un rhume l'enchifrenait soudain en dépit de la douceur du mois de mai. Elle courut fermer les fenêtres du salon... Deborah la pressait de questions. Il lui fallait répondre. Ni Dieu ni les menées de ses créatures ne pouvaient rester ignorés. Sottement, elle avait espéré que, dans l'esprit de l'Américaine, l'intrusion de la patrouille prendrait le pas sur l'empoignade de jalousie, ou à tout le moins en retarderait l'explication jusqu'au retour des intéressés. Elle avait beau savoir que la vie en général, la sienne et celle de ses sœurs et de tous les pauvres gens qu'elle connaissait, se conserve par la débrouillardise, c'est-à-dire le mensonge et la fraude, ce mot de «fraude» lui asséchait la gorge au point de nasiller.

«Vous avez vu deux hommes se battre, commença-t-elle, mais c'est moi la plus meurtrie. Ce que je vais vous apprendre, madame, est si contraire à la pudeur naturelle des jeunes filles que je vous demande le tête-à-tête.»

Madame Faustine et ses pensionnaires quittèrent le salon. Rachel conduisit son invitée vers un siège, avec précaution, comme si elle craignait que ses révélations ne provoquassent un choc, un évanouissement... Deborah s'assit devant la table encombrée des restes du repas et, la cigarette aux lèvres, elle observa la jeune femme qui déambulait nerveusement dans la pièce. Au bout d'un moment, elle se surprit à la déshabiller par la pensée, à imaginer avec plaisir et une sorte de peur le corps surprenant de douceur et de beauté.

«Eh bien, parlez, Rachel.

— Je vais parler. Je veux parler. Il m'importe beaucoup que vous me dictiez la conduite à tenir.»

Après un silence lourd et solennel où Deborah retenait sa respiration, Rachel commença par raconter son enfance sans maison ni soutien, avec les mots appris auprès de Klapisch et des phrases empruntées aux livres. Suivirent le premier faux pas, puis le deuxième, cause du duel. Rachel en aurait pleuré. Oui, elle avait honte et peine à le dire… Elle avait dressé l'un contre l'autre, comme des ennemis mortels, ces frères en bienfaisance… Elle s'était immiscée dans leur amitié pour leur malheur et le sien et maintenant elle vivait dans la double noirceur du péché… Dans son récit, Gormazzano devenait une espèce de tuteur auquel l'attachaient des liens d'affection et de gratitude, car il s'était toujours montré bon et généreux envers elle. En revanche, le Zabet Klapisch, une bête féroce et tyrannique, menaçait de la tuer si elle continuait à le trahir, d'égorger son rival, et pour compléter la tragédie, de se tirer un balle dans la tête.

« Mais vous, vous Rachel, comment avez-vous pu vous mettre dans une telle situation ?

— Oh, je suis coupable, moi aussi, et peut-être encore plus qu'eux ! »

La faiblesse constitutive des femmes, en cette charnelle matière, lui arrachait des soupirs résignés. Quoi ! penserez-vous, une soudaine conscience du péché de notre mère Ève ? Tout menteur sait qu'il faut concéder les vérités indispensables au mensonge : s'accusant pour sauver la mise aux Bénéfactors de la Cara, Rachel préservait ses chances d'en toucher un jour le gros lot.

« Aïe ! Madame Deborah que dites-vous à présent que vous connaissez le fond de ma souffrance morale ?

— Il me semble que vous avez perdu la tête, dit sévèrement Deborah. Je pourrais comprendre pour Gormazzano : la recherche du père ! Mais Klapisch, franchement, il n'a rien pour séduire une jeune fille.

— Il a menacé de me faire mettre à la porte. J'aurais tout perdu : mon emploi, cette maison que j'aime, mes petites sœurs d'orphelinage... J'ai préféré perdre l'honneur, et voyez comme l'honneur se venge, j'en ai perdu le goût de la vie sympathique et j'en arrive presque à négliger mon travail ! »

La jeune femme se tenait debout, sans faire un geste, mais à ses yeux, qui demandaient compréhension et amitié, Deborah Lewyn comprit que la directrice de l'Orphelinat était la plus solitaire, la plus malheureuse des personnes. Elle paraissait si jeune, démunie comme peut l'être une femme trop belle livrée à la convoitise du mâle.

« Rachel, je vous remercie d'avoir été franche et loyale. Si, si, rien ne vous y obligeait. Et puisque vous me jugez digne de votre confiance, écoutez-moi. Il vous faut rompre avec ces hommes. Vous aiment-ils ? J'en doute. Ils n'en veulent qu'à votre corps, croyez-moi, aucun ne vous épousera.

— Et qui voudrait épouser un singe vert ? » dit Rachel en tendant lestement son poing fermé.

Le bras d'honneur fit sursauter Deborah. Elle se recula sur sa chaise, presque rien, un retrait léger, plein de délicatesse, une suspicion tout de même... Rachel craignit que le geste qu'elle n'avait su contenir ne mît à bas l'échafaudage savamment dosé de vérités et de mensonges. Furieuse contre elle-même, elle courut s'abattre aux genoux de sa bienfaitrice, et comme épouvantée par sa propre audace elle fit mine de cacher des larmes.

« Soyez bénie et restez en bonne santé vous et votre famille, car vous êtes la première dame qui me parle avec bonté. Mais entre nous, comment pourrais-je aimer ces hommes qui ont abusé de mon innocence ? Dieu ne m'avait pas dans l'esprit quand c'est arrivé. » Baissant le ton, pour une confidence plus secrète encore, elle ajouta avec toute la modestie dont elle pouvait faire montre : «Je ne blâme personne. Je sais qu'une orpheline ne peut pas prétendre au mariage ni même à une existence respectable à la face du monde.

— Le mariage, ma petite Rachel, est une idée dépassée ! Vous êtes jeune, belle, intelligente et forte. Aujourd'hui vous souffrez, comme tous les êtres qui s'écartent du droit chemin, mais un scandale est vite oublié.

— Croyez-vous ? Oui, il y a chez nous comme partout des scandales, mais ils ne scandalisent personne ! Moi, j'en resterai marquée pour toujours. C'est le destin des malheureuses de mon espèce… Est-ce que tout le monde peut prétendre à la Cadillac et au coca-cola ? Naturellement, chez vous, les demoiselles juives ne fréquentent pas et aucune ne couche avec les hommes qui sentent la chandelle et le bouc. Vous ne dites rien ? J'ai compris… Lancez-moi ma tare à la figure et je vous montrerai la largeur de mes épaules !

— Je vous demande pardon ?

— Chassez-moi ! Je suis un mauvais exemple pour nos jeunes filles ! »

Deborah gardait le silence non pour sonder son cœur mais pour dominer l'émotion qui lui serrait la gorge. Observant le beau visage trempé de larmes, elle avait senti croître en elle un sentiment de tendresse, un désir de protéger. Il s'y mêlait du dégoût à se représenter la relation purement physique, avec deux hommes, qui plus est ! Mais en pareil cas, il est loyal

208

de faire son propre examen de conscience, de se demander si sous couvert de moralité, on n'est pas simplement prisonnière de l'éducation bourgeoise, des préjugés d'une existence scandaleusement privilégiée.

«Ma chère Rachel, ne pleurez pas! Relevez-vous!» Elle caressa la belle tête dont elle ne voyait que les cheveux noirs, odorants et tressés d'un ruban bleu. «Vous dirigerez l'orphelinat Deborah Lewyn aussi longtemps que vous voudrez. Vous n'avez rien à craindre de ma part. Si on vous menaçait, j'interviendrais en votre faveur, mais ne soyez pas si pessimiste, continua-t-elle d'un ton plus léger.

— Non, non, vous avez raison, gémit Rachel. Seulement je me demande à quoi bon la vie? Où nous mènent tous nos rêves?

— Justement, il y a une seule chose à craindre, écoutez-moi. Ce qui s'est passé en Europe va se répéter ici, j'en ai peur. Il n'y a plus d'avenir pour les juifs dans aucune des nations prétendument civilisées. Partez avant qu'il ne soit trop tard! Pensez à la vie pure et merveilleuse qui vous attend en Israël.

— Mais j'y pense, sourit Rachel. J'y pense nuit et jour!» Elle vint s'asseoir auprès de Deborah et dans une impulsion charmante, pleine de confiance, elle lui embrassa la main. «Et vous, madame Deborah, vous y pensez à Israël? Je veux dire pour toujours?

— Si vous saviez combien je rêve de m'établir en Terre promise. Mais pas tout de suite. Mon père est vieux, il est seul vous comprenez?

— Je comprends... L'Amérique est de toute beauté, hein? L'Amérique aussi est une espèce de terre promise!»

Dimanche 2 mai 1948...

UN

À la première heure de ce jour-là, la place Bab-el-Khalk n'avait pas son aspect de tous les jours. Des forces militaires se déployaient autour du palais du gouvernorat dont les fenêtres, habituellement ténébreuses et mornes jusqu'au lever du jour, étaient éclairées *a giorno*. Peu après minuit, les machines à écrire s'étaient mises à crépiter dans les étages du bâtiment. C'était un envahissement de chefs, de sous-chefs et d'employés qui se concertaient la mine affectée comme s'ils étaient au service non de la préfecture de police, mais d'une entreprise de pompes funèbres. Leur présence à cette heure tardive attestait – outre l'enthousiasme plein d'abnégation dont brûlent nos fonctionnaires en dépit de leur réputation – un ordre de réquisition qui ne se justifiait que par temps de guerre ou d'insurrection. De même, la prison installée au niveau des basses fosses du gouvernorat paraissait en proie à une étrange activité. Fallait-il en déduire que les interrogatoires menés aux étages achalandaient les oubliettes au moyen du passage souterrain qui reliait les deux administrations ? Dans ce cas, il paraissait évident que la phobie d'espionnage consécutive à l'allocution du Premier ministre commençait à rendre ses fruits.

Les habitués de la place Bab-el-Khalk – des familles dans le malheur qui, à la faveur de l'obscurité, se risquaient à converser avec l'être cher agrippé aux barreaux de sa cellule – se sentaient environnés par des nuées de conspirateurs invisibles. Il y en avait partout, se confiait-on à voix circonspecte et effarouchée : chez les faux mendiants, les garçons de bureau et jusqu'aux bonnes d'enfants véhiculant des bombes dans leur poussette, et la peur de chacun en inventait encore. Dès lors, il fut facile d'identifier les authentiques espions dont les souliers heurtaient rudement les cailloux de la place Bab-el-Khalk : à la raideur des jambes, la vile courbure de la nuque, le visage contracté par le sentiment de sa propre abjection ! Mystère plein d'attrait : les six traîtres à la patrie, qu'on amenait enchaînés et strictement isolés les uns des autres par un fusil planté dans les côtes, avaient des yeux largement écarquillés, comme ceux des somnambules ! Hourras vibrants ! De patriotes glaviots et de-ci, de-là un horion bien appliqué aidèrent la patrouille militaire à contenir la redoutable engeance tout le temps que mit à s'ouvrir le portail clouté de la prison.

La cellule était exiguë, malodorante et à demi souterraine ; un mètre à peine de parois dépassait du niveau du sol. Le plafond étayé par des poutres métalliques perdait son plâtre et ses habitants : blattes, fourmis-lions et poux de chaux, rendaient un son gras quand d'aventure le pied humain les rencontrait. Le seau hygiénique dessinait une ombre ambiguë sur un mur, en face une planche retenue par des chaînes permettait la station assise et il y avait au sommet de ce possible triangle trois châlits sanglés d'une couverture de coton.

« Inutile de vous battre, il y a de la place pour dix hommes. Servez-vous du seau hygiénique, une guinée d'amende pour celui qui pissera contre le mur, précisa le geôlier avant de donner un tour de clé sur les captifs.

— Par Dieu, tu finiras ministre de l'Hygiène quand j'aurai parlé à mon ami Emam Ibrahim Pacha ! » s'écria le Zabet Klapisch en partant d'un bon rire.

Quoi ! en cette heure fatale, le Zabet trouvait encore matière à amusement ? Était-il possédé du diable, le maître de toute l'affaire ? Ou bien, perdait-il la bobèche pour avoir été si rudement bastonné ? C'est ce que voulaient savoir les Bénéfactors. Klapisch continuait à s'hilarer en clignant des yeux d'un air bonasse.

« C'est quoi ? se fâcha Chemtov, tu t'es épilé la moustache avec du poil à gratter ?

— C'est amusant, c'est tellement amusant, dit-il riant de plus belle ! Un aveugle doit parfois faire le sourd pour sauver sa vie !

— Que veux-tu dire ? » s'inquiéta Belardo.

Depuis la sortie du gardien, le Protector tâtait une petite vis détachée d'une poutre et il se mit à la fixer à sa place. Il faisait cela inconsciemment, fidèle à une habitude qui soulignait tragiquement la vitalité toujours invincible de son tempérament.

« Tu as bien compris, mon cher, dit Klapisch. Rends grâce au stupide petit sergent, tu lui dois la vie ! Une seconde de plus et ma volonté t'aurait pétrifié, comme ça ! »

Le Zabet avait attrapé une fourmi-lion et il lui

212

arrachait les pattes, déchirait les ailes et pour finir il écrasa le minuscule thorax entre son pouce et son index.

«Comment tu penses encore à ce fâcheux incident? dit Belardo. Vous entendez, vous autres? La tête sous l'eau le rancunier rancunisera! Mais oublions le passé.»

Belardo avait pris le ton jovial et protecteur qu'on lui connaissait; allant décidément dans l'espace restreint, il semblait arpenter un quai de gare, contrôleur sur le point de donner le signal du départ et disposé à gratifier chacun de ses usagers d'un mot aimable et rassurant.

«Remarque bien, mon cher, je te comprends... Sans préjudices, je t'ai manqué. Gravement. Mais mets-toi à ma place, passion incontrôlable! Embrasement total des sens et pourtant le stade d'absolu platonisme à peine dépassé! Mais quelle ensorceleuse, hein! à damner le saint lui-même, béni soit son nom! Des forces supérieures m'ont entraîné, mais fini, plus un mot, pas même un regard. Le renoncement! Et pourquoi? Par devoir de loyauté, d'amitié, en souvenir de toutes ces bonnes années passées ensemble à bâtir la Cara, notre maison.

— Oublie la maison. Demain, je parlerai à Deborah Lewyn.»

D'un bond, le petit policier gagna une couchette. Les pieds ballants, il abaissait son regard hautain et son mutisme donnait à entendre qu'aucun argument n'ouvrirait à l'argumenteur la porte du ciel dont il semblait monter la garde.

«Épargne Deborah, supplia le Protector, ne lui ouvre pas question, la vengeance serait basse.

Serrons-nous la main. Page tournée. Je te rends la belle parmi les belles dès que tu nous auras sortis des oubliettes. Homme de bien, tu es notre seul espoir et sur la tête de ma femme, je fais le vœu solennel de…

— Jurer sur la tête d'une cocue !

— Pourquoi insulter une femme respectable qui ne t'a rien fait ? Dégénéré ! Darwin a créé une théorie spéciale pour tes semblables ! Bon, et si je jurais sur la Thora ? Ça va ? N'oublie pas qu'il y a un Dieu pour le parjure.

— Non, il n'y a pas de Dieu. Si Dieu existait, il n'aurait jamais permis tes saloperies. Si Dieu existait, il t'aurait changé en statue de sel au moment où…

— C'est le moment de douter de l'existence de Dieu ? hurla le Rabbin Shamgar. Dans le pétrin où nous sommes ? "Si tu doutes de la parole écrite, l'Éternel te frappera, toi et ta postérité, de plaies extraordinaires, de plaies grandes et persistantes."

— C'est déjà fait, béni soit son nom ! gémit Chemtov. Et par votre faute, ô fiancés de débauche ! Quoi ! vous vous battez et nous recevons les coups ? Vous mangez et nous devons payer l'addition ? C'est du vol !

— La vérité, gémit le Collector Willy, est qu'aucun de nous n'a mérité. Au fait, comment se fait-il que le plus malchanceux de la bande ait réchappé ?

— Zacharie Borekitas ! précisa son frère. Ah, bienheureux ! tu couches avec ta femme tandis que nous dormons sur la braise ardente !

— Une nuit, peut-être deux, promit Belardo. Le temps pour Klapisch d'alerter Emam Ibrahim Pacha ! Car tu vas alerter, n'est-ce pas que tu vas alerter ?

— Certainement… Je vais alerter l'Américaine, car

comme dit Platon, "dans les questions d'honneur, il n'y a de vrai et de décisif que le coup de pied au cul".

— Mais puisque je te dis, mon bon, que je me repens? Certificat de rupture notifié. Que veux-tu de plus? Tiens, veux-tu mon épingle rubis et diamants du Jockey Club?

— Quelle bonne idée de réconciliation!»

Avec son solide instinct d'avare, Chemtov avait immédiatement évalué la proposition; regrettant que sa nature peu portée à la concupiscence ne l'ait pas poussé, lui, dans le lit de Fleur de Péché, il proposa à Klapisch de lui échanger le bijou contre une édition merveilleuse et introuvable de la *Guenizah du Caire*. Le Zabet ne résistera pas à sa passion des incunables, songeait-il, la paix reviendra, on pourra dormir un peu… La suite lui prouva que non. Alors, Chemtov ôta ses chaussures pour les lancer à la tête des chamailleurs. Après quoi, il fondit en larmes et tout secoué de nerfs – ah! ma mère, je n'en peux plus! – il voulut aller se pendre à la poutre centrale. Ses amis l'exhortèrent et même les rivaux promirent de baisser le ton. Enfin calmé, Chemtov déclara, à la surprise générale, qu'il avait l'intention d'adjoindre à son commerce de feux d'artifice un rayon Pharmacie: «par les temps qui courent, seuls les pharmaciens et les banquiers ont de l'argent» et il s'enquit d'un associé possible et solvable.

Les Bénéfactors tentèrent de gagner les châlits. Ce n'était pas chose aisée. Les frères Mouchli firent la courte échelle à leurs aînés. Les six hommes purent accéder aux trois couchettes où ils se laissèrent tomber (comme on tombe dans un puits, comme on tombe dans la puante cohue de la fosse commune) et le plus simple pour tenir ensemble était de s'allonger tête-bêche en comprimant ses mouvements et ses larmes.

Malheureusement, l'homme n'est pas uniquement fait d'un corps doué d'endormissement quand il est fatigué et d'un esprit doté de la faculté salutaire, quoique dangereuse, de l'oubli ; en lui il y a quelque chose que même le geôlier nomme l'âme, et l'âme, elle, ne peut pas s'arracher aussi facilement à la réalité. C'est pourquoi la prison du gouvernorat et toutes les prisons du monde résonnent la nuit de bruits effrayamment prémédités : les clés et les chaînes agitées comme un morceau de fer incandescent, l'œilleton qui se soulève et retombe, la porte qui s'ouvre, mais ce n'est jamais la vôtre ! Et comme le sommeil ne vient pas, mais l'angoisse et la déréliction, on pense à hier, on fouille le bric-à-brac de sa mémoire, on cherche les trésors perdus, tout comme sur son île Monte-Cristo ramassait des éclats de verre et des coquillages.

Heureux petits riens : à l'approche du shabbat, la mère (ou la femme, ou la fille) allume les lampes dans toute la maison, sur le poêle elle fait bouillir le repas dans un grand récipient, l'air de la cuisine est embué de bonnes odeurs, sur sa chaise la grand-mère brode de fil bleu un *taleth*, le grand-père parcourt distraitement le journal du soir en maudissant ses rhumatismes, les enfants (ou le frère, ou la sœur) dressent la grande table, le plat de viande mosa arrive, le père ouvre son livre de prières et sur tous les visages s'épanouissent des sourires…

Raoul Mouchli sentit une violente douleur le prendre. Il supplia son frère couché à son côté de lui masser le ventre… «Une indigestion, ça t'apprendra à bâfrer comme un goret!» Mais discours et massages furent impuissants à soulager le malheureux. Il se tordait comme un empoisonné, le visage rongé par la souffrance. À force de se tordre, il faillit chuter de toute la hauteur de la couchette. Pour prévenir ce risque, les Bénéfactors allongèrent Raoul sur la planche retenue au mur par des chaînes. Il se plaignait d'un poignard enfoncé dans le foie et de sa gorge s'échappait un hurlement sinistre et prolongé qui parvint aux oreilles du geôlier.

Celui-ci alluma la lumière.

«Un docteur pour mon frère, par pitié!

— Un verre d'eau pour l'amour de ta mère!

— Un coup de téléphone au bureau d'Emam Ibrahim Pacha!»

Le geôlier répondit :

«Quoi d'autre mes Seigneurs? Un pigeon farci? Une danseuse du ventre? Vous vous croyez au Sémiraris Hôtel ou bien dans un palace de votre succursale de Tel-Aviv?»

Quelques billets de banque et il retroussa sa manche. Il enfonça un doigt dans la bouche du malade. Vu que le doigt était tout de même un doigt de geôlier, il donna une indication utile au diagnostic : abcès organique et stupéfiant! Et comme ce n'était pas un cas à traiter par l'habituelle aspirine, le bromure ou l'huile de ricin, le brave homme promit d'alerter l'infirmier de la prison.

«Ensuite n'oublie pas de téléphoner au chef de la police politique, tu ne le regretteras pas, ta vieillesse est assurée! criait Belardo bien après que le gardien se fut éloigné. Nous sommes sauvés, le chef de notre cher Klapisch ne tardera plus, et aussi sûrement que le jour succède à la nuit, ce soir nous dormons à la maison. »

Du coup, l'air parut presque respirable, à condition de se pincer le nez et la réclusion supportable du moment qu'on en connaissait le terme... En un grégaire désordre, les Bénéfactors se tassèrent sur la planche, où, étendant leurs membres, ils attendirent calmement l'heure de la délivrance.

Un peu plus tard, rien n'arrivait que la plainte longue de Raoul Mouchli. Son frère qui s'ennuyait de tout son cœur monta se poster devant les barreaux de la fenêtre.

La nuit pâlissait sans que l'on pût encore distinguer un fil blanc d'un fil noir. L'horizon semblait démesurément lointain. Point d'arbre où accrocher un rêve d'évasion, pas même une herbe follette, nul chat maigre sous la lune glacée. Le monde libre paraissait vide et aussitôt Willy le peupla de chants d'oiseau, de voix humaines, d'autos élégantes d'où sortaient des femmes qui se dandinaient sur les talons fragiles de leurs escarpins. Ainsi allait son imagination, vers l'été, un été plein d'alouettes, de fleurs, de robes légères, de puissants bolides qui avalaient la distance et le temps.

L'aube s'éclaircit enfin et Willy put voir l'espace qui s'étendait devant lui... Il vit une cour carrée prise entre deux corps de bâtiments administratifs. Chose étrange ! cette cour était jonchée de sciure de bois, comme au café en plein air et en son milieu se dressait une estrade assez large pour supporter une représentation théâtrale. Il y avait sur cette estrade une trappe faite à la taille du souffleur et, à chaque extrémité, deux poteaux couleur de rouille qui semblaient attendre la toile peinte. Sous la scène, une grosse corde s'oubliait dans la sciure et, tout autour, s'alignaient des chaises, renversées parfois, dont les dosserets portaient des numéros de cuivre, comme pour marquer la place des spectateurs.

« Il n'y manque que la peluche rouge des loges et la palpitation des éventails posés contre la bouche des belles, s'enthousiasma le Collector Willy. Venez voir : un rendez-vous des élégances en pleine prison !

— Élégance dans ton œil gauche ! Prison pour l'éternité ! Qui nous débarrassera des frères Mouchli ? L'un nous assourdit d'agonie, l'autre de démence précoce ! »

Tiré d'un fragile sommeil, Chemtov se fâchait contre le grand enfant éberlué par un rêve de captif.

« Mais puisque je vous dis qu'il y a dans la cour un drôle de petit théâtre. »

Monté à l'assaut de la fenêtre, Klapisch confirma la vision : un théâtre, à ceci près que les acteurs y étaient assurés de jouer leur dernier rôle. Cendres légères dans la sciure ! La cour carrée de la prison du gouvernorat supportait l'instrument de la peine capitale... La potence se poussait, en temps voulu, juste au-dessus de la trappe pratiquée au milieu de l'estrade et les deux poteaux la flanquant étaient les fourches patibulaires où s'exposaient les corps des pendus.

« C'est le gibet, de l'italien *Giubetto* ou la petite jaquette qui au cours des siècles se serait changé en gilet, puis en gibet », précisa l'érudit.

Pour y avoir assisté, il pouvait décrire le supplice d'une scélérate qui avait étranglé une fillette afin de lui ôter ses bracelets. Spectacle aussi frappant que l'exécution de Landru :

« Une pendaison, c'est comme l'eau froide, il faut y plonger la tête d'un seul coup ! Et tuer une femme, tout de même, ça fait mal ! Le bourreau lui-même avait un scrupule : du grec *scrupus* ! Il hésita longtemps avant de tendre sa corde. Enfin il la noue sur le joli cou blanc qui implore et voici que la pendue s'agrippe à la veste du bourreau ! Il s'en est fallu d'une seconde qu'il ne la précède dans la trappe que vous voyez là-bas.

— Les femmes sont à la source de tous nos ennuis, approuva le Protector Gormazzano.

— Repartie sans vergogne, tu ne me surprends pas, dit le Zabet.

— Vous n'allez pas recommencer ? dit Willy… Frères, je me demande ce que le sort nous réserve ? Vous ne m'ôterez pas de l'idée qu'on nous a installés face au gibet comme un avertissement primordial de notre fin prématurée.

— Mais pourquoi voudraient-ils me tuer ? dit Chemtov. Sans même m'avoir entendu ? Ce n'est pas permis. Je vous fais remarquer : pas d'interrogatoire, ils ne m'ont même pas fait les poches, et ils oseraient me pendre ?

— Une chose est certaine : tu ne seras pas décapité. L'islam interdit de souiller par du sang juif l'épée musulmane, dit Klapisch avec un sourire qui fit à tous l'effet d'une provocation.

— Mais pourquoi es-tu si foncièrement mauvais ? s'étonna naïvement le Collector Raoul. Quel plaisir prends-tu à tourmenter ? Quoi ! tu veux que nous t'embrassions les genoux quand tu nous auras sauvés ?

— Si je réussis, dit Klapisch de plus en plus sardonique. Je ne sais plus… Franchement, il me semble que notre affaire s'assombrit du fait que le jour s'est levé, que le gardien ne revient pas et que d'Emam Ibrahim Pacha il n'y a pas.

— Dieu veuille que tu désespères et meures le premier, s'emporta le Rabbin Shamgar. Pour moi, je crois à la bonté du Très-Haut – qu'il intercède pour ses enfants ! Les Arabes ne pratiquent pas l'arbitraire. Ils nous aiment d'amitié fraternelle pour leur avoir révélé la religion du Livre. Et maintenant ne me dérangez plus, je vais prier.

— Moi aussi, je crois en Dieu, de toutes mes forces, dit Willy. J'y crois, oui Seigneur, mais en ce qui concerne l'amour des Arabes, il me vient le doute ! Un doute alimenté par l'expérience. Un jour que je passais devant la maison d'un musulman, je vois qu'il cherche à me faire entrer : "Entre mon ami, me dit-il, j'ai un fils malade d'envoûtement et il m'a été rapporté que si un juif l'enjambait, il guérirait car, selon l'adage, un diable chasse l'autre !" Hein, c'est quoi ça ? De l'optimisme ou de la haine ? »

La question méritait réflexion ! Chacun voulut donner son avis. Naguère, dit l'un, nos pères étaient houspillés dans les rues du Caire et parfois battus pour avoir simplement passé à main droite d'un musulman. Il n'y a pas si longtemps, dit l'autre, j'ai entendu un musulman maltraiter son âne fourbu et après lui avoir appliqué quelques vilaines épithètes terminer en le traitant de juif ; un troisième dit, pas plus tard que l'autre jour...

Le pessimisme croissait à mesure que le soleil chauffait à blanc la cellule, que montaient les odeurs du seau hygiénique, que l'air se raréfiait, et comme à la fenêtre on ne pouvait voir que l'ombre portée du gibet... D'où vient qu'un homme souhaite soudain la mort ? Qu'elle vienne et qu'on en finisse !

Tout allait finir ! La lumière qui emplissait le ciel, l'oiseau qui poussait son chant, le pas qui résonnait sur la coursive et même la voix qui lançait en guise de méchante plaisanterie : « Ne vous appuyez pas contre la porte, elle risque à tout moment de s'ouvrir ! »

DEUX

Et les femmes, que font les femmes pendant que leurs hommes, crabes au fond du seau, poursuivent désespérément un rêve de grand large ? Les femmes attendent que le jour se lève !

Le jour a surgi de la nuit apportant avec lui la rosée, le parfum des eucalyptus et un envol de corneilles qui se déploie au-dessus du fleuve Nil. Il a apporté aussi le trépignement de sabots des chameaux montés. Depuis que le Premier ministre a dénoncé le complot sioniste, les méharistes noirs du roi sillonnent la ville à intervalles réguliers. Ils font claquer leurs fouets en cuir de rhinocéros. Ils surveillent les cafés, les cinémas, les grands magasins qui appartiennent aux juifs… On ne sait pas pourquoi, chaque fois que la sécurité du pays est menacée, les émeutiers sont lâchés et les pillards se mettent au travail. Le bijoutier Mosseri a été poussé hors de sa boutique, traîné en place publique et pendu par sa ceinture à la statue équestre de Soliman Pacha. Mais l'enquête de police a pu établir que d'autres commerçants ont été pillés et malmenés sans discrimination aucune entre les juifs, les Arméniens et les

Grecs. Selon la radio, le calme ne tardera pas à revenir, car généralement de tels excès font long feu dans le royaume du roi Farouk où la tolérance et la religion sont toujours allées de pair.

Dans la maison des bords du Nil, Dorette écoutait la radio en arrosant de ses larmes quantité de gâteaux secs. Parfois, comme piquée par une abeille, elle courait de la véranda au fond du jardin ; elle revenait, lasse et scrutant le ciel où les nuages prenaient la forme de blancs moutons. Elle interrogeait Deborah quant au présage du troupeau illusoire qui se dirigeait vers le cercle flamboyant du soleil. La jeune femme refusait de s'en expliquer, fût-ce au moyen de ces petits mensonges qui, trompant l'angoisse, ne coûtent pas ! « Vous avez l'air des gens que jamais rien n'étonne, se fâchait Dorette. Comment pouvez-vous encaisser tranquillement un événement aussi atroce ? » Deborah comprenait que l'attente de l'être aimé rendît insupportable toute autre présence ; encore qu'il fût exagéré de dire que Dorette parût réellement inquiète de la disparition de son mari. C'était autre chose : de l'acrimonie chagrine, du ressentiment. « Quoi, pas même un coup de téléphone ? » Deborah lui avait fait valoir qu'en prison, n'est-ce pas... Dorette mettait en doute le fait que son Belardo y fût incarcéré. Elle soupçonnait un découcher, une amoureuse escapade, à croire qu'elle avait l'habitude des tromperies de son bel époux, et, sur ce point, Deborah s'était bien gardée de révéler ce qu'elle savait.

Suis-je en train de me rendre complice d'un adultère ? s'était-elle demandé, avec l'intégrité morale qui la caractérisait. Cette femme souffre à cause d'un homme volage, elle lutte pour son bonheur et je

223

devrais lui dire la vérité, car une lutte engagée sans vérité est perdue d'avance. Il y a aussi la solidarité féminine, nous sommes responsables les unes des autres… Dans ce cas, ne suis-je pas d'abord tenue de respecter les confidences de Rachel ? Pourquoi l'une plutôt que l'autre ? Parce que l'une est incroyablement belle et émouvante, tandis que l'autre te semble futile et stupide jusqu'au moment où sa vie ayant basculé, elle devient digne de pitié. Tu as choisi, tu sais que ce n'est pas bien. Sois honnête, admets que la solidarité féminine aussi est une affaire de séduction !… Sur ce constat dérangeant, Deborah n'eut plus guère de scrupule à mentir par omission ; Dorette ne posait pas de questions précises sur les événements survenus à l'Orphelinat, et même l'arrestation de son mari la tourmentait moins que son destin de femme délaissée.

— Je ne vous laisserai pas seule, Dorette, calmez-vous donc ! Écoutez, vous devriez m'accompagner chez mon avocat. Je vous assure qu'il nous aidera à tirer au clair toute cette affaire.

Dorette ne se sentait de quitter sa maison avec sa figure usée – en une nuit l'angoisse l'avait vieillie de dix ans, le diable emporte son mari ! Et autant le dire franchement, consulter un avocat est en soi un aveu de culpabilité ; sans compter qu'on ne pouvait faire confiance à un homme dont le métier est de s'asseoir devant un tiroir ouvert en se demandant comment le remplir ! Cependant, elle conseilla à Deborah de se mettre en frais de maquillage, pour une fois, comme si un peu de poudre sur le nez et du rouge aux lèvres pouvaient constituer des gages pour le succès de l'affaire. Deborah répondit que l'arme des femmes rusées, ou bien trop naïves, n'avait jamais aidé au triomphe d'aucune cause. Bon, chacun fait à sa guise, la vie est bien assez compliquée comme ça ! Juste à ce moment, le grelot de la grille mit en émoi les deux femmes. Elles coururent au bout du jardin.

En place de celui qu'on attendait, c'est Dizzy McLean qui arriva... À la vue de l'inconnu, le sourire de Dorette s'éteignit et, sur ses lèvres, la peinture rouge se mit à ressembler à un couteau rituel. Elle eut un mot criard quant à l'incongruité de cette visite non annoncée. Elle demanda pourquoi les Américains affichaient en général tant de sans-gêne ? Cela tenait-il au fait qu'ils avaient plus d'argent que tout le monde ? Après quoi, elle s'en alla pleurer dans sa chambre.

« Si je dérange la grosse dame, je peux retourner tout de suite au Cecilia Hôtel, dit Dizzy McLean. Vous en faites une tête, Debbie ! Vous n'avez pas reçu ma lettre de Louxor ?

— Une lettre ? » dit Deborah. Elle l'entraîna vers la voiture qui venait se garer devant la grille. « Accompagnez-moi en ville, je vous expliquerai tout. Vous arrivez en plein drame. »

Il arrivait couvert de la poussière du désert, le visage pas rasé, et il sentait la sueur, l'impétueuse sueur de la jeunesse. Il arrivait plus efflanqué et radieux que dans le souvenir de Deborah. Dans son souvenir, Deborah n'avait pas imaginé qu'une telle lumière pouvait émaner du jeune homme et se répandre insoucieuse et gaie dans ce jour triste entre tous.

Avant de monter dans la Mercury, le jeune homme donna l'accolade au chauffeur :

« Salut vieux Baba, quel plaisir hein ! Vous en faites une tête, Debbie, répéta-t-il. Vous n'êtes pas contente de me voir ?

— Pourquoi voulez-vous que je sois contente ? Il se passe des choses affreuses dans ce pays. Les braves gens sont persécutés. La vie des juifs vole en éclats et vous voudriez que je sois contente ? »

Dizzy McLean eut un bâillement dont il demanda pardon : la fatigue d'une nuit en train ! Dans un grand élan, au risque de percer le cuir de la banquette avant, il allongea ses jambes et ses bottes lâchèrent un nuage crasseux sur le tapis de la voiture : « Bon, où m'emmenez-vous comme ça ? » Elle lui expliqua le pourquoi du rendez-vous pris avec l'avocat Rutherford – le fameux George oui, le frère de l'horrible Anglaise. Elle raconta ce qu'elle avait découvert de la situation des juifs cairotes, des dangers les menaçant aujourd'hui comme hier, de l'antisémitisme répété à travers les âges et les pays… Le destin adverse de ce petit peuple universellement haï ne laissa pas d'étonner le jeune homme, de l'intéresser grandement, moins cependant que son propre problème.

« Cette semaine m'a paru interminable. Je n'y ai pris aucun plaisir, savez-vous Debbie, moi qui n'aime que voyager. Je n'ai pas eu envie de prendre une seule photo. Il me manquait la lumière sur vos cheveux, sur votre visage. Et savez-vous pourquoi ? »

Elle ne répondit pas. Le soleil tapait sur le toit de la voiture. Elle entrouvrit le col de sa blouse, se rencoigna contre la portière. L'air frais faisait voler sur son front de petites boucles qui adoucissaient les contours de son visage. Ses cheveux s'étaient défaits, leur ardente couleur contrastait avec la blancheur de sa peau. Dizzy la trouvait belle ainsi : le visage offert au vent, les yeux fermés comme pour implorer un baiser.

« Écoutez Debbie, je suis peut-être stupide de

l'avouer, vous m'avez terriblement manqué. Je n'ai pas cessé de penser à vous. Je mourais d'envie de revenir plus tôt que prévu. Vous pouvez me dire pourquoi vous me faites cet effet-là ? »

Il y avait dans sa voix de l'appréhension et un tel accent d'ivresse que Deborah fut obligée d'entrevoir la vérité. Le désarroi, l'anxiété la saisirent et elle éclata d'un rire nerveux. Elle referma le col de sa blouse. « Écoutez, Dizzy, écoutez… », dit-elle, après quoi elle ne sut plus que dire. Elle avait le sentiment que débattre d'une telle question passerait pour un acquiescement. Dizzy McLean observait les rues qui défilaient et, à son tour, il semblait en proie à un grand désarroi.

Baba conduisait rapidement à travers les rues calmes de l'île de Rodah. Passé le pont de Kasr-el-Nil, s'étendait le Midan Ismaielieh, la grande place dont l'affrontement féroce des voitures, du tramway et des piétons indiquait, outre qu'il n'y avait plus de place pour l'individu, que la ville des affaires et des banques commençait. La modernité n'avait pu éliminer le petit commerce ambulant, ni la gueusaille. Les infirmes agitaient ce qui leur restait de membres ; les marchands de jus de réglisse entrechoquaient leurs coupelles de cuivre, les cireurs de chaussures tapaient de la brosse contre leur petit caisson à outils ; des volutes de poussière tournoyaient au-dessus de la chaussée jonchée de vieux journaux. Deborah Lewyn fit arrêter la voiture devant un kiosque. Aucune édition anglaise ou française du jour ne mentionnait l'arrestation des membres de la Cara.

Bavardant gentiment, à sa façon obscure, le vieux chauffeur gara la voiture au pied du bâtiment de l'Immobilia.

« C'est là ? dit Deborah. Bon. Je ne tiens pas à ce

que le frère de Miss Rutherford nous voie ensemble.
Allez donc prendre un café, en m'attendant. »

Dizzy fit quelques pas devant l'édifice moderne
d'une dizaine d'étages. À côté s'élevait un bel hôtel
aux formes baroques et, notant mentalement la
majesté des cariatides qui en flanquaient la façade, une
idée lui traversa l'esprit. Et si, prétextant de sa lassitude, il lui demandait de le ramener au Cecilia Hôtel ?
Il lui montrerait sa chambre – une curiosité qui donnait sur un cinéma en plein air, encore qu'en plein
jour… ! Enfin l'hôtel en lui-même ne manquait pas
d'intérêt avec son style nouille plein d'extravagance
et de délabrement. Dans sa chambre donc, il se lais-
serait aller à une irrésistible somnolence. Cinq
minutes, madame, pas plus ! Elle viendrait auprès de
lui, à la sieste innocente ; elle s'endormirait à son tour,
doucement, et doucement les corps se mêleraient
comme à leur insu. Ainsi devait se faire la chose, parce
que ce genre de femmes guindées et orgueilleuses
pèchent par hypocrisie. Elles craignent la crudité du
désir avoué. Elles préfèrent le satisfaire malgré elles,
dans l'abandon flou du rêve.

Il marcha longtemps en prenant garde de ne pas se
perdre, et qu'y pouvait-il s'il n'aimait pas les filles de
son âge ? Si les dieux du voyage avaient placé cette
femme sur son chemin ?

En revenant vers la voiture, il aperçut la silhouette
de Deborah Lewyn se découper derrière la vitre. Il
la regarda avec curiosité, comme si elle n'était pas l'être
qu'il avait rêvé d'étreindre depuis une bonne semaine,
mais une dame impressionnante de sérieux et de lim-
pidité. Elle tenait à la main un papier et, de temps en
temps, elle fronçait les sourcils. Elle l'accueillit avec

un sourire satisfait qui disait, sinon la joie de la revoir, son sentiment d'avoir accompli la bonne démarche, au bon moment.

« George Rutherford me paraît être l'homme de la situation. Il connaît déjà le dossier et quantité de détails importants. Il a découvert que nos amis ont rendu des services aux Alliés, pendant la guerre. Il pense pouvoir faire intervenir quelqu'un du consulat britannique. Par ailleurs, il a contacté je ne sais quel chef de la police politique qui a promis de faire le nécessaire. Si tout se passe comme le dit mon avocat, il n'y a pas de souci à se faire. Je m'en fais quand même un peu. Par les temps qui courent, le pire peut arriver.

— Que peut-il y avoir de pire que la prison ?

— La guerre. Si la guerre éclate avant qu'ils ne soient libérés, je crains que nous ne les revoyions pas de sitôt. Et maintenant rentrons vite annoncer la bonne nouvelle à Dorette. Vous avez l'air crevé, Dizzy. Je vous dépose à votre hôtel ? »

Il hocha la tête d'un air malheureux. Sur le ton de quelqu'un qui ne peut contrôler ses émotions, il déclara hors de question de l'abandonner en pareille circonstance. L'attente risquait d'être longue et pénible en compagnie de la pauvre femme rendue hagarde par l'absence de son mari. Lui n'avait rien de spécial à faire et, si Deborah n'y voyait pas d'inconvénient, il lui tiendrait compagnie, espérons-le, jusqu'au retour du maître de maison.

Lundi 3 mai 1948...

En début d'après-midi, une explosion criminelle suscita la panique en ville. Le bruit circulait d'un attentat sioniste perpétré contre le palais du gouvernorat. En fin d'après-midi, tomba la nouvelle tout aussi condamnable d'une tragédie de l'amour : dans un meublé de la place Bab-el-Khalk, des amants empêchés auraient ouvert le gaz, provoquant ainsi la désintégration du bâtiment et de leurs propres corps dont on n'avait retrouvé qu'un petit tas d'ossements calcinés. La radio adressa un avertissement à tous les amoureux tenus de maîtriser leurs sentiments et mit en garde la population contre les rumeurs susceptibles d'instaurer l'anarchie et de menacer les fondements du royaume.

Au même moment, dans le salon des Gormazzano, l'effervescence des retrouvailles :

«Les heures passaient désespérantes et identiques, quand sur le coup de midi trente, une voix a crié : "Ne vous appuyez pas contre la porte, elle risque de s'ouvrir à tout moment." Une voix, qu'est-ce qu'une voix dans le sombre des murs qui vous voilent la face ? Eh bien, croyez-moi, une voix dans le sombre est une main fine et souriante qui se tend à travers les barreaux!»

Belardo quitta son fauteuil pour venir se poster devant les deux femmes assises chacune à une extrémité de l'ottomane. Il mima un tour de clé dans une serrure particulièrement récalcitrante et, la mine stupéfaite d'abord puis extatique, il tendit l'oreille comme s'il entendait résonner la note juste. Deborah en fut si attendrie qu'elle se leva et vint l'embrasser. Le geste déplut à Dorette. Elle eut un sursaut d'impatience et un pli rigide se dessina autour de ses lèvres peintes.

« Et la main fine et souriante servit le thé aux condamnés à mort, dit-elle.

— Vous pouvez me dire, Deborah, pourquoi ma propre femme m'accueille en intrus ? Je continue. Donc à peine la porte s'est-elle ouverte, que pour la première fois de ma vie, je vois Emam Ibrahim Pacha – Gloire à la mère avisée qui t'a mis au monde ! En personne, le chef de la police politique entre pour me serrer la main.

— C'est incroyable que le chef de la police se soit déplacé lui-même, dit Deborah. Tout peut arriver dans ce pays. Quel genre d'homme est-ce ?

— Un homme... Nous étions tous trop émus pour voir... Comment dire, se troublait Belardo, un homme comme vous et moi...

— Avec un squelette terriblement élargi aux hanches et une rose au chapeau », dit Dorette, l'air de savoir à quoi s'en tenir.

Et nous également qui savons que si le chef de la police politique, prévenu par les soins de George Rutherford, est effectivement intervenu en faveur des six prisonniers, il l'a fait en dépêchant un subordonné obscur – mais efficace, c'est l'essentiel ! Le Protector en a menti, c'est sûr! Mais pourquoi? Pour la beauté du récit, tiens! Dites-moi, dans des circonstances aussi dramatiques, quel homme ne serait pas tenté d'enjoliver un peu la triste réalité de sa vie? Voici un juif qui dans son propre pays est considéré comme un citoyen de seconde zone, qui a été battu, emprisonné, accusé d'espionnage, et vous lui reprocheriez de se prévaloir de l'équanimité d'une haute légume du royaume d'Égypte?

« Ah Dorette, Dorette, dit Belardo, Dieu n'a pas créé l'homme et la femme l'un contre l'autre, mais l'un après l'autre! Où en étais-je? Donc, Emam Ibrahim Pacha plonge un regard ému sur notre frayeur. Il dit : "Mes pauvres amis, j'accours vous réhabiliter car je suis convaincu que les vertus des juifs de mon pays méritent la propagation pour l'exemple. "

— Les vertus des juifs, ricana Dorette, bien sûr! Les tiennes éclatent comme la poudre au fusil! »

D'un revers de la main, Belardo balaya la mesquine incrédulité de sa femme. Il alla à la porte-fenêtre donnant sur le jardin. Il cria au jeune homme qui bâillait à la lune de rentrer avant que de prendre froid.

« La discrétion de votre ami vous honore, Deborah. Mais je n'ai rien à cacher, au contraire! Savez-vous ce qu'a encore dit Emam Ibrahim Pacha? Il a dit : "Aucune nation composée de divers éléments ne peut vivre heureuse et jouir d'une paix durable sans l'union de tous ses enfants. L'union est donc la base de la sécurité et moi, le chef de la police…" »

Belardo s'interrompit pour observer le jeune homme qui entrait au salon… Un très beau jeune homme, pensa-t-il, des dents parfaitement blanches, un œil bleu et intimidé, des cheveux blonds qui occupent toute la place à eux dévolue par la nature, alors que sur mon front décimé, on pourra bientôt les compter.

La présentation eut lieu.

Dorette passait ses nerfs sur un pompon de l'ottomane tandis que Belardo multipliait les civilités. «Quel dérangement? Ma maison comme la vôtre... Vous restez dîner, n'est-ce pas?» Et traînant un peu la patte: «Les séquelles de l'horrible séjour, vous comprenez!» Il entreprit de recommencer toute l'histoire, mais en anglais cette fois.

Dorette refusa d'en entendre davantage; pour avoir écouté une version courte, puis une seconde plus grandiose à l'adresse de Deborah Lewyn, elle n'ignorait plus rien de l'heureux dénouement, à midi trente, et précisément sur ce point d'horloge, elle avait son mot à dire:

«Supposons que le Pacha soit venu vous délivrer à midi trente. Mettons qu'il ait passé une heure à vous réciter les psaumes de David. Tu quittes la prison à deux heures! Il n'y a pas de taxi! Admettons! Tu tournes jusqu'à quatre heures! Tu peux m'expliquer pourquoi tu arrives à la nuit pleine?

— Pourquoi? Pourquoi? Est-ce qu'on demande au miraculé de la noyade s'il a pris la température de son bain? Dorette, tu exagères ta créance de jalousie, mais je vais te répondre, parce que je plains ton malheur avant le mien. Tu veux savoir ce que j'ai fait au sortir de la prison...!»

Un temps!

Comme l'explication tardait à venir, Deborah Lewyn qui avait là-dessus son idée prétexta du beau clair de lune sur le jardin pour laisser le couple en tête à tête.

Les Américains sortis, Belardo développa, non sans irritation, la première excuse qui lui était venue à l'esprit. Que fait un honorable homme d'affaires qui vient de recouvrer la liberté ? Il se rend à ses affaires. Voilà ! Donc, petit détour par le bureau où le pauvre Baba se tourne les sangs – parfois on se dit qu'un domestique a plus de cœur que votre propre épouse ! – et si les heures ont passé c'est que ce jour-là, un lundi, les Bénéfactors se doivent comme tous les lundis de procéder au tirage des Billets du Destin.

« Alors, c'est ça mon amour, dit tristement Dorette, tu ne m'aimes plus ? Tu vas me quitter ? »

Elle lui avait pris la main pour le retenir, comme en une dernière fois, et la pression de la main dont il connaissait le charnu et la douceur le laissa interdit. Son irritation tomba d'un seul coup. À une sorte de remuement dans la poitrine, il comprit qu'il souffrait terriblement – sa conscience était si délicate ! – de faire souffrir la fidèle compagne de sa vie.

« On ne dîne jamais dans cette maison ? » et sur le ton de la tendre confidence, il avoua que la nostalgie du bon manger de famille ne l'avait pas quitté de tout l'emprisonnement.

Il lui dit encore toutes sortes de bonnes choses. Ce qu'il disait importait peu : Dorette se prenait à y croire ! De la voir rassérénée petit à petit le rendait, lui, doux et repentant. Il se sentait comme l'oiseau sédentaire qui, avant ses amours, pense d'abord à son nid. Il avait eu d'autres aventures, aucune n'avait pris une telle importance dans sa vie d'homme marié ; aucune n'avait amené pareils troubles et excès de jalousie ! Tout, depuis que Rachel lui avait ouvert son lit, n'était-il pas excessif ? Il se persuada n'être pas un homme gouverné par ses sens animaux, mais au contraire un mari habile à sauvegarder du mariage les liens confortables. Sans compter les avantages de l'association avec un homme tel que Klapisch ; se l'aliéner relevait du suicide social, mieux valait liquider tout de suite l'affaire de cœur. Il prit la résolution de retourner auprès de Rachel, une fois encore, pur de toute arrière-pensée cette fois – la pureté du cochon qu'on éloigne à coups de bâton de sa femelle ! – dans le but de lui signifier la fin de l'idylle.

Le repas fut morose.

Les Américains s'efforçaient d'ignorer l'humeur de Dorette, ses silences chagrins que son mari subissait à l'instar d'une vengeance ; il ne cessait de se plaindre intérieurement de son sort : avec la fleur du péché s'en irait le sel de la vie ! Alors il aspira à une dernière étreinte, l'ardente et triste étreinte qui précéderait la rupture.

Aux alentours de minuit, il fut très effrayé d'entendre la voix aimée au bout du fil. Il lui fit remontrance de l'appeler ainsi à demeure, puis s'adoucissant dit la comprendre : lui aussi s'était tant langui qu'à peine libéré il avait couru à la Locanda. Mais où était-elle donc passée ? Elle l'interrompit si furieusement qu'il en resta coi. Dans le courant de l'après-midi, elle s'était rendue aux bureaux de la Cara. Elle y avait constaté, en même temps que d'autres dupes, le report à je ne sais quand du tirage de la loterie. Lundi prochain, sans faute, promit-il. Avec les mêmes billets truqués ? Il s'y engagea sur l'honneur ! Comme il fallait s'y attendre, ces paroles firent leur merveilleux effet ! La jeune femme consentit à lui donner un rendez-vous. Demain, je t'achèterai une robe de bal, et un petit chapeau d'hermine et nous irons à Paris ! Elle raccrocha non sans avoir juré de le renvoyer en prison, par dénonciation expresse à l'Américaine, s'il s'avisait de ne pas tenir son engagement.

Mardi 4 mai 1948...

UN

À l'Hôpital des Espérants, la chambre à un lit bénéficiait des avantages de l'aile ouest ; on n'y entendait pas le ferraillement du tramway et le soleil n'y pénétrait qu'au crépuscule. Il planait à la fenêtre comme un abricot dilaté à l'horizon ; il était une couleur plutôt qu'une lumière, pourtant les pupilles de Victoria ne supportaient pas de le regarder en face. Elle y voyait des taches agitées et agressives dont elle ne comprenait pas toujours le sens. Elle fixait les ombres dansantes sur la vitre dépolie et ses yeux prenaient une expression d'attente soupçonneuse et d'excitation. Parfois les taches se matérialisaient en un ou plusieurs personnages ; apparus aussi clairement qu'au fond du bac du photographe, ils se tenaient là, dans son monde, âmes défuntes dont la permanence la chavirait d'émotion. Elle descendait dans le souvenir des tendresses perdues. Elle devenait une petite fille heureuse. Elle s'habillait de robes vives, à la façon arabe, qui ne valaient pas deux piastres et demie. Elle s'endormait dans le lit de son père. Sa mère, et quelquefois ses grands-parents, s'asseyaient à son chevet. Ils parlaient de choses tristes ou gaies, c'était selon ! Toutes leurs pensées s'accordaient à l'humeur de

Victoria. Les écoutant, elle se mettait à pleurer puis s'apaisait lentement. Hochant la tête, elle avançait dans le temps. Elle se voyait jeune fille dans la maison de son père. Des prétendants venaient qui demandaient sa main. Ils lui offraient la bague des fiançailles. Elle regardait ses doigts décharnés : chaque doigt portait une bague.

« Mais quelles bagues, ma Victoria ? disait Zacharie, reviens à moi, reviens au présent. »

Le présent n'avait rien qui pût la captiver autant que ses fantômes. La présence de son mari l'insupportait. Elle ne voulait pas de lui dans cette chambre d'hôpital où il l'avait placée de force. Elle le repoussait s'il tentait de lui donner à boire ou à manger. Elle lui préférait les soins de l'infirmier : un Saïdien à l'œil gauche voilé d'une taie, tout comme un domestique qu'elle aurait eu autrefois dans la maison de son père ; du moins le traitait-elle de la sorte, avec des marques d'autorité et une familiarité dont son mari était exclu et qui le suppliciaient. Elle ne souffrait presque plus depuis que le Saïdien lui injectait de la morphine. Son corps la laissait en paix mais son esprit continuait à s'égarer dans des profondeurs habitées par lui seul. Zacharie aurait donné sa vie pour en dissiper les visions ; au bout de quelque temps, il se rendit compte que la divagation s'accompagnait d'un sentiment de détente et de félicité préférable au désespoir où la plongeaient ses rares accès de lucidité.

Tôt le matin, Victoria se mit à prononcer les paroles les plus insensées qu'il ait été donné à Zacharie d'entendre. Plus tard, il se souvint que sa femme avait déjà été en proie à ce type d'hallucinations, le soir où l'attaque cérébrale avait nécessité son hospitalisation ; il se souvint de cela après la mort de Victoria, lorsqu'il réalisa que sa propre vie n'offrait plus que deuil et ressassement du deuil, et à quoi bon vivre, il était un homme fini ; mais sur le moment, ce délire le surprit comme une chose inouïe et obscène. Depuis quand délirait-elle ? Il avait dû s'assoupir sur sa chaise et c'est seulement à l'aube qu'il prit conscience que Victoria proférait des mots dont le ton intelligible contrastait avec son agitation.

Le visage en sueur, une jambe à terre – un os bleu sous la lumière froide –, elle tentait de quitter son lit. Ses efforts désespérés augmentaient sa terreur. Elle se mit à crier qu'une chose collée à son ventre entravait sa liberté de mouvements. Son corps se tendait pour lutter contre la chose immonde qui poussait sa petite tête entre ses jambes. Une bête de petites dimensions, à ce que comprit Zacharie, avait surgi d'un horrible enfantement. Elle avait mis au monde un monstre. Il était affamé. Il réclamait le sein de sa mère, et elle, la mère, le repoussait dans les cris car, bien qu'elle fût sa mère, elle souhaitait l'étrangler avant que de le voir forcir, proliférer et peupler la terre d'une multitude hideuse.

« Mais que dit-elle ? » demanda l'infirmier.

À ses gestes convulsifs, il avait perçu l'aggravation de son état et peut-être pressentait-il la catastrophe imminente. De la calotte ajourée qui couvrait son crâne, il détacha un sachet vert renfermant une formule de protection contre les mauvais génies. Il le noua au cou de sa malade.

À deux, ils réussirent à la maintenir couchée, sans qu'elle cessât son douloureux monologue avec l'invisible. Des images effrayantes clapotaient sous son front, lui arrachant des descriptions si parfaites, mille détails si précis que Zacharie finissait par croire à la présence du démon qui déferlait en sa conscience. Et certainement la créature qui la tourmentait avait plus de réalité et de pouvoir que son mari, ou que l'infirmier qui lui injectait une dose de morphine.

La morphine faisait son effet. Victoria se recroquevilla sous le cerceau métallique placé sous le drap, de façon que les membres couverts d'escarres ne souffrissent pas du frottement du drap. Au milieu du lit, l'appareil formait une protubérance semblable au ventre d'une parturiente portant très bas et dont la délivrance ne tarderait plus, et pourquoi fallait-il que la comparaison venue à l'esprit de Zacharie fût de même nature que la hantise de Victoria ?

« Tu aurais tellement voulu avoir un enfant, ma chérie ? Est-ce ma faute si Dieu n'a pas donné ? Tout ce qu'il fait est bien fait ! Regarde chérie, toi et moi, nous arrivons à l'âge où l'on pense à assurer sa fin plutôt que sa descendance. N'y pensons plus. Tu veux une histoire ? Celle de l'épouse stérile que son mari chérit jusqu'à la fin de leurs jours à tous deux ? Non ? Alors pas d'histoire ! Dors un peu, repose-toi sur moi. Ne crains rien, personne ne te fera de mal. Je suis là.

— Lui aussi est là, dit-elle humblement, comme si elle s'attendait à des reproches.

— Qui ça lui ? dit Zacharie, bien qu'il eût parfaitement compris. Ne parle plus jamais de lui devant moi », se fâcha-t-il, et sa colère était celle d'un mari qui constate la trahison de sa femme.

« Lui, le petit chien tout noir, dit-elle dans un souffle. Mais je ne vais plus dire qui il est. S'il se fâchait, il pourrait me manger le foie. »

239

Zacharie entreprit de la rassurer. Et comme toujours, il débuta par une parabole, celle de Jacob qui lutta avec l'ange toute la nuit, seul contre la nuit, seul contre l'ange, seul contre Dieu et qui vainquit la nuit, l'ange et Dieu.

« Ne parle pas si fort, pas si fort, répéta Victoria avec la résolution qui chez les natures pacifiques traduit l'impossibilité de se défendre. Il comprend tout. Et s'il comprenait, fini, il serait sur moi comme la pierre tombale.

— Pour l'amour de Dieu, Victoria, arrête, arrête ou j'ouvre la fenêtre et je saute.

— Pas la fenêtre… Il pourrait s'échapper. »

Elle fixa le carreau et ses yeux en furent inondés d'une lueur d'innocente résignation ; Zacharie y lut aussi une pitié infinie – pour lui ? Il regagna sa chaise. Elle tourna son visage vers le mur et ne bougea plus. À sa respiration, il comprit qu'elle glissait dans le sommeil.

Maintenant le petit chien noir se tient à l'autre bout du lit. Il lèche ses poils gluants et il couine. Il couine chaque fois que sa langue effleure ses os meurtris par l'accouchement. Son œil humide montre qu'il est désolé d'avoir fait si grande peur à Victoria et Victoria aussi est désolée ; mais si elle lui ouvre les bras, il s'y précipitera et, bien qu'elle souhaite consoler la petite bête et surtout ne plus entendre son couinement, elle sait ne pas pouvoir supporter son contact. Pourquoi t'es-tu séparé de ton peuple, pourquoi es-tu venu en moi ? Il ne répond pas. En un geste suppliant, il lève ses petites pattes poilues et bien sûr elles portent à leur extrémité les doigts onglés,

240

minuscules et parfaits d'un enfant nouveau-né. Je ne serai pas une bonne mère pour toi, je suis vieille et tous les jours je perds un peu plus la mémoire. À ces mots, il paraît abattu. Elle se souvient de sa propre bonté qui est immense. Elle ne lui veut aucun mal, mais il n'est certes pas l'enfant qu'elle se serait choisi librement. Tu apparais comme la balle du fusil et tu voudrais que je t'aime ? Le petit chien noir retrousse les lèvres. Il est vrai qu'elle a esquissé un geste de répulsion et elle peut comprendre qu'il en conçoive de l'irritation. Il se met à gronder. Va-t-il bondir sur elle ? À cette idée, elle se sent étouffer, réellement étouffer. Il se rapproche. Lentement il se rapproche comme un monsieur qui se promène au ciel. Au ciel il n'y a pas d'apparences. Naturellement, il se met à grandir, à grandir encore dans l'ombre qui gagne, dans l'espace qui diminue, qui diminue entre elle et lui. En un instant il est sur elle. On ne peut pas démentir ce qui doit s'accomplir. Il a posé ses pattes sur son cou tendre et blanc, l'obscurité se fait tout à fait et curieusement Victoria n'a plus peur. Elle est contente de ne plus être seule dans l'obscurité de la nuit, seule dans les ténèbres.

DEUX

Les Gormazzano déjeunaient en compagnie de leurs hôtes américains lorsqu'ils apprirent la mort de Victoria Borekitas.

Baba le Farache arrivait de l'Hôpital des Espérants.

Il raconta, et les joyeux bruits de bouche cessèrent. Il raconta que la défunte se résorbait désormais dans l'air subtil, de même que l'univers vivant, et tout ce qu'il renferme, se dissipera un jour, et pas une fumée n'en subsistera.

Tandis que refroidissait le repas – l'idée de se sustenter soulevait le cœur tant il est vrai que ce genre de nouvelle fiche en l'air les appétits terrestres – les attablés se sentirent très contents d'être en vie et, conformément à une loi immuable dans ces éprouvantes circonstances, on ne peut plus heureux de leur sort ici-bas.

«Mon Dieu, dit Dorette, je savais que notre pauvre Zacharie marchait sur le fil de la lame : d'un côté la maladie, de l'autre la mort et au milieu rien!»

Elle songeait que selon toute probabilité cette chose ignoble ne la menaçait pas, elle. Dorette se portait comme un charme – n'étaient ses nerfs mis à vif par la présence de Deborah Lewyn – et son mari, cinq sur lui, était taillé pour vivre cent ans! Dans un élan de joie, elle tendit à Belardo ses lèvres aimantes et émues de leur propre rayonnement. Ensuite, elle s'en fut dénicher dans sa garde-robe une tenue convenable pour aller partager la douleur du pauvre veuf.

De son côté, Belardo remerciait Dieu de lui avoir conservé la mère de ses enfants – si seulement elle renonçait à l'emprisonner dans les limites dictées par sa jalousie – et, regardant sa femme s'esquiver, toute en gros seins ballants dans le décolleté, il se promit d'en avoir une autre ou plusieurs en supplément, sitôt qu'il aurait eu la force de rompre avec Fleur de Péché. Au même moment, son cœur frivole accueillait une pensée triste comme un arrachement : c'est qu'il préférait Zacharie à tous ses autres employés; parmi ses bons enfants, on aime davantage celui que la déveine a élu pour compagnon!

«Il n'y a pas de mystère, dit-il, Dieu nous en préserve! La mort rue à la porte mal bâtie.

— Le malheur attire le malheur! traduisit Deborah à l'adresse de Dizzy. Mais a-t-on vraiment fait le nécessaire pour sauver cette pauvre femme?» demanda-t-elle avec une extrême politesse.

Percevant toute la différence qui existe entre l'Égypte et le monde du progrès, elle se creusait la tête afin de retrouver le nom d'un célèbre chirurgien new-yorkais... peine perdue...! Son esprit, tout à la présence de Dizzy McLean, ne pouvait que forger d'agréables projets pour le restant de son séjour au Caire. C'était inconvenant! Elle s'efforça de se représenter le comptable assis au chevet d'une femme aux mains jointes sur le drap; alors, comme un coup de cœur, lui revint le visage de sa propre mère, blême dans sa dernière toilette. Elle dut quitter la table, sous un prétexte, pour essuyer rapidement une larme. De son fauteuil, elle s'enquit des ultimes souffrances de Victoria Borekitas, avec un luxe d'apitoiements et de regrets comme si la mort avait subitement fait un être remarquable d'une femme dont elle ne connaissait que la longue maladie et qu'elle n'avait jamais rencontrée.

Pour sa part, Dizzy McLean était étonné de constater que Deborah Lewyn pouvait pleurer facilement. Il en profita pour se comporter avec une familiarité beaucoup plus grande que ne le permettait l'état de leur relation. Juché sur le bras du fauteuil, il caressait doucement les beaux cheveux roux. Elle le remerciait de l'aider à supporter les images de la douleur et de la mort, mais ne voulait pas qu'il l'accompagnât à l'Hôpital des Espérants ; s'il me suit partout, ne va-t-on pas me soupçonner d'entretenir une relation coupable ? pensait-elle. Comme il insistait avec beaucoup de délicatesse – en qualité de photographe, il songeait utile de se renseigner sur la lente modification des chairs mortes –, elle demanda à Belardo de prêter au jeune homme un costume de circonstance.

Quand les Gormazzano et leurs hôtes se présentèrent à l'Hôpital des Espérants, ce fut pour apprendre que la dépouille de Victoria ne s'y trouvait plus depuis une couple d'heures. L'infirmier saïdien précisa que, dans sa hâte, le pauvre veuf n'avait pas emporté les effets de la défunte. Le temps de remplir la mallette, d'en charger la voiture et en route pour la Ruelle-aux-Juifs.

Toutes les horloges de la ville sonnaient six heures du soir quand ils atteignirent la maison de Zacharie.

TROIS

Les meubles et les bibelots luisaient de propreté, et aucun recoin de la maison n'avait échappé au balai.

« À cent pour cent ! Tu as bien travaillé, mon chéri ! »

Un grand élan d'affection pour lui-même contraignait Zacharie à parler à voix haute, à se confier ce qui lui occupait désormais l'esprit : « Tu n'as rien oublié ?

244

Tu as couvert les miroirs! Tous? Sauf celui de la chambre. Mais d'abord, tu allumeras les veilleuses! Attention que le suif n'aille pas chancir le napperon de la commode! Il faut bien faire les choses pour que la sortie de ce monde soit bénie devant Toi, ô notre Dieu!»

En prononçant ces mots, il perçut intérieurement avec une grande clarté ce qu'était la détermination : un désespoir d'où provenait la force d'agir! Il éprouva l'amertume de son intuition comme d'une vertu qu'il était seul à se reconnaître, puis il réalisa que, mis devant le fait accompli, les Bénéfactors et même Chemtov ne pourraient qu'admettre son courage.

«Et maintenant le plus dur reste à faire!»

Il entra dans la chambre à coucher. Il se brossa les dents au-dessus de la cuvette posée sur la commode. Il peigna ses rares cheveux et lissa les courbes de sa moustache. Il enfila son pyjama. Il se regarda dans la glace, posant comme pour une photo, le bras gauche pressant gracieusement la cordelette de son pantalon rayé. Après quoi, il alluma les chandeliers de part et d'autre de la commode. Il recouvrit la glace de toile noire.

Il passa sur le balcon. Il arrosa les jardinières et, avec satisfaction, nota que les fleurs, redressant la tête, avaient eu leur content d'eau. Les gouttes filaient à travers les balustres et, penché sur le balcon, il s'assura que le voisin du dessous n'était pas là pour s'en plaindre. Au bout de la Ruelle-aux-Juifs, des enfants avaient attaché une corde à nœuds pour former une échelle entre les portes cochères de deux maisons si rapprochées qu'elles en barraient l'horizon. De mon temps, pensa-t-il, on voyait encore un bout de ciel. Errant confusément à travers les souvenirs de son enfance, il ne vit que le vieillard qu'il avait toujours été. Sur ce souvenir, il tira les persiennes. Il referma la porte de la chambre, et alla dans la cuisine.

« Je pense que l'eau a suffisamment bouilli », dit-il.

Il coupa le gaz sous la casserole d'eau bouillante. Prenant garde de ne pas se brûler les doigts, il en retira la seringue pour la coucher entre deux épaisseurs de coton hygiénique.

Revenu dans la chambre à coucher, il déposa la seringue sur la table de chevet auprès des ampoules et de ses lunettes. Il inspecta du regard la pièce – allons, tout paraissait correct : le napperon sur la commode, les fleurs dans les vases disposés de chaque côté de la photo de mariage et, bien en évidence, les trois lettres rangées par hiérarchie du destinataire :

« En résumé adéquat de la situation. »

C'est en ces termes qu'il prit sa décision. Une vraie, une grande fatigue le poussait à venir s'allonger sur le lit. Victoria reposait tranquille et, dans l'oubli, ses membres retrouvaient l'harmonie des formes d'antan. Se plaçant près d'elle, il eut peur d'avoir dérangé l'ordonnance des cheveux épars autour du visage, à peine bleui, qui fleurait l'eau de Cologne. Un moment, il contempla les paupières baissées, le sourire que la mort avait restitué aux lèvres pareilles aux deux bords d'une plaie enfin guérie. Il lui prit la main et ce faisant sentit vibrer entre eux quelque chose de l'attrait sensuel qu'ils avaient jadis partagé.

« Un jour ou l'autre, on se retrouve, dit-il. Assez de temps perdu. »

Le rayon de lumière qui transperçait les lames des persiennes indiquait que le soleil ne tarderait pas à se coucher. En mai, les couchers de soleil ont le charme violent des lueurs d'incendie, puis la nuit descend, la lune monte, calme dans les cieux délivrés du malheur, de la maladie et des souffrances terrestres.

«Ce n'est rien, dit-il d'un ton sonore, un mauvais petit moment à passer, à condition de bien choisir l'emplacement.»

Il mit ses lunettes. Avec le pouce et l'index, il traça un cercle au creux de son coude. Il prit sur la table de chevet les cinq ampoules de morphine; avisant les étiquettes marquées du sigle «Hôpital des Espérants», il fit en sorte de les décoller et de les réduire en petits morceaux : «Pourquoi attirer des ennuis au Saïdien? Il regarda sa femme : Il a été si bon pour toi, ma Victoria.»

Les ampoules se brisaient aisément. Il en déversa le contenu dans la seringue. Il tâta le creux de son coude. Son bras était brûlant comme un cœur qui bat trop vite. Réprimant un sursaut de peur, il enfonça l'aiguille pour aller droit à la veine choisie. L'aiguille traversa les couches successives d'insensibilité. Le parcours du liquide provoquait une sensation de chaleur qui s'accentua jusqu'à l'ultime limite de la douleur. Ce fut bref, mais pendant tout ce temps, il serra la main roide de sa femme. La douleur s'estompait. Il se sentait détendu, prêt à s'assoupir, n'était un regret confus, une inquiétude, comme un tourment dernier dont il chercha la cause. Il lui semblait avoir commis une erreur, oublié quelque chose d'important, d'urgent même. Mais quoi au juste?

«Franchement, je ne vois pas! Tout est dit! Les lettres parleront d'elles-mêmes! Ah oui, d'elles-mêmes, c'est ça! Tu aurais dû les mettre à la poste! Mais où trouver le temps?» se demanda-t-il d'une voix pâteuse.

247

La tension de l'écoute créait des parasites à ses oreilles. Le sang y affluait dans un sourd bruissement. Non, il n'y avait pas motif à s'inquiéter : les aveux au procureur du roi, la confession destinée à Deborah Lewyn et les instructions à Asher Pompes Funèbres seraient postés par la première personne qui les trouverait.

« Pour les vivants, les lettres d'un mort sont un dernier devoir », disait-il d'une voix lourde, comme plongeant dans un lac visqueux, lorsque lui revint en mémoire l'image de Blanche Séreno, raide dans la poussière du trottoir, arrêtée comme un nuage au crépuscule.

La chambre s'éteignait comme un tableau envahi par la pénombre, alors il comprit la raison de son ultime tourment. Plus qu'un tourment, c'était du repentir ! Un désir d'expiation qui ne s'émoussait pas, bien qu'il se sentît passer derrière le voile épais de la fin de toutes choses... Il aurait tant aimé conserver un peu des forces qui le fuyaient à présent... Un instant, un petit instant se dresser... Remonter le cours du temps... Modifier ce qui avait été... Ce qui avait été serait de toute éternité... Il n'y pouvait rien. Il se sentait trop faible... Ce repentir infini allait finir avec lui... Après lui, personne ne songerait à donner une sépulture à la mendiante jetée en la fosse commune.

C'est Dorette Gormazzano qui entra en premier dans la chambre pleine d'ombres et de silence. Elle poussa un cri terrible. Son mari et les Américains précipitèrent leur marche dans l'escalier. Mais avant qu'ils aient pu découvrir le désolant spectacle, Dorette avait eu la présence d'esprit de s'emparer des trois lettres posées sur la commode où vacillait la lueur funèbre des veilleuses.

Jeudi 6 mai 1948...

Le cimetière de Bassatines, tout au bout de la ville, dans les plis du Mokattam où coulent les sables du désert, et dans ce blanc vertige nous dormirons en paix!

Oui mais, de l'impie qui a attenté à ses jours, il est dit: «Le ciel ne s'ouvrira pas devant son âme et la terre sera étroite à son corps.» D'accord, mais quel homme doué de bon sens reprocherait à celui que le grand malheur a frappé de chercher la consolation dans un malheur encore plus grand? Et autre remarque qu'emportait le vent soufflant sur les sables arides: «Si Dieu le Père veut que nous, ses enfants, mourions dans la soie et le velours, pourquoi ne nous fait-il pas vivre de même?»

Ainsi parlaient les habitants de la Ruelle-aux-Juifs venus accompagner le couple ami à sa dernière demeure, car certainement aucun d'eux n'aurait pu s'attendre, ou seulement rêver à des funérailles semblables à celles de Zacharie et Victoria Borekitas.

Le Protector de la Cara avait fait de folles dépenses. Il avait acquis une concession pour les cent ans à venir: «contact permanent avec l'au-delà», disait la publicité de Asher Pompes Mortuaires! Il y avait fait monter deux stèles délicatement taillées dans le marbre d'Éthiopie et qui projetaient des reflets de jais sur les cercueils jumeaux, plein bois d'ébène, dont le drap mortuaire était brodé de larmes d'argent. Pour donner un aspect plus accueillant à sa funèbre entreprise, Gormazzano avait fait venir deux tamaris roses, et vous savez, vous, le prix d'un arbre planté dans le désert ?

Un bel enterrement vraiment, malgré la tempête de sable qui faisait rage sur les visages pétrifiés. Il y avait là les beaux messieurs de la Cara, le cou serré dans des faux cols, et leurs épouses aux épaules charnues sous leurs fins voiles couleur de fumée. Derrière elles, les demoiselles de la Locanda, en noir irréprochable, mouillaient de blancs mouchoirs. À la place d'honneur, Deborah Lewyn couverte de pâleur. Dans son ombre, un jeune homme américain attendait avec une résignation hébétée la fin de la cérémonie.

Chez nous, sainte communauté ! les derniers devoirs durent le temps qu'il faut aux âmes pour trouver le chemin du monde à venir. Et puis, dans ces moments-là, nous aimons bien à raconter des histoires dont la mélancolique mélodie porte les auditeurs à remonter jusqu'à la racine de leurs péchés, là où le mal s'est fait connaître comme nécessité et désir.

« Je ne sache pas qu'aucun de vous soit meilleur qu'un ver de terre, disait le Rabbin Shamgar. Je ne sache pas que vous soyez seulement son égal. Le ver de terre accomplit la volonté de son créateur sans se corrompre et lequel d'entre vous peut en dire autant ? »

Avec une émotion d'où la tendresse pour soi-même n'était pas absente, Belardo Gormazzano retraça la vie impeccable de l'homme qui durant tant d'années avait travaillé à ses côtés pour le salut des pauvres. À cet endroit, Baba supplia son maître de bien vouloir poursuivre en arabe, car il n'entendait pas perdre un mot de l'éloge au disparu cher à son cœur. En arabe donc, Chemtov assura se sentir seul, désormais, telle la pierre du cimetière, de sorte qu'il proposait d'ajouter les jours lui restant à vivre à l'actif de qui paierait une rente à ses petits-enfants. En français, Deborah Lewyn exigea une réponse à la question de savoir pourquoi l'homme en général, et tout spécialement le juif en arrive à commettre un acte aussi désespéré que le suicide. Elle développa une crainte : celle du suicide généralisé de la communauté juive du Caire, si celle-ci ne se décidait pas à émigrer en Israël. Après ce long discours, le Zabet Klapisch revint au sujet du jour. Il prédit que les âmes des vieux amoureux ressusciteraient bientôt sous la forme des deux tamaris, telles les ombres enlacées de Philémon et Baucis. Le Rabbin Shamgar s'emporta contre l'exemple païen. Quoi ! nous manquons d'histoires de sacrifice amoureux dans notre propre histoire ? De fait, elles étaient portion congrue dans la Bible... Le Rabbin se reporta sur le geste sublime de Ruth la Moabite qui, à la mort de son juif d'époux, avait suivi sa belle-mère Noémi sur les chemins pleins d'embûches de la Terre promise.

« Pardon, intervint Raoul Mouchli, c'est toi le Rabbin, pourtant je ne vois pas le rapport avec le suicide de Zacharie. À moins que tu ne fasses du retour à Sion un exil ?

— Et de la terre d'Israël, un suicide ? s'inquiéta Willy.

— Les frères Mouchli sont des chiens, des sorciers,

251

des idolâtres, des impurs et des assassins ! révéla le Rabbin. Vous osez plaisanter ? Qui plaisantera Israël, Dieu le chargera de la peine du Juif errant.

— Eugène Sue, précisa Klapisch : "Peut-être errant au loin, sous de nouveaux climats, je vais chercher la mort qui ne me cherchait pas !" »

Bouleversé par l'à-propos de sa citation, le Zabet agrippa des deux mains son chasse-mouches, comme pour l'empêcher de s'envoler, et il se mit à verser les larmes qu'il avait retenues jusqu'ici. Pleurait-il la mort tragique de Zacharie, sa propre fin, ou Rachel dont la trahison résumait pour lui toute la douleur supportable en ce monde ? Vraisemblablement, car il tournait ses paupières rougies vers la jeune femme dont il semblait attendre quelque chose de consolant. Il obtint ceci : « De la poussière tu es venu, à la poussière tu retourneras. » Formule adaptée à la circonstance – les fossoyeurs commençaient à incliner les cercueils afin de basculer en fosse les dépouilles drapées dans un simple linceul – et cependant elle produisit sur le Zabet l'effet d'une piqûre de guêpe. Son chasse-mouches fendit l'air furtivement et vint s'abattre sur le dos de Gormazzano... De mémoire de Bassatines, on n'avait jamais assisté à une scène pareille : le Zabet avait saisi son rival par l'oreille, avec dégoût, comme une bête immonde, et il le poussait vers le trou dévolu à Zacharie et Victoria Borekitas.

Laissons un instant le monde vivant et voyons ce qui se passe sous terre, après la mort.

Comme une fumée s'échappe vers le ciel, les âmes de Zacharie et de Victoria quittèrent leurs corps. S'élevant dans le doux balancement des nuages, elles arrivèrent devant la porte du paradis. L'ange de garde l'ouvrit grande pour laisser passer l'âme de Victoria. «Holà l'ami, dit-il à Zacharie, ton âme est bien trop chargée de péchés pour entrer au paradis!» Il en barrait la porte et Zacharie se désolait. Il ne se désolait point tant de ne pouvoir accéder au monde de la félicité éternelle, que d'être à jamais séparé de son âme sœur. Victoria s'y refusant aussi, l'ange leur dit : «Allez au diable.»

Les âmes précipitées du paradis repartirent à tournoyer dans les nues. Errant çà et là, parmi les étoiles et les comètes, elles attendirent docilement le diable qui les conduirait en enfer. Celui-ci tardait à se présenter et lasse d'arpenter l'univers céleste, Victoria aspira à se reposer un peu. Ils rencontrèrent un chemin, et sur ce chemin un arbre à l'ombre duquel Victoria s'allongea. Tandis qu'elle dormait, Zacharie remarqua, chose étrange ! que l'arbre portait à gauche de son tronc des feuilles blanches et à droite des feuilles toutes noires. Comme l'année qui se compose de jours et de nuits? se demandait-il, lorsque Victoria s'éveilla.

«Si tu savais, Zacharie, le beau rêve qui m'a visitée. J'ai rêvé que je marchais dans un jardin merveilleux, plein de roses et de fruits. J'ai cueilli une fraise craquante et, tu ne me croiras pas, j'en sens encore le suc me couler en bouche.

— Tu n'as pas rêvé, dit Zacharie. Tu as eu en bouche un ver de terre et il s'y trouve encore.»

Dimanche 9 mai 1948...

UN

La vie va reprendre son cours normal.

Dans les rues pavoisées aux couleurs du roi, la population salue avec enthousiasme l'événement sportif de l'année : le championnat d'Égypte de basket-ball qui opposera l'équipe de l'armée égyptienne au club des Maccabis. La bataille sera rude entre les militaires et les juifs ! Et comme chaque année, les patriotes voudront mettre la chance dans leur camp. Ils se muniront de pain blanc et de pain noir – l'un incarne l'allégeance à l'islam, l'autre est le symbole du noir destin des infidèles – qu'ils jetteront aux chiens encombrant les abords du stadium, et puissent les démons qui s'acharnent sur nos favoris se tenir pour satisfaits du gavage des chiens !

Belardo Gormazzano expliquait tout cela en dirigeant Deborah Lewyn vers les guichets du stadium d'Abassieh. Dizzy McLean suivait, portant son appareil photo, le panier fleurant l'oignon vert et les sandwiches sardine-tomate, et de surcroît il traînait Mme Gormazzano et son ombrelle. Dorette ne décolérait pas. Son mari avait une manière singulière de tenir le bras de l'Américaine ; elle comptait les jours que l'intruse passerait encore sous son toit.

« Je n'aime pas trop les foules surexcitées par le

254

sport, disait Deborah. Ce match-là, j'en ai peur, me semble préluder à des affrontements beaucoup moins sportifs. Tous ces chiens qu'on abreuve d'injures…!

— Superstition sans conséquence… Ne lâchez pas mon bras, vous seriez emportée. Deborah, ôtez-vous de la tête que l'Égypte nous persécute. Je suis allé en prison sans raison, soit, mais j'en suis ressorti de même, alors ? Et dites-moi, la question m'intéresse, connaissez-vous un pays au monde où l'on peut voir des juifs disputer un match à l'armée ? de terre qui plus est ! Et la battre à plate couture ? Car ils vont gagner, c'est sûr ! Qui peut résister aux frères Harrari ? Personne ! Ces frères-là ont le ballon dans le sang et des jambes que je ne vous dis pas. Remarquez, le tennis est plus distingué, mais de champion juif, il n'y a pas. Les Maccabis sont uniques dans leur genre. L'orgueil de la communauté ! Quand vous les verrez monter à la tribune, quand vous les verrez recevoir de main royale le trophée, ah, ma mère ! vous comprendrez que notre pays ne ressemble à aucun autre.

— L'Égypte est spéciale », admit Deborah.

Le stadium ressemblait à un vaste champ de foire. On embouchait des trompettes, on déroulait des serpentins. Des bruits de mastication, des rots d'aise, des plaisanteries et des chansons se répercutaient d'un gradin à l'autre. Mais, la loge que Belardo avait louée, face à la tribune royale, était occupée par de jeunes hommes qui chantaient *Jour de fête, jour de joie*… Les resquilleurs refusèrent de décamper. Regards cuisants ! Ils se réclamaient de la police secrète, chargés de veiller à la sécurité de Sa Majesté le roi Farouk Ier, et de déceler dans la foule massée sur son passage les mauvaises intentions. Vantardises ? Allez savoir !

255

«N'insistons pas, dit Belardo. À chacune de ses apparitions publiques, le roi truffe la ville d'hommes de main, prêts à la délation et même à l'assassinat, qui au physique ressemblent à n'importe qui alors qu'au moral on les sait capables d'essorer la pierre pour en faire jaillir le sang.»

Notre quatuor se replia vers les gradins bon marché, dans un espace demeuré libre entre deux familles qui, certes, n'avaient jamais compté parmi leurs préoccupations celle de rester svelte. Le temps de déballer les sandwiches sardine-tomate préparés par Dorette et une rumeur de guêpier dérangé enflait au-dessus du stadium : l'équipage de la maison royale faisait son entrée.

Une procession de voitures noires encadrait une limousine rouge, d'un rouge d'autant plus flamboyant qu'il tranchait sur le train sombre de l'escorte. C'était la limousine de Farouk Ier et, pour toute l'Égypte, le seul véhicule peint de ce rouge particulièrement royal et tant réservé qu'à enfreindre l'interdit on connaissait la prison.

«Ainsi vont les rois, dit Belardo, parce que ce sont de grands enfants capricieux.»

Non sans ironie, il admit en tenir pour la monarchie constitutionnelle par ce travers du minoritaire prompt à embrasser la main qui ne le soufflette pas trop souvent ; la communauté n'avait eu qu'à se plaindre modérément du défunt roi Fouad qui souffrit en cour des conseillers juifs, des dames d'honneur et même un ministre juif ; son héritier, façonné en gentleman de Woolwich, s'était attaché les amis de son père, à cette différence que leur bourse lui était une contrée généreuse où il pêchait à souhait, par la contrainte et pour son profit personnel.

«Il vole tout le monde, même ses amis, même sa famille, dit Belardo. Telle est sa volupté, tel est son vice. Il pense que nul ne s'en apercevra car, roi des voleurs, il se sait entouré de voleurs. Voilà l'homme et maintenant voici le roi.

> « *Mon petit roi, je suis ton esclave !*
> *Tu m'as le premier comblé de faveurs !*
> *Avec ta vision, mon âme s'épanouit ! »*

Belardo traduisait la chanson jaillie de milliers de poitrines, au moment où l'équipage royal se rangeait dans un périmètre gardé par un cordon de soldats. De leur place, les Gormazzano et leurs amis ne pouvaient voir que couvre-chefs militaires et, de-ci, de-là, la brillance d'une médaille qui renvoyait au soleil son éclat. Mais ils entendaient l'effarement du service d'ordre qui contenait mal cette espèce de redoutable bête fauve : une foule ! Les drapeaux claquaient dans le vent... Slogans et cris de liesse fusaient, si concertés et réguliers qu'ils semblaient être d'une claque bien disposée. Il y eut dans le tohu-bohu une hésitation, comme si les instruments s'accordaient sous la férule d'un chef d'orchestre, puis le silence se fit... Un silence à pétillements de foudre ! Comme du dos d'une bête électrique, un rire énorme jaillit à l'instant où s'ouvrait la portière de la limousine rouge : Farouk Ier venait d'en extirper son obésité. Le visage dissimulé par des lunettes noires, il allait sanglé de l'uniforme blanc d'amiral de toutes les flottes. Il allait lentement, las de porter ses deux cent soixante livres de graisse. (Dans un peu plus de quatre ans, il sera à peine nécessaire qu'on le pousse pour qu'il s'effondre du haut de son trône, alors une foule semblable à celle qui présentement se presse sur le stade d'Abbassieh hurlera au miracle des temps nouveaux ; hélas aucun des juifs de notre récit ne pourra y donner la voix, la République avance, déjà ils n'y sont plus qu'un pas vers l'oubli.) Donc, le futur ex-roi s'acheminait vers les hauteurs de sa tribune, peinant telle une baleine échouée sur un banc de sable, et toujours le rire du bon peuple l'escortait.

Les peuples aiment à voir leurs rois fouler notre terre. Leur pas sur le sable ajoute quelque chose d'humain, c'est-à-dire d'éphémère, à leur majesté, et lorsque l'empreinte s'en efface, ils redeviennent semblables aux sujets de leur royaume. Mortels ! Alors dans ces moments-là, les peuples rient car ils savent que le meilleur du règne d'un roi sera de ne pouvoir éternellement durer.

« Je n'aime pas beaucoup sa petite moustache noire, dit Deborah. La reine ne se montre jamais ?

— De reine, il n'y a plus, dit Dorette. Le roi l'a divorcée, il y a quelques mois, parce qu'elle ne lui donnait pas l'héritier du trône.

— En termes indignes d'un galant homme, dit Belardo. Il a prétendu que la pauvre Farida avait de grands pieds, mauvaise haleine, et des seins si petits que ce n'est même pas la peine d'y croire. Notre roi est un amateur de blondes danseuses. Ses sens se dilatent jour et nuit et son harem s'ouvre à pléiade d'orgies », conclut-il avec indulgence, avec la compréhension innée des hommes dotés de forts appétits sexuels.

Entre-temps, Farouk Ier avait réussi à se hisser jusqu'à la tribune d'apparat. La fanfare royale entama l'ouverture de l'«Aïda». Les équipes rivales arrivèrent au pas de course : tenue kaki pour les militaires, chemise blanche à liseré bleu pour les juifs. Tour de piste sous les vivats ! Les sportifs vinrent s'agenouiller devant leur roi. On vit sa main molle fendre l'air, un rictus se former sur son gros visage boudeur, puis on ne vit plus rien. Le roi s'était enfoncé dans son fauteuil doré. L'arbitre sifflait, la partie pouvait commencer.

Qu'on me pardonne de ne pas compter les points de ce match historique – la coupe remportée ce jour-là par le club des Maccabis se trouve au musée de Tel-Aviv sous cette triste légende : «1948/ Dernier championnat qui opposa une sélection de l'armée égyptienne à nos vaillants athlètes sionistes.» Outre que je n'entends rien aux règles du basket-ball, le quatuor qui m'intéresse avait cessé d'en suivre les péripéties.

Chacun, qui subissait la presse et la tonitruance des supporters, pensait d'abord à lui-même. Une fois de plus, Belardo songeait désespérément au moyen de culbuter sa maîtresse. (À la fin de la première manche, il prétexta d'un soudain besoin pour s'absenter quelques minutes ; il tint parole car à cette heure, Rachel ne se trouvait pas à la Locanda el Teatro.) Son mari disparu, Dorette considérait les sardines de son en-cas comme si les arêtes en avaient été charbonnées du feu de l'enfer. Dizzy songeait à la supériorité du hand-ball pratiqué, naguère, en son collège du Colorado, et il regrettait de n'avoir pu tirer le portrait du roi d'Égypte. Deborah enviait à Dorette son ombrelle ; de temps à autre, elle se tournait vers Dizzy pour le prendre à témoin des brûlures du soleil.

259

À chaque fois, elle croyait surprendre dans ses yeux une expression qui la flattait et l'embarrassait en même temps. Elle sentait son bras lui effleurer le coude. Elle s'écartait discrètement. À la faveur de l'espace restreint, il renouvelait ses tentatives. Elle reculait à nouveau, il lui souriait avec innocence, la crapuleuse innocence de la jeunesse ! Son visage à elle prenait une expression de tristesse.

« Vous avez l'air ridicule, dit-elle. Votre col est mal boutonné, le côté gauche est plus haut que le droit.

— Foutaises !

— Comment ?

— Foutaises, je dis foutaises et je ne parle pas de mon col.

— Alors de quoi parlez-vous ? demanda-t-elle, inquiète.

— Je parle de votre manie de dire n'importe quoi. Foutaises ! C'est déjà assez pénible de me coller perpétuellement le sacré bavard et sa grosse dame ! Si vous croyez que je ne sais pas pourquoi ! Je sais ce que vous avez en tête ! Bonté divine, Debbie, une fois, une fois dans votre vie, reconnaissez que vous êtes une femme !

— Vous devenez fou, dit Deborah d'un ton de condescendance amusée. Je ne vois vraiment pas de quoi vous parlez… Vraiment pas… En tout cas, en ce qui me concerne, n'y comptez pas. Jamais, c'est clair ? Oh ! et puis ne boudez pas comme un enfant capricieux, tout cela est très négatif ! »

Ce garçon avait des problèmes psychologiques dont il ne se rendait pas compte ; cet indécent penchant pour une femme bien plus âgée : il y avait là quelque chose de freudien ! Elle tentait de l'interroger sur son enfance, ses rapports avec son père et sa mère, lorsque

Belardo proposa de finir la belle journée dans le lieu artistique où, selon la tradition de la bonne société cairote, caviar et champagne sableraient l'événement sportif de l'année.

DEUX

Le café chantant Groppi se trouvait dans le prolongement de la pâtisserie du même nom. C'était une immense salle éclairée *a giorno* qui combinait le luxe des glaces de Venise, du linge fin et de l'argenterie. Une particularité amusante : les tables tournées en forme de fer à cheval entouraient un grand escalier à spirale, et comme descendant du ciel, des créatures de rêve atterrissaient sur un proscenium où miroitaient paillettes et strass.

Luxe et paillettes ont disparu en même temps que la monarchie. Le café chantant a flambé en 1952 dans l'incendie du Caire, et si la pâtisserie demeure, son agencement formica s'est étréci aux dimensions d'un bistrot de quartier. Le gérant grec d'alors, bon diable à grosse voix, a lui aussi changé d'état : aujourd'hui il répare de vieilles montres dont le tic-tac, semblable à une mite, recommence à ronger le temps qui passe.

Les lumières s'éteignaient dans la salle. Sur le proscenium, le gros Grec annonçait la revue «inouïe, fabuleuse, variée et jamais vue même sous la rampe des Folies-Bergère». À ces mots, bondit sur la scène un comparse sévère en matière d'illusions féeriques.

«Hé quoi! Je vends de l'oubli aux hommes, se défendit le Grec.

— C'est le rôle du démiurge, objecta le moraliste.

— C'est l'appel de la vie humaine!»

Tonnerre d'applaudissements! Cymbales! Quelques girls en culotte de jersey noir pailleté d'or descendaient l'escalier; visions fugitives d'étoiles entre les jambes! Elles regrimpaient l'escalier pour revenir dans de nouvelles mousses de costume.

«Ah, un bon livre! dit Deborah. Je crois bien n'avoir pas ouvert un livre depuis une éternité. Évidemment, ça n'intéresse personne ici.» Elle dévisagea ses voisins de table. «Remarquez, ce n'est pas un jugement de valeur. Mais que peut-il y avoir de plus passionnant que les livres? Si je pense aux enfants, tout ce qui est utile à leur croissance vit dans les livres.

— Les livres sont la diaspora de l'esprit! dit poliment Belardo. C'est pourquoi nous autres juifs en sommes si gloutons. Je me demandais, Deborah, si vous aimiez toujours autant les oranges?»

En attendant la deuxième partie du spectacle, on pouvait s'amuser au son d'un orchestre. Deborah refusa de danser avec Dizzy. Belardo, qui souhaitait l'entretenir en particulier, obligea le jeune Américain à inviter sa femme.

Dorette s'en fut à regret, en agitant vivement son éventail. Elle portait une toilette de satin drapée d'une double jupe chantilly et son corsage, brodé de chenilles d'argent, supportait plusieurs rangs de perles dont la grosseur ne parvenait pas à dissimuler les rides de son cou. Se regardant dans la glace qui ornait la piste de danse, elle se trouva une vieille figure. Elle dut se rappeler qu'elle était l'épouse d'un homme

262

magnifique, qu'elle avait de lui de beaux enfants, que cette Deborah qui allait au seuil certain de la solitude n'avait à tout prendre que quinze ans de moins qu'elle.

Quand ils se retrouvèrent seuls autour de la table, Belardo dit avec une brusque sincérité :

«Deborah, la femme doit donner du bonheur comme le pommier ses pommes ! Ce n'est pas permis. Pourquoi êtes-vous si constamment nerveuse, tendue, refermée sur vous-même ? Pourtant, on dit qu'en Amérique on guérit par l'électricité les maladies nerveuses.»

Deborah le regardait avec surprise : la prenait-il pour une folle ?

«Une Ashkénaze, précisa-t-il, toujours à ressasser le malheur des persécutions, à renier les plaisirs que de temps en temps Dieu nous accorde. Cette nuit est si belle, presque parfaite, le bal ne fait que commencer et vous voulez rentrer. Savez-vous à qui vous me faites penser ? Aux coquettes qui enlèvent leurs portraits des murs de leur maison parce que les robes qu'elles portaient autrefois sont des dates éloquentes. Mais vous êtes jeune encore. De quoi avez-vous peur, Deborah ?»

Elle jouait avec le long gant blanc qu'elle laissait pendre au bout de sa main et dont elle frappait doucement sa jupe. Il hésita à prendre sa main et lorsqu'il l'eut prise, il la garda dans la sienne.

«J'aime les femmes qui rougissent ! Il a été convenu que les femmes feraient semblant d'être faibles et timides et les hommes forts et entreprenants. L'ennui c'est que votre petit amoureux ne le sait pas. Dans trente ans, vous n'aurez pas avancé d'un baiser sur le front.

263

— Mais il n'y a rien entre ce garçon et moi !
D'ailleurs qu'est-ce que ça peut vous faire ?

— Ça me fait. Ça me fait que je suis un Oriental.
Nous autres, Orientaux, sommes de grands senti-
mentaux. Nous mettons le sens de la vie dans l'amour
et y a-t-il plus affreux que de voir fuir le sens de la vie ?
La vie est longue ! Dites-moi, Deborah, que comptez-
vous faire des années qui vous restent ? »

Deborah prit l'expression sereine d'une femme
revenue d'aventures, agréables certes, mais qui
n'auraient laissé au cœur que paix et léger attendrissement. Elle enfonça ses ongles dans ses mains afin
de maîtriser leur tremblement et, presque convaincue
de sa sincérité, elle protesta :

« Vous vous méprenez sur moi. Je me suis battue
toute ma vie contre les généralités si commodes aux
hommes de votre espèce. Vous ne réussirez pas à me
provoquer. Je veux bien mettre vos privautés sur le
compte sinon du cynisme, du moins d'une forme sim-
pliste de la sollicitude. Je préférerais un peu plus
d'estime. Comment pouvez-vous penser que je puisse
avoir des intentions aussi vulgaires et le désir de les
satisfaire à la sauvette ?

— Vous voulez quoi ? Épouser ce petit à la vie à la
mort ? Vous voyez bien, conclut-il. Marchand de
roses, pourquoi vends-tu tes roses pour de l'argent ?
Que pourrais-tu acheter avec l'argent de tes roses qui
soit plus précieux que tes roses ? »

Deborah ne saisissait pas le sens du vers emprunté
au poète persan Kisal. Elle avait honte de l'émotion
qu'éveillait en elle ce propos, pourtant elle aurait aimé
poursuivre. Mais il n'était plus temps de semer, dans
le langage exquis, le trouble sur ses joues : la grosse

voix du Grec invitait les danseurs à regagner leur table. «Je vous aime beaucoup, malgré tout», murmura Belardo. «Malgré tout», répéta-t-il. Il lui tapota la joue en souriant, comme pour l'inviter à reconnaître sa bonté, et intérieurement elle dut convenir que cet être, par essence amoral, lui portait une affection sincère et somme toute désintéressée.

«Et maintenant, place au théâtre!»

Le Grec tonitruait. Il introduisit le tableau animé. En Alaska, figuré au moyen d'une toile peinte – ô cieux polaires! ô roses des neiges! – une troupe d'Eskimaudes se trémoussaient qui ne tardèrent pas à ôter leurs simili-fourrures.

Dizzy McLean ne boudait pas son plaisir. Étreinte par une douleur sauvage, Deborah se mit à soutenir la thèse que la misère était à la base du strip-tease. Cette forme de prostitution disparaîtrait le jour où les femmes bénéficieraient d'une instruction équivalente à celle des hommes; alors seulement les femmes deviendraient leurs compagnes, au lieu de leur être un jouet de cabaret.

Dorette lui toucha le bras de son éventail :

«Taisez-vous donc, dit-elle avec impatience. Il ne faut pas boire si le champagne vous rend triste. Taisez-vous, voici la compétition.»

Le Grec proclamait du sensationnel : il s'était fait une spécialité d'organiser le concours des plus belles jambes et des plus gros seins du Caire; de la sorte, de jeunes talents pouvaient rencontrer, outre les gens du monde, des imprésarios et des metteurs en scène de cinéma. Un prix de dix livres sterling récompenserait l'une des merveilleuses artistes venues de toute la planète pour conquérir le cœur et le vote à main levée du cher public souverain. Applaudissements, cymbales, effets de lumière tamisée… Avec la précision d'un exercice de caserne, le Grec invita les belles à se montrer. On vit d'abord des bras et des cuisses lovées sur le grand escalier, enlacés et fondus tel un serpentin de chair rose; les frimousses cachées par la frise de l'escalier suscitaient de voluptueuses impatiences. Brusquement le serpentin de chair se disloqua le long des marches, en démolition rendue maladroite par les talons hauts, en trébuchements ahuris qui mirent en joie le public.

Spectacle dégradant!

Deborah baissait la tête. Elle s'abîmait dans son verre, le front entre les mains. À un mouvement qu'elle fit pour allumer une cigarette, son regard tomba sur Belardo Gormazzano. Elle fut frappée du changement qui s'était inscrit sur son visage. Il était pâle, les traits crispés. Ses pupilles dilatées lui donnaient une expression mi-surprise, mi-effrayée. Il secoua la tête comme pour chasser un mauvais songe. Il lança à Deborah un regard étrange, plein d'inquiétude et de défiance. Elle crut y lire une sorte d'hostilité. (Plus tard, elle fut à même d'interpréter cette soudaine panique, et la non moins soudaine agressivité à son égard; sur le moment elle pensa à une sorte d'hystérie propre au caractère oriental qui – comme il arrive chez les êtres puérils – s'exaspère de choses peu sérieuses et se rit du sens tragique de la vie. Et pour être sincère, elle admit également que la vie intérieure de ces gens-là ne devait pas être monotone!) Belardo continuait à donner des signes d'affolement. Il se tournait vers sa femme, comme pour chercher du secours. Dorette agitait son éventail sans paraître rien remarquer. Deborah se demandait ce qui pouvait bien bouleverser Belardo au point d'amener la sueur sur son front. Un malaise cardiaque? Il se leva brusquement et elle craignit qu'il ne tombât. Il titubait, tâtant son cœur comme pour s'assurer qu'il battait encore. Il s'en fut en hâte. Quand il dépassa le proscenium, Deborah comprit la raison de sa fuite éperdue.

Sous les projecteurs du café chantant, au milieu d'une guirlande de femmes au sourire prostitué, se tenait Rachel. La directrice de l'Orphelinat exhibait son sein nu et, lui faisant pendant, ses petites pensionnaires levaient gaiement la jambe.

Lundi 10 mai 1948…

UN

Il se passe du formidable à la Locanda el Teatro. Son salon, lieu généralement ouvert aux délices des sens, est encombré de sombres figures humaines. La vingtaine d'hommes et de femmes réunis – sans compter les passants attirés par le chambard et un chien gîté dessus le perron – s'y trouvent assis comme au tribunal.

Ils ont fait un sale coup, c'est sûr !

La personne qui instruit le procès est une dame rousse aux yeux pâles, sans rondeurs ni compétences au lit – la chose est visible du point de vue de l'extérieur… Elle fume cigarette sur cigarette en poussant sa voix jusqu'au ciel, mais un ciel de foudre, tant elle paraît vindicative. Quel pouvoir a-t-elle pour accabler le prétoire d'hommes faits ? Pour museler un officier de police à une étoile ? Pour terroriser les jolies demoiselles en kimonos ? Le remords habite ce salon. Les jeunes filles se battent la coulpe en de beaux mouvements, montrant tout à qui veut voir ! Les hommes demandent grâce comme si la dame rousse eût été Dieu, mais un Dieu sourd car ils s'égosillent ! La jugeresse est impitoyable en sa langue française, embouchée de fumée de cigarette. Vous arrivez à comprendre, vous, pourquoi elle s'énerve ainsi ? Ses paroles sont des balles tirées à coup portant. Elles visent spécialement le clan des hommes. À un endroit du réquisitoire, les jeunes filles applaudissent. Elles se rengorgent de sourires approbateurs, quoique humbles et serviles ; mentalité du monde actuel où il n'est pas de subalterne qui ne flagorne son supérieur, liant partie avec lui contre plus faible et c'est à cela qu'on reconnaît un puissant : à l'adoration que lui portent ses courtisans et à l'empressement qu'ils mettent à renchérir sur le moindre de ses mots… D'accord, mais oh ! laissez-nous donc écouter au lieu de philosopher.

Allons, tout n'est pas noir. Les demoiselles redressent la tête et l'une d'elles – la plus belle, roulant une croupe à invite et promesses – vient baiser la main de la coléreuse. Celle-ci s'émeut un peu, tout en détournant les yeux des seins de la plaignante, ce n'est pas le moment ! Les voilà qui se parlent gentiment, toutes deux, à expressions musicales comme si on avait ouvert le piano là-bas et joué une marche nuptiale. C'est la réconciliation générale ? Non, l'alliance du beau sexe ignore le clan viril, comme on ignore le cadavre de ses ennemis. Quoi ! les malignes ont tiré les marrons du feu et les mauvais seraient ceux qui portent froc et moustaches ? Oh ! c'est amusant ça et plutôt inhabituel chez nous où la femme marche derrière l'âne ! Oui, les beaux messieurs essuient tous les torts et, forcément, ils ne sont pas heureux. Ils s'insurgent, crient et se fâchent. Contre qui ? Contre les femmes, contre eux-mêmes, contre tout le monde ! Vont-ils en venir aux mains ?

C'est la guerre entre les juifs.

La nouvelle est partie de la Locanda, elle a descendu la Rue Sans-Nom, s'est propagée de maison en maison, a empli les bouches, est revenue sur le perron pour amuser la galerie : si ce n'est pas une querelle de putains, ça y ressemble !

Dure à avaler, comme on voit, la conclusion du petit peuple écoutant aux portes de la Locanda ; mais convenons qu'il a ses raisons de rire de ces juifs débraillés d'humeur, toujours à se chamailler, à s'exclure du monde pacifique, à se désunir infiniment comme les douze tribus d'Israël.

Tant pis, tant mieux, comme vous le prendrez !

Maintenant, le salon est plongé dans une atmosphère sombre et froide comme l'éternel hiver. La dame rousse a remis son chapeau. Sur le perron, elle claque de plats talons, sans se soucier du monsieur, bien mis mais défait de mine, qui court derrière. Il veut la retenir. Il supplie, il prend à témoin le ciel. La rue choisit son parti : à la fin elle est trop méchante la femme qui fume comme un fer à repasser ! Eh bien, pars, va soigner la mouche qui te pique ! Avant de disparaître, la dame rousse lance une adresse : Cecilia Hôtel… Celui de l'impasse de la rue Soliman Pacha ? Bon, tout le monde connaît. Alors, c'est là qu'aura lieu le prochain épisode ? Donc, ce soir on ne saura pas la suite du film ? Tant pis, vous croyez, vous, qu'on n'a que ça à faire ?

Les badauds se dispersent. La lune ronde, presque pleine, pose sa paisible clarté sur les passions de la Rue Sans-Nom.

DEUX

Un gros chien jaune barrait l'impasse menant au Cecilia Hôtel. Ses entrailles avaient été dévorées par les milans ; non repus, ils tournoyaient dans la tiède odeur de la charogne. Il s'en échappait un bruissement irrégulier, comme des flatulences fuyant la panse béante. En l'enjambant, Deborah se rendit compte que le cadavre abritait un essaim de mouches ; joyeuses et noires, elles s'abreuvaient aux viscères, et le sang à peine épaissi continuait à rougir la chaussée.

Ce spectacle l'emplit de dégoût pour ce pays, pour les hommes de ce pays. La sensation de souillure morale rapportée de la Locanda el Teatro trouvait là, dans une répugnante métaphore, sa traduction physique. Il est vraiment ignoble, pensa-t-elle, comme si Belardo Gormazzano, non content de l'avoir dupée et bafouée, avait placé sur son chemin une crevure, délibérément, pour finir de la désespérer. Elle voulut passer outre : mettre son pas dans le pas de la putréfaction était au-dessus de ses forces. Elle regardait la charogne qui brasillait ainsi qu'une couche de peinture fraîche passée sur de la cire, et l'envie lui venait de se laisser tomber auprès de l'animal supplicié et, comme lui son sang, de répandre toutes les larmes de son corps… Ces bandits étaient tout simplement en train de la rendre hystérique. Une expression hagarde passa comme un nuage sur ses traits délicats, son regard se perdit au-delà du festin des mouches, du pan de ciel assombri au fond de l'impasse… Des femmes en surgirent. Les rires qu'elles cachaient derrière leur voile se mêlaient au tintement des bracelets sur leurs chevilles nues. Elles s'esquichaient, demandant quelque chose. Deborah n'était pas sûre de pouvoir leur parler sans se mettre à hurler…

Le portier du Cecilia Hôtel vint à son secours. Il accourut avec un parapluie qu'il tint ouvert au-dessus de sa tête tout le temps qu'elle mit à gagner la porte à tourniquet.

Il n'y avait pas de fauteuil libre dans le hall monumental envahi par des plantes vertes desséchées. Deborah dut s'asseoir sur le strapontin réservé au portier. Il lui apporta sa clé. Il avait une livrée trop étroite, un visage ridé et plein de sympathie. Il avait une réponse à chaque question : non, pas de télégramme de New York, aucun message téléphonique, oui le monsieur américain se trouvait bien dans sa chambre, non l'ascenseur ne marchait toujours pas, pour des raisons échappant à son entendement de portier. Sa poitrine étroite se souleva d'un bon rire tandis que Deborah prenait l'escalier.

Un escalier de marbre au tapis usé jusqu'à la trame desservait les six étages séparés les uns des autres par des grilles de fer autrefois doré ; leur fonction, semblait-il, consistait à procurer au client un sentiment de sécurité, tout relatif, nul n'en assurait la surveillance et elles bâillaient à la rouille, inutiles, comme pour accroître le sentiment de grandeur triste né des ruines.

Et mon Dieu, il y a des moments dans la vie où on aspire sinon au luxe d'un palace, du moins à un peu de confort, au réconfort d'un visage ami. Mais elle n'irait pas frapper à la porte de Dizzy. Elle était fâchée contre lui. En un jour aussi pénible, le jour où elle aurait eu besoin d'un soutien, il l'avait abandonnée sous prétexte d'aller emmagasiner ses ridicules prises de vue. Et maintenant, il ne cherchait même pas à savoir comment elle avait affronté ses ennemis.

Personne ne se souciait d'elle.

Dans sa chambre, l'eau s'égouttait froide sur le lavabo ébréché. En se lavant les mains, elle pensa à sa mère, à la dernière fois qu'elle avait posé sur sa tombe une petite pierre enveloppée de cette prière : « Je déplore d'être en vie, sans toi, non seulement cette année, mais tout au long de maintes années. » Elle se souvint avoir lu cette phrase de Freud : « C'est des réminiscences, surtout, que souffrent les hystériques »... Allons, il n'y avait pas de quoi trembler si, de préférence au présent, sa mémoire s'attachait aux êtres chers de son passé. Cher papa ! À l'heure actuelle, il avait certainement reçu son télégramme. Elle imaginait sa surprise, sa fureur, sa déception aussi ! Il avait si mal placé sa confiance, alors qu'il existe en Amérique tant de pauvres gens à secourir ! Elle pensa, Dieu sait pourquoi, à une blague assez commune ; un riche vieillard concupiscent achète les services d'une marieuse qui, en place de la jeune beauté espérée, lui fournit un laideron. Elle eut un rire amer. Ce qui nous fait rire est une bonne indication sur nous-mêmes ! Elle se sentait humiliée, honteuse et dans une certaine mesure coupable. Seigneur, comment avait-elle pu donner dans un panneau aussi grossier ? Participer de tant de vulgarité ? Il fallait être stupide pour s'en laisser conter par un ramassis d'escrocs et de filles sans moralité... Ils auraient pu lui demander la lune ! Elle les avait tant aimés ! Elle les avait aimés comme une turbulente parentèle au sang exotique. À présent la haine étouffait jusqu'au souvenir de l'amour, et c'était bien... À présent, elle pourrait les abattre sans pitié, sans plus d'états d'âme car, réalisa-t-elle, de même que la haine est moins compliquée que l'amour, la lutte contre le mal est source naturelle de satisfaction.

Cette idée, la vengeance, aurait dû lui procurer une sorte de paix. La rage persistait. Une grande fatigue nerveuse la faisait trembler. Elle n'irait pas dîner. Elle se sentait fébrile. Elle s'approcha de la glace en pied, traversée d'une grande lézarde, qui occupait un pan de mur. Ce qu'elle y vit l'épouvanta. La pièce était éclairée par une faible ampoule mais, sans aucun doute, quelque chose n'allait pas. Elle avait sur le visage un masque livide où apparaissaient, par endroits, des points rouges, de petits boutons! Une éruption sur sa peau de son état psychique? La tension nerveuse? La gale? Une maladie endémique attrapée dans ce sale pays? Son propre corps la trahissait! Elle se vit malade, seule, défigurée, c'était plus qu'elle n'en pouvait supporter.

Elle s'abattit sur son lit en proie à une crise de larmes. Elle pleurait si fort que l'air se dérobait à ses poumons. La vie était si dure envers elle, si injuste et cruelle, et loin de la calmer, les épithètes usées augmentaient sa détresse.

Elle se précipita dans l'escalier. Elle heurta la grille du dernier étage, y donna du poing avec violence et courut au bout du corridor, à la chambre de Dizzy McLean.

Un clair-obscur dessinait des fresques sur un mur, un rayonnement inégal éclaboussait la fenêtre ouverte. Les ombres frémissantes montaient de l'écran bruissant de musiques et de voix arabes. À tout ce vacarme s'ajoutaient les rires et les apostrophes des spectateurs du cinéma en plein air, et pourtant il dormait. Il dormait. Il dormait nu sur son lit, mal rasé, les bras en croix. Elle pouvait sentir l'odeur de sa sueur. Il ne s'apercevait même pas de sa présence. Elle le saisit par l'épaule et de toutes ses forces le secoua. Il eut un soupir. Son sommeil avait été si profond qu'il lui fallut quelques instants pour reprendre ses esprits.

« Debbie ? Je croyais que c'était l'homme chargé d'exterminer les cafards. » Il répéta son nom avec une sorte d'étonnement heureux. Elle s'abattit contre lui, en sanglotant tandis qu'il lui mordait la bouche avec emportement.

Quand Deborah s'éveilla dans la misérable chambre – le seul endroit où il ne restait plus rien à craindre, ou à feindre – le cinéma en plein air avait cessé son chahut. L'aube pointait. Dizzy l'étreignait dans son sommeil. Elle caressa du regard le grand corps abandonné. Les cuisses puissantes, le ventre ombré de secrets désirs, les aisselles fortes d'odeur délicieuse, les reins et les mains souples, la poitrine où battait le cœur... Toute cette perfection ! Rien qu'à la regarder, la beauté procure un bien-être physique, presque semblable à celui de l'amour.

Au moment de retourner dans sa chambre, Deborah remarqua au pied du lit des bouteilles de coca-cola vides, des emballages froissés de pâtes de fruit, du chocolat, une barre à moitié entamée de « caca chinois », la spécialité locale semblable à un étron synthétique, toutes les sucreries, enfin, dont raffolent les petits enfants.

Mardi 11 mai 1948...

UN

«Drôles de zèbres! dit George Rutherford. Si je comprends bien, après les avoir sortis de prison, vous souhaiteriez les y remettre?

— Je ne crois pas qu'il y ait matière à rire, dit Deborah. Si l'affaire ne vous intéresse pas, indiquez-moi un de vos confrères, un avocat juif de préférence. Lui la prendra au sérieux.

— Je vois... Je vois... L'air conditionné vous indispose peut-être? Je vais ouvrir la fenêtre.»

George Rutherford quitta son fauteuil. Quand il traversa la pièce, Deborah s'aperçut qu'il traînait légèrement la jambe. Le petit avocat avait dû recevoir un coup au tibia, lors de l'interpellation devant le Café Groppi. Probablement, il en souffrait encore, mais son visage glabre n'en laissait rien paraître.

«Allons, allons, ma chère, dit-il en revenant s'asseoir derrière son bureau. Je ne regarde jamais à la religion ou à l'origine sociale de mes clients. Pardonnez-moi d'avoir souri. Que voulez-vous, dans notre métier, l'escroquerie est au crime ce que le vaudeville est au théâtre. Récapitulons. Donc, vous me demandez de poursuivre les membres fondateurs de la Cara, pour abus de confiance, faux en écritures et détournement de fonds privés destinés à la bienfaisance.

— Pour diffamation également. Pour atteinte à mon honneur. La Fondation Deborah Lewyn ! Vous vous rendez compte ? » Elle eut un rire nerveux. « Ces gangsters ont osé donner mon nom à un… comment dire, à un bordel !

— Admettons, encore que l'appellation me paraisse inexacte. Je ne connais pas l'hôtel que vous m'avez décrit, mais je vous garantis qu'ici un bordel est une autre paire de manches. Allez donc faire un tour du côté de Clôt Bey ou de la rue Antikhana, vous verrez de quoi il retourne. Mais si vous y tenez ! Sachez que votre nom sera mêlé à une affaire de proxénétisme. On vous citera dans les journaux, on en fera des gorges chaudes, c'est la spécialité des Cairotes. Qu'en pensez-vous ?

— Ça m'est bien égal. Je ne pense pas à ma réputation. Mais attendez avant de noter. Je réfléchis à une chose qui m'embête.

— Oui ? »

Deborah tourmentait le gant qu'elle tenait à la main. Le soleil incendiait le ciel lisse au-dessus de la fenêtre. La vitre se teintait d'une vapeur, nacrée comme une peau de lait.

« J'ai fait un rêve cette nuit, dit Deborah. J'ai rêvé de Rachel, vous savez, la pseudo-directrice. Eh bien, dans mon rêve, elle avait les dents abîmées et toutes noires. Elle avait sur la tête une couronne en or et je pensais qu'elle méritait cette couronne. C'est curieux non ?

— Vous ne voudriez pas qu'il lui arrive pire encore, c'est ça ?

277

— Peut-être... Enfin, je crois que toutes ces jeunes filles ne méritent pas qu'on les traîne devant un tribunal. Je sais qu'elles se sont faites les complices de ces voyous, mais avaient-elles le choix ? »

George Rutherford hocha la tête. Elle eut l'impression que son approbation était quelque peu incertaine, comme son expression. Longuement, elle exposa sa conception de la traite des blanches. Selon la justice – le pilier du judaïsme –, persécuter des femmes réduites à choisir entre la misère et la prostitution revenait à augmenter le grand nombre de victimes, féminines et masculines, que le monde a déjà exigées de nous, les juifs !

« C'est entendu, dit George Rutherford. Laissons tomber l'hôtel louche maquillé en orphelinat. Retenons le détournement des fonds de roulement, et des quinze mille dollars pour la construction qui n'a jamais vu le jour. À ce propos, vous ne pouvez pas porter plainte en votre nom.

— Parce que je suis étrangère ?

— L'argent a été versé par votre père. C'est lui qui doit se constituer partie civile. Mais ne vous inquiétez pas, une procuration signée de sa main suffira pour le représenter. À moins qu'il ne souhaite se déplacer lui-même ? »

Deborah répondit qu'elle n'en savait rien. Personnellement cette idée ne lui souriait pas, pour des raisons qu'elle se garda d'avouer.

« Dites-lui de m'écrire pour mandater mon cabinet. La procédure sera longue. Mais faites-moi confiance. Nous sommes venus à bout des nazis, je ne vois pas pourquoi nous ne réussirions pas à... »

Regard fauve !... Décidément, cette jeune femme

ne possédait pas une once d'humour ! Elle s'était postée devant la glace pour remettre son chapeau et il eut ce mot d'excuse :

«Savez-vous que votre nouvelle coiffure vous va bien ? Je vous trouve quelque chose de changé, d'épanoui, vraiment… Pourquoi ne viendriez-vous pas dîner à la maison ? Rosamond serait tellement heureuse !

— Impossible, je n'ai pas une minute à moi, dit-elle précipitamment. D'ailleurs, je pars dimanche prochain ! Le 16 mai ! Mon Dieu, je suis si contente de partir. Comme je me réjouis de voir enfin notre terre promise. Je n'imagine rien de plus émouvant que la naissance d'une nation libre.

— Vous avez de la chance ma chère, à moins que ce ne soit le contraire, dit-il en la raccompagnant à la porte de son office.

— De la chance ?

— Oui, vous avez un idéal dans la vie. Je me suis toujours demandé s'il fallait envier ou plaindre les personnes qui conservent leur idéal. En général, il ne se garde pas longtemps et dans tous les cas de figure, il se paie cher.

— Vous me prenez pour une espèce de bigote illuminée ? L'idéal est la religion des pauvres d'esprit ? Je n'ai pas eu le choix, moi non plus. J'ai été éduquée dans ces idées-là. Écoutez, quand j'étais petite fille, mon père me disait : "Quand vient l'hiver, il y a l'homme qui s'achète une pelisse en fourrure et il y a celui qui s'achète du bois. Sais-tu quelle est la différence, Deborah ?" Et je devais répondre : "L'un veut de la chaleur pour lui tout seul et l'autre veut aussi réchauffer autrui !" Mettons que le sionisme soit pour moi quelque chose de ce genre !

— Mais je vous admire, croyez-le bien, Deborah! "Quand enfin je me suis levée, moi Deborah, levée comme une mère au milieu d'Israël... Livre des juges!" » récita-t-il et elle consentit à lui serrer la main.

DEUX

Dominant presque tout le monde, robuste et animal, Dizzy l'attendait dans le hall du Cecilia Hôtel. Il lui donna sur la joue un baiser qui sentait la crème à raser. Ils sortirent sur la terrasse de bois peinte en vert dont la tonnelle supportait outre un magnifique jasmin, des plants de tomates et du linge de table mis à sécher entre deux cordes d'étendage.

«Et si nous commencions par un whisky sec? dit-il. Je crois que tu en as bien besoin.»

Au contraire! Elle dit se sentir pleinement rassurée depuis son entretien avec George Rutherford, euphorique même. Elle voyait les choses d'une autre manière, ses idées morbides avaient fait place à une sorte d'optimisme. Bien sûr, plaisanta-t-elle, l'âge ne l'avait pas rendue gâteuse au point de ne pas se rendre compte des difficultés et des embêtements à venir, la justice n'allait pas de soi dans un pays où triomphaient la corruption et les prévaricateurs; mais quoi qu'il lui en coûtât, les «drôles de zèbres», selon l'expression de son avocat, seraient punis d'emprisonnement, sur ce point elle saurait se montrer intraitable.

«Cette histoire me rappelle une escroquerie aux engrais chimiques qui s'est passée chez moi, dans un patelin du Colorado. Le bouseux qui avait **porté** plainte y a laissé sa chemise. Tout le monde n'a pas les moyens… Toi, Debbie, tu mets une sacrée intensité émotionnelle dans tout ce que tu fais. Je l'ai vu tout de suite », conclut-il tendrement.

Il y ajouta un sourire et se porta vers elle d'un léger mouvement du corps. Il l'embrassa, à pleine bouche cette fois, au vu de tout l'entourage. Elle rougit violemment – sa peau réagissait toujours avec une déconcertante rapidité aux mouvements de son âme ; « âme », pensa-t-elle, entité spirituelle conçue comme un principe opposé et séparable du corps ! Ame damnée, grandeur d'âme, se donner corps et âme…

Il fit une remarque sur le dessin de sa bouche ronde et pleine, une bouche qui donnait de la douceur au visage sévère, une bouche bonne à embrasser. Elle lui prit la main sous la nappe, et les apparences sauves, croisa les jambes, laissant voir ses genoux. Il promena autour de lui un regard attendri et fier, l'air de demander si quelqu'un avait jamais contemplé femme plus belle et désirable et, dans ce désir, elle s'enveloppa, avec délices, comme dans un drap fleurant l'amour et sa sueur. La gêne, ressentie ce matin au réveil, s'était presque entièrement dissipée, au profit d'élans ambigus et de sentiments confus. Le baiser éternel sous la lune argentée est un rêve de midinette, se disait-elle ; au reste, il ne s'agit pas d'amour au sens romantique de ce terme, mais d'un béguin physique, exacerbé par la solitude et les épreuves accumulées depuis le début du voyage. Dieu merci, personne n'en saurait jamais rien, l'amourette finirait en même temps que l'aventure égyptienne. C'était un peu triste, mais elle y penserait plus tard ! La vie pouvait être si agréable sous l'ombre parfumée du jasmin, avec çà et là un rayon lumineux qui éclairait au hasard un visage, une soierie sur une épaule nue, la paille des chapeaux…!

Ils avaient fini de déjeuner et ils étaient là, à se sourire paisiblement, quand Dizzy s'écria :

«Vise un peu la souris!»

Voici qu'arrivait Rachel… Elle arrivait le visage éclatant avec pour seul ornement un camélia blanc piqué dans ses longs cheveux noirs. Elle arrivait, balançant son sac à main, lente d'une lenteur délibérée comme si, habituée à aller pieds nus, elle devait tâter le sol à chaque pas. Elle avait l'air de chercher quelqu'un, mais pas vraiment, pas une princesse comme elle! Ça m'est bien égal, semblait-elle dire, vos regards et ce que vous pouvez penser de moi…

«Pince-moi, dit Dizzy. C'est Rita Hayworth?

— Vous avez changé d'allure, depuis l'Orphelinat», dit Deborah.

Elle promena un œil sévère sur le tailleur blanc, bien ajusté à la taille et qui faisait ressortir la croupe large et indolente. Rachel se dandinait sur de hauts talons, souriante, nullement embarrassée.

«J'espère que je ne vous dérange pas, vous et votre copain, dit-elle sur un ton laissant entendre exactement le contraire. Je peux m'asseoir? Je voudrais vous parler en intimité.

— Ce n'est pas mon copain, dit Deborah. C'est un compatriote qui habite cet hôtel. Aucune importance, il ne comprend pas un mot de français. De quoi voulez-vous encore parler? Si vous avez l'intention de plaider pour vos complices, ou pour vos amants, sachez qu'il est un peu tard.

— Comment pouvez-vous me fermer votre cœur alors que le mien éclate sur vous ? Je suis si malheureuse ! Non pas d'alcool, un jus de mangue », précisa-t-elle, avec un sourire ravageur.

Dizzy s'empressa de quitter la table sans même demander si Deborah souhaitait un autre verre. C'était contrariant : elle n'avait plus de cigarettes.

« Les hommes ne m'intéressent pas, dit Rachel. Je me fiche de Gormazzano, Klapisch peut aller au diable et les autres n'auront que ce qu'ils méritent. Mais moi, que vais-je devenir, maintenant que vous m'avez ouvert les yeux ?

— Je vous ai ouvert les yeux ? » Deborah soupira. « Écoutez Rachel, j'ai eu pour vous une certaine sympathie, peut-être davantage. C'est indéniable. C'est fini. Épargnez-moi de nouveaux bobards, je connais votre formidable talent de comédienne.

— Je ne suis pas comédienne. Je suis une putain n'est-ce pas ? C'est comme ça qu'il faut dire ! Je suis une fille de mauvaise vie ? Mais qu'est la vie, à vos yeux ? Le Talmud nous apprend : "Ne dédaigne aucun homme, ne méprise aucune chose, car il n'y a pas d'homme qui n'ait son heure et il n'y a pas de chose qui ne trouve sa place. " Et dites-moi, la question m'intéresse, vous qui buvez la vie à une fontaine de sucre, que pouvez-vous comprendre à ma vie ?

— Vous n'êtes pas honnête, vous essayez de me culpabiliser ? »

S'en défendant, Deborah percevait combien ce sentiment, la culpabilité sociale et morale et amoureuse, harcelait constamment sa conscience. La plus sale affaire du cœur humain, il fallait s'en débarrasser. Comme l'envie ou la jalousie, la culpabilité est un sentiment qui ne sert à rien.

«Rachel, je connais votre numéro. La petite fille égarée, les remords, le repentir ne prennent plus.

— Il ne s'agit pas de repentir, madame Deborah. Il s'agit de partir. Vous m'avez ouvert les yeux. Hier, les gosses de notre rue m'appelaient "la juive", aujourd'hui, ils disent «la sioniste». Les temps amers approchent. Alors avant que d'être chassée, je préfère partir. Vous êtes la seule qui puissiez m'aider. Vous êtes bonne, vous êtes riche, accordez-moi protection, je vous embrasserai les mains jusqu'à la fin de mes jours.»

Rachel joignit le geste à la parole. La chose parut si remarquable à Dizzy qu'il émit un sifflement. Deborah se dérobait aux effusions, en gagnait deux fois plus. Rachel se cramponnait, la baisant de sa grande bouche au dessin violemment érotique. Deborah s'émut de ce qu'elle crut lire sur le visage pâle et pur, une pureté qui avait quelque chose de biblique. D'une voix pleine d'espoir, elle demanda :

«Vous voulez donc faire votre Alya ? Oh, comme vous avez raison ! Je vous aiderai à émigrer en Israël. Ça oui, je le ferai !

— Mais vous ne comprenez donc pas ? Ma mère barbouillait à l'encre noire mes souliers pour qu'ils paraissent neufs !»

La jeune femme eut une expression étrange. Ses sourcils se fronçaient, tendant la peau de ses lourdes paupières. Cette expression dura un instant, après quoi Rachel se mit à pleurer. Deborah ne comprenait pas la raison de tant de larmes. Elle soupçonna une nouvelle fausseté :

«Arrêtez, nous sommes dans un lieu public. On nous regarde!»

Au-dessus des verres et des cendriers, Rachel continuait à pleurer. Elle pleurait à hauts sanglots, comme si le monde n'existait pas, comme si elle était la seule habitante d'une planète suspendue dans les ténèbres. Deborah ne savait comment arrêter les hurlements de désespoir. Honteuse, elle rassemblait en petits tas les cendres éparses sur la table. Pour finir, elle demanda à Dizzy d'aller lui chercher des cigarettes.

En revenant, il croisa la jeune femme qui s'en allait la tête basse, comme saisie de stupeur par sa propre personne, lente et alourdie de sa masse superbe.

«Rita Hayworth n'a même pas daigné me dire au revoir!

— Elle me rappelle plutôt les chercheuses d'or du grand Nord, dit Deborah. Cette créature, c'est quelque chose! Un caractère, ajouta-t-elle avec fougue, sans que Dizzy comprît s'il y entrait du mépris ou de l'admiration.

— Elle t'a encore demandé des sous?

— Bien plus, bien plus... Tu sais ce que veut Rachel?» Deborah s'était mise à rire de si bon cœur que le jeune homme en fit autant. «Rachel rêve de l'Amérique. Je dois l'adopter pour ma fille. C'est mon devoir de sioniste, paraît-il! La dame de riche bonté, c'est moi, ne peut pas rester indifférente au sort d'une jeune juive persécutée qui veut vivre en Amérique... Après tout ce qu'elle m'a fait, tu te rends compte?

— C'est plutôt naïf, reconnut Dizzy. Je me demande si l'intellect tient une grande place chez les femmes trop belles.

— Tu la trouves si belle ?

— Je la trouve pitoyable. Elle m'a fait pitié. Malgré ses grands airs, on dirait un petit animal malheureux qui se cogne aux barreaux de sa cage.

— Un petit animal malheureux ? » Deborah réfléchissait... « Dizzy, tu es meilleur que moi ! Tu as raison. Après tout, l'Amérique ne s'est pas faite autrement ! L'Amérique est un rêve bâti sur le malheur du monde. »

Mercredi 12 mai 1948...

UN

Le soleil fendait de ses rayons obliques le salon de la Locanda. Les meubles, les rideaux et les gravures lascives y avaient repris leur place, ainsi que les rires, les histoires bien corsées et par intermittence, les cris satisfaits du bébé tétant le sein de Marika la Grecque. De l'austère transformation, cause de tant de remue-ménage et d'avanies, il ne subsistait aucune trace, et dans les esprits le souvenir s'en serait également estompé si Rachel n'y avait montré une figure d'enterrement. Debout devant la fenêtre, elle observait le mouvement de la Rue Sans-Nom, en souffrance silencieuse, comme si elle avait eu un os en travers de la gorge.

Madame Faustine apparut portant un plateau. Sa grosse poitrine voguait au-dessus de la théière fumante, de pots de confiture et d'un cake aux oranges amères dont la croûte de chocolat était entamée.

« Si une chose doit rester après le départ des Anglais, c'est leur cake, dit-elle. Il y a dans la bouche un goût d'éternité, son prix aussi est inoubliable. » Elle soupira : « La gourmandise est une pierre au cou ! À table, gentlemen ! Les enfants, arrêtez le phono et toi,

Rachel, viens manger. Mais qu'est-ce qu'elle a, Seigneur, à s'exciter comme ça devant la fenêtre ?

— Notre Fleur de Péché est amoureuse, dit Perle. Elle l'attend comme on espère le Messie ! »

À cet endroit, il y eut un bruit sourd ; Perle riait si fort qu'elle était tombée du giron de Raoul Mouchli. Son kimono s'ouvrait sur un sein à peine nubile, son cœur de quinze ans se gonflait de gaieté, d'une insouciance insupportable à Rachel. Les jeunes gens chahutaient sur le sofa. Un frère Mouchli chatouillait la petite Perle et l'autre mordillait les oreilles de Zouzou ; aussi ne virent-ils pas venir l'ouragan.

« Si vous avez encore des rires, préparez-vous à les tarir, hurlait Rachel. Abrutis, nigauds, double erreur de la conception ! Vous empoisonnez l'air ! Montrez-moi la largeur de vos épaules, de tête il n'y a pas ! Comment se fait-il qu'on ne voie plus que vous deux ? Il n'y a plus personne à voler au Vieux-Quartier ?

— Hé non, s'excusa Raoul, on ne travaille pas tant que la conjoncture est compromise.

— Très compromise, dit Willy. Nous avons une réunion de crise d'urgence, ce soir. Lion ou hyène ? Nous sommes au bas de la pente.

— Au bas de la pente, on ne peut que remonter ! » dit la brave Zouzou.

Pour ces bonnes paroles, Willy lui donna un baiser :

« De tes lèvres au ciel ! souhaita-t-il. En attendant, quel mal y a-t-il à s'amuser un peu ? Ce sont les ordres !

— Mal dans votre œil gauche ! cria Rachel. Et cancer dans celui de votre Protector ! Il donne encore des ordres, celui-là ? Que l'ordre assèche sa langue de

288

menteur ! Que le mensonge pourrisse ses intestins ! Que sa semence abreuve la poussière ! Que sa femme le suive dans la tombe ! Mais où est-il ce salaud ? Pourquoi ne vient-il plus ?

— Mais qu'est-ce qu'elle a ? dit Madame Faustine. Elle fait tourner le lait de la petite à hurler comme ça. À table, je vous préviens que le cake ne peut plus attendre. Qu'est-ce qu'elle a, notre Rachel, répéta-t-elle, en expulsant des miettes brunes sur son plastron de dentelles.

— Elle a, notre Rachel, qu'elle pleure le billet de loterie envolé avec notre argent, dit Marika la Grecque. Est-ce que je pleure, moi qui ai une bouche à nourrir en plus de la mienne ?

— Non, non, notre princesse a autre chose. » Perle n'en démordait pas. Elle a que son prince ne se montre plus. Elle appelle, elle supplie, elle téléphone, mais l'amour est sourd. « Et alors, tu serais la première ? Un homme s'en va, l'autre vient, où est le problème ?

— Ne lui parle pas comme ça, dit Zouzou. Rachel est malheureuse. Moi je te comprends, petite sœur. L'embarras avec les hommes mariés c'est qu'on passe après l'épouse. Mais il reviendra, crois-moi, ils reviennent toujours.

— C'est donc ça ? dit Madame Faustine. Fleur de Péché est amoureuse ? J'aurai vécu assez longtemps pour voir ça », ajouta-t-elle dans un soupir de profond découragement.

Elle se tailla une tranche dans le cake, puis avec un nouveau soupir, de regret cette fois, elle passa le plat aux jeunes gens attablés autour d'elle :

« Un jour ou l'autre, on s'attache, c'est le malheur que je ne souhaite pas à ma pire ennemie. L'homme qui m'a fait mal, les asticots s'en régalent ! J'ai pardonné, mais je n'ai pas oublié. Ah ! Victor, tu m'as emmené l'âme en partant. C'était un petit brun mal balancé, mais une intelligence sans rivale ! C'est du passé ! Tout passe ! Mange Rachel, si en plus tu maigrissais, tu n'aurais plus rien à toi sur cette terre ! »

Rachel continuait à arpenter le salon sans se départir d'une mine amère et longue comme la présence divine en exil et le rêve en attente.

« Etes-vous seulement des êtres humains ? Vos parents sont-ils descendus de l'arbre ? Non, conclut-elle de son ton supérieur, vous êtes trop bêtes pour qu'on vous ouvre les yeux ! Deborah Lewyn vous a avertis ! Pourtant, vous riez, vous mangez, vous baisotez et c'est en dansant que vous suivrez votre corbillard !

— Crache, crache sur le corbillard ! » Madame Faustine lança une pincée de sucre derrière son épaule gauche puis elle se fâcha. « Ça suffit, Rachel. Si dans ma propre maison, je ne peux plus goûter un moment de tranquillité, alors va-t'en, pars ! Moi aussi, je m'en fiche de cette Deborah. À la fin j'en avais assez de cette tromperie d'orphelinat. On n'était plus chez soi, et pour quel bénéfice, je vous le demande ?

— Vous êtes trop bêtes, répéta Rachel. Le jour où viendra le Messie, tous seront sauvés, sauf les imbéciles parce qu'ils ne voudront pas !

— Ils voudront, mademoiselle Rachel, bien sûr qu'ils voudront, dit Raoul avec un geste conciliant. La lumière perce au plus fort de l'obscurité. » Il baissa la voix. « Mais de quoi parle-t-elle exactement ?

— De bêtises, dit Marika la Grecque. Rachel fait parler son nom. Comme dans la Bible, notre Rachel annonce la tragédie qui guette à chaque pas l'existence des enfants d'Israël.»

DEUX

La salle de réunion était assombrie par les draps noirs qui voilaient fenêtres et miroirs – oh, le fauteuil dont le siège légèrement affaissé rappelait en creux l'ami qui ne s'y poserait plus ! – et on pouvait y observer une grande agitation. Belardo Gormazzano exposait les conséquences de la terrible vengeance de Deborah Lewyn, savamment, en homme qui, pour avoir été failli à deux ou trois reprises, sait de quoi il parle ! D'un geste d'huissier en saisine, il balayait l'espace et ses occupants ; eux, bien sûr, réagissaient pis que si on avait violé leurs femmes ou leurs sœurs, pis que si on les avait lardés de coups ! Car les coups de couteau guérissent un jour, mais si on les porte à l'escarcelle, la plaie ne se referme jamais ! Y avait-il un espoir quelconque de salut ? Non. La faillite frauduleuse était inéluctable, au mieux on pourrait éviter la contrainte par corps ! Le Protector posait les questions, donnait les réponses et ses hommes ne savaient plus à quel chef se vouer.

Un chef ça ?

Gormazzano s'entendit dire ses quatre vérités et nul doute qu'on l'aurait démis de la présidence de la Cara, si celle-ci avait eu la moindre chance de produire encore la bonne pâte dont on assurait sa galette. C'était la curée – c'est le travers de l'espèce humaine d'imiter les rats qui, au moment du naufrage, font un sort au guide qui les a embarqués dans cette galère –, aussi fut-il bien aise d'apprendre de la bouche de Baba qu'une personne l'attendait en bas, à l'entrée du pavillon.

«Qui est-ce? demanda Klapisch d'un ton soupçonneux. Je t'accompagne?»

Déjà Belardo avait dévalé l'escalier.

Il reconnut la haute silhouette coiffée d'un turban, le parfum étourdissant, et dans son cerveau obscurci par le vertige, surgit la tentation de se jeter sur cette femme, de la dévorer de baisers. Il lui saisit le poignet, la poussa dehors:

«Es-tu folle de venir me relancer ici?

— Pardonne-moi, j'avais besoin de te voir et comme tu ne donnais plus signe de vie!»

Elle lui caressait les cheveux et lui, reprenant son souffle, et après avoir constaté que personne n'était descendu à sa suite, il l'entraînait le long du bâtiment de l'Hôpital des Espérants. Ils se faufilèrent dans l'ombre des palmiers et elle pressait contre lui ses attraits éblouissants sous la lune et il répondait: «Je t'aime aussi, mais tu n'aurais pas dû venir, mon cher cœur! C'est le moment de provoquer une nouvelle empoignade avec Klapisch? Tu veux ma mort? Mon Dieu, tu sais pourtant que la situation est pire que calamiteuse…

— Justement, je voulais savoir ce que tu comptes faire.

— Comment ça, ce que je compte faire? J'ai pris mes dispositions, j'ai acheté un avocat et pour le reste que Dieu nous garde!

— Mon amour, je ne parle pas de cette affaire. Tu

en remonteras une autre, si Dieu veut. Mais il ne voudra pas ! Pas en Égypte ! Oh, mais il y a ici des abeilles égarées… »

Elle poussa un cri strident. Allant vers les massifs, ils levaient sous leurs pas des chats outrés. «Chut, chut ! » disait-il et elle lui donnait des baisers qui avaient la saveur de la violette des bois. Quel meilleur parfum que celui qui contraint l'homme à faire l'amour à la terre ? Il la pressait de s'abandonner au bonheur extrême, sur l'herbe, tant pis pour les oiseaux, ils ne peuvent pas parler ! Elle le repoussa.

« Il est temps d'ouvrir les yeux sur la réalité. Il faut tirer les conclusions de la guerre qui se prépare. Nous serons tous chassés d'Égypte, si si Belardo, écoute-moi. Alors j'ai pensé que je mourrai d'être séparée de toi. J'ai pensé que nous devions partir ensemble, toi et moi, quitter ce pays avant qu'il ne nous quitte.

— Partir ? » Il était stupéfait. « Comment veux-tu partir dans un moment pareil ? Avec la sale histoire qui me pend au nez ?

— Justement. Tu as toujours la main sur l'argent de la Cara ? Alors prends-le, partons. L'Amérique est grande, nous serons tranquilles. Nous serons heureux. Tu ne veux pas vivre heureux, toute ta vie avec moi ?

— Tu es folle, dit-il en l'attirant sur son cœur. Tu as si peur, ma petite fille ? Tu n'as pas besoin d'avoir peur, je suis là, je te protège. Tout finira par s'arranger…

— Alors tu refuses de partir avec moi ? » Elle se hérissait dans ses bras, telle une chatte qu'on aurait voulu noyer.

« Je partirais avec toi au bout du monde… Nous serions un couple idéal, seulement je ne peux pas. »

Belardo leva sa main droite, puis s'étant brusquement mis à genoux, il s'écria d'une voix vibrante d'indignation :

« Mais quelle idée te fais-tu de moi ? Rachel, tu réalises ce que tu me demandes ? Voler l'argent de la Cara ? Abandonner mes confrères dans l'adversité ? Je ne peux pas commettre une telle ignominie. La vérité. Je me mépriserais trop et toi tu ne mériterais pas de vivre avec un pareil gangster.

— Les scrupules brûlent tout d'un coup. » Rachel se mit à rire amèrement. « Tu as volé la terre entière et tu ne veux pas voler des voleurs ? »

Il se releva, piqué par les méchantes paroles. Elle lui fit un geste obscène, le poing tendu et le visage grimaçant ; même ainsi, son visage demeurait merveilleusement beau, irréel comme ces figures qui vous regardent sur un écran de cinéma ; chaque fois qu'il regardait Fleur de Péché, il devait se persuader qu'il ne rêvait pas.

« La vérité, Belardo, je vais te la dire. La vérité est que tu m'aimes, oui, mais que tu aimes encore plus ta femme. C'est elle la mère de tes enfants. C'est elle que tu ne veux pas abandonner.

— Erreur fatale ! C'est l'Égypte que je ne veux pas abandonner. Mon pays. Ce mot n'a donc pas de sens pour toi ? Je l'aime moi, ce pays. Je l'aime comme je t'aime, par attachement viscéral et exclusif. Écoute Rachel, il y a sûrement un moyen de…

— Il n'y a pas ! Tu as choisi ? Alors oublie-moi, c'est tout le bonheur que je te souhaite. »

Elle s'esquiva nonchalamment, afin qu'il pût la rattraper, mais il la laissa partir. Elle partit sur un dernier sarcasme : « La grâce est mensonge, la beauté vanité, seule une femme craignant Dieu est digne de louanges ! » Elle partit, haute et lente et gracieuse sur ses talons hauts, et il sut que telle serait la dernière image qu'il garderait de Rachel.

Il s'assit dans l'herbe, épuisé soudain. Que lui arrivait-il ? Il lui semblait que son corps rendait ses forces, se fanait rapidement, que ses cheveux devenaient blancs, que son visage se couvrait de rides. En le quittant, Rachel emportait avec elle ce qui lui restait de jeunesse... La jeunesse illusoire des sens amoureux... C'était une douleur terrible que de revenir à son âge véritable... La douleur lui rongeait le cœur et en même temps éveillait en sa conscience une cruelle lucidité. Non seulement il n'était plus jeune, mais il s'acheminait vers la vieillesse ! Au moins la vieillesse est une maladie qui élève à l'apaisement des passions !

Assis dans l'herbe, il se mit à pleurer la double faillite de ses affaires d'argent et de cœur. Tout secoué de sanglots, il se demandait pourquoi diable il n'avait pas fait le choix qui l'aurait rendu heureux. Se pouvait-il qu'il eût scrupule à gruger ses associés, à abandonner la mère de ses enfants ? On ne sait jamais où le scrupule va se nicher, surtout chez les êtres qui n'ont pas beaucoup de principes. Probablement, d'autres raisons moins altruistes – la peur de l'inconnu et de l'exil, cette mort ! – lui dictaient de ne rien modifier à son état. Mais qui pouvait reprocher à un homme de son âge, un sexagénaire bientôt, son immobilisme, sa défiance du changement ? En considérant la question sous un angle plus général, il ne pouvait guère croire à la noire vision qu'avait Rachel de l'avenir des juifs d'Égypte. L'histoire la démentait. Cinq mille ans de présence en la vallée du Nil, une chronique faite successivement d'amour et d'acrimonie, de discorde et de paix, à l'image du bon mariage en somme, tout cela infirmait la méchante prophétie.

Les tonneaux vides sont ceux qui font le plus de bruit ! conclut-il. Après quoi, il se sentit suffisamment rasséréné pour reprendre le chemin du pavillon de la Cara.

Et ici, notre histoire, qui s'achemine aussi vers sa fin, fait apparaître une triste évidence : il y a des êtres qui construisent contre les incertitudes et les périls, d'autres plus faibles espèrent y échapper en contrefaisant les trois singes sourds, aveugles et muets de l'allégorie.

Jeudi 13 mai 1948...

«Mon cher papa,

«Ton câble m'a été remis avec un jour de retard par le portier de l'hôtel Cecilia. Une image pour résumer l'atmosphère de ce déplorable hôtel : une auto en panne d'essence, sans parler des cafards et des punaises qui encombrent le moteur. Par chance, j'y ai rencontré un jeune homme du Colorado, d'une grande gentillesse. Comme je ne peux plus me fier à personne de connu, il m'aide à surmonter un sentiment d'infinie solitude.

«Tu peux imaginer, papa, dans quel état m'a mise cette histoire. Aussi, je comprends mal tes conseils de prudence en la matière. Tu me demandes de réfléchir avant de déclencher un scandale qui, en la conjoncture actuelle, pourrait alimenter une campagne antisémite. Avec de tels raisonnements, les criminels peuvent dormir en paix. Moi, il m'apparaît que l'antisémitisme consiste précisément à jeter un voile pudique sur nos péchés, à prétendre que nous autres juifs sommes exempts des tares et des vices communs à toute l'humanité ; aussi, lorsqu'il s'en découvre, on nous accable doublement : nous scrions fautifs par essence puisque la main prise dans le sac, nous nous

297

prétendons innocents. De la sorte, les faits dont nous nous sommes rendus coupables prennent une résonance aggravée par le mystère dont on les a entourés. Le péché d'un individu devient un trait constitutif de tout son peuple. Et précisément, parce nous avons été victimes de la plus monstrueuse entreprise d'extermination, nous sommes tenus de balayer devant notre porte. Il en va de l'éthique immortelle du judaïsme : "Si ton bras gauche est pourri, le droit le retranchera de ton corps."

«Papa chéri, je me demande si l'affection que tu portes au vieil ami de ta jeunesse, si la nostalgie de ce temps-là ne sont pas à l'origine de ton indulgence pour Belardo Gormazzano. Permets-moi de te dire que tu as bien mal placé ta confiance en ce monstre, un monstre d'immoralité, j'insiste sur ce mot. Il me semble aussi que tu fais bon marché des affronts que j'ai encaissés, mais il ne s'agit pas de susceptibilité personnelle. Si j'avais été la seule victime de Gormazzano et de sa bande, j'aurais pu passer l'éponge. Ces fripouilles ont à leur actif d'autres méfaits. J'ai mené mon enquête. Je suis allée voir le secrétaire général du conseil de la communauté : un certain Abramino Lévy, gros sourcils et calvitie avancée, le propriétaire d'un grand magasin. Sans doute m'a-t-il prise pour une solliciteuse, car de prime abord il a voulu me fermer sa porte. Je me suis fait connaître pour ta fille et il a consenti à m'écouter. Je lui ai raconté l'imposture de l'Orphelinat. Elle ne l'a guère étonné. Tout en fustigeant "les brebis galeuses de notre communauté", il leur a trouvé des manières d'excuses. Selon lui, le subterfuge aura été grassement payé aux jeunes filles, lesquelles seront de la sorte dispensées de se prostituer

298

à tous vents. La traite des blanches est florissante au Caire. Le marché est dominé par les Grecques, les Italiennes et les Françaises amenées par lots de vingt. Suivent les juives autochtones, en nombre mal répertorié, car elles exercent de façon sporadique, souvent dans de petits hôtels réservés aux "jeunes artistes en route pour la gloire"! La formule faisait bien rire monsieur le secrétaire général. Je lui ai demandé comment la communauté luttait contre ce fléau. Il a haussé les épaules, l'air ahuri par l'ampleur de la tâche. Puis, il a déclaré qu'il était malpoli de parler de ces choses-là. Je me suis mise en colère. Je lui ai fait valoir qu'avoir connaissance du mal et ne pas bouger, c'est prendre sa part de culpabilité. Méritait-il son titre de secrétaire général de la communauté? Il s'est mis à gémir – ces gens-là gémissent beaucoup – et, pour se disculper, il a énuméré tout ce qu'il faisait, lui, pour les indigents, et le peu que faisait Gormazzano. C'est comme ça que j'ai appris que la Rakab Arabot du Caire exploite une loterie truquée. Comprends-tu pourquoi je me félicite d'avoir porté plainte? Car c'est fait. Tu vas recevoir un courrier de mon avocat, George Rutherford, et je te prie de lui renvoyer les papiers qu'il demande.

«Mon cher papa, merci de ta proposition. Je ne crois pas qu'il soit utile que tu viennes au Caire. D'une part, la chaleur te fatiguerait beaucoup, ensuite je prends dès dimanche prochain un avion pour Haiffa, via Athènes. La prochaine lettre que j'écrirai à "Mon Mieux-Aimé", comme disait Kipling de sa femme, t'apportera le timbre béni de l'État d'Israël.

«En attendant le jour du départ, je passe pas mal de temps en compagnie de ce jeune homme né à Bearsville-Colorado. Tu connais ce patelin? Sa vitalité me remonte le moral. Il est curieux de tout. Il me fait découvrir des aspects inconnus de la ville. Je me laisse aller aux plaisirs innocents du tourisme. Je mange bien et je me couche tôt pour affronter de nouvelles aventures en Israël. Que va-t-il encore m'arriver ? Rien, bien sûr, je plaisante, ne t'inquiète donc pas.

« Je t'aime de tout mon cœur.

Ta petite Deborah. »

« P.-S. Un dernier mot. Les patrouilles militaires ne cessent de sillonner Le Caire. Les journaux redoublent de déclarations belliqueuses. Le gouvernement a décrété l'état de siège à partir de demain soir. Pourtant, les juifs d'Égypte ne semblent pas redouter la guerre. Ils n'y croient pas. Quand ils y croient, c'est pour penser que le conflit avec Israël sera de courte durée, et surtout qu'il ne changera rien à leur condition. Selon Abramino Lévy, le roi aurait donné au grand rabbin l'assurance que, le moment venu, il saurait faire la distinction entre les sionistes de Palestine et ses sujets israélites. Pour l'en remercier, des psaumes et une prière spéciale à sa mansuétude seront récités, demain soir, dans toutes les synagogues du pays. Bravo ! Puisse ce saint exercice exercer son office ! Moi, je ne peux m'empêcher de penser au couteau qui coupe le doigt et laisse le bois. »

Vendredi 14 mai 1948...

UN

Le Vieux-Quartier dormait paisiblement, comme hors du temps, avec ses vieilles maisons agglutinées telle une portée maladive, ses humbles synagogues consacrées aux saints, ses venelles à l'odeur forte et écœurante comme celle d'un animal fraîchement dépecé. Chaque fois que le Zabet Klapisch revenait de la ville moderne, il avait le sentiment de pénétrer dans une autre époque, peut-être même dans une autre planète.

Il pleuvotait.

La démarche lourde et le corps raide, le Zabet Klapisch se demandait s'il parviendrait à retrouver le chemin de sa maison. Sa pauvre cervelle était embrumée par le spleen bien qu'il ait passé une bonne partie de la nuit à boire et à jouer au poker dans son night-club des bords du Nil; sa seule distraction, avec la poudre blanche, depuis que Rachel lui interdisait son lit! C'est dans ces moments de disgrâce qu'on mesure le réconfort d'une dose de cocaïne, voire de deux, si le besoin s'en fait ressentir. Il tâta dans une poche de son uniforme le baume des cœurs inquiets. Il y aurait volontiers puisé, n'était le vent plein de violence qui le prenait à revers, courait au rideau de fer du Café Romano, comme pour l'arracher. Aucune lumière, aucun son humain n'en sourdait. Un souvenir passa dans sa tête, entraînant dans son sillage une vague de tendresse et de commisération pour lui-même : derrière le comptoir de ce café, il avait eu un amour qui fleurait le linge honnête et la limonade. C'était le bon temps ! En ce temps-là, il ne soupçonnait pas l'existence de Rachel. Il vivait dans l'ignorance de la passion et, partant, de ses tourments. Qu'est-ce que la passion ? Une drogue mortelle, surtout pour un homme aussi sensible que lui ! Comment expliquer qu'en l'espace de quelques jours la maîtresse dont il avait été le maître adoré se fît toute haine et trahison ? Pourquoi déchaînait-elle contre lui les chiens de son cœur et pourquoi lui, pauvre chien, chérissait-il la laisse et les coups et la soumission ? Il chérissait… Mystère de l'âme : la souffrance peut procurer de lancinantes jouissances, de même par exemple, qu'en rage dentaire, le nerf à découvert se repaît de douloureux titillements !

Klapisch est un philosophe, et comme tous les philosophes, il se livrait à l'introspection qui apporte tant de joie et tant de tristesse aux êtres doués de sagacité et d'ironie critique.

Une main retenant sa casquette, l'autre brandissant son chasse-mouches, il allait réfléchissant aux voies imprévues qu'emprunte le cours d'une vie… Chose révoltante, depuis quelque temps, la sienne se pliait aux caprices de Deborah Lewyn. Par la faute de cette mauvaise figure, le monde visible se tenait cul par-dessus tête ; les Bénéfactors en étaient réduits à tondre l'œuf, le Protector chevauchait son démon de midi, et lui, Klapisch, grosse bête dévoilant le trésor qui craint

302

la lumière, il avait failli tuer son meilleur ami. Un faux frère d'accord, mais selon Rousseau, ou Anatole France, enfin une éminence des sommets intellectuels dont le nom lui échappait présentement, ah ! ma pauvre tête... : «Ce que chaque individu désire est entravé par chacun des autres et il en résulte des catastrophes que personne n'a voulues.»

À cet endroit, comme il arrivait en vue de la synagogue Maimonide, il eut la sensation désagréable d'une présence qui tantôt le suivait, tantôt le précédait, sans qu'il pût en déceler la forme ou la nature. Quelque chat noir dans la nuit noire, se rassurait-il, et alors seulement il reconnut le crissement caractéristique d'un véhicule roulant à freins serrés. Simultanément, il entendit retentir la sirène d'alarme. Se retournant, il vit un camion militaire qui, tous feux éteints, empruntait la rue partant à droite de la synagogue.

Elle menait à la place des Orfèvres.

Par-dessus la stridence de la sirène, lui parvenaient des cris. Cela ne ressemblait pas à une bagarre, ni à quelque scène de violence, bien qu'une voix perçante implorât de l'aide et parlât de mourir. Les cris cessèrent en même temps que la sirène arrêtait de mugir, et dans le silence lunaire, un canari s'égosilla dans sa cage.

Au pas de charge, des soldats s'engouffraient sous le porche de la maison d'Abramino Lévy, le secrétaire général du conseil de la communauté. Un homme cossu, vieillissant et paisible. Peut-être y arrêtait-on quelqu'un d'autre... Un cambrioleur ? Mais le déploiement de forces militaires, l'hostilité silencieuse qui l'accompagnait ? De temps à autre, revenait la plainte d'une femme penchée à son balcon. Elle se frappait les joues, en appelant son mari. Abramino Lévy apparut, les mains en l'air. En pyjama, l'air rogue d'un homme qu'on tire du lit, il dépassa Klapisch sans le reconnaître. Les soldats le hissèrent sur la plate-forme du camion.

Klapisch se dirigea vers l'officier qui semblait diriger l'opération, au moyen d'instructions manuscrites qu'il parcourait à la lueur d'une lampe de poche.

«Brigade spéciale, dit l'officier en lui rendant son salut. Qui que vous soyez, mon Zabet, vous n'avez rien à faire ici. Bonne nuit!» Soudain il lui donna l'accolade : «Comment, Klapisch, tu ne me reconnais pas ?

— Ne pas te reconnaître ? Je reconnaîtrais mon frère dans le cul noir d'une vache !»

Klapisch rendit son baiser au capitaine du service des renseignements, Rachid ou Ahmed Moallem, il ne savait plus… Un brouillard lui figeait l'esprit, une angoisse du malheur à venir, inéluctable… Les soldats amenaient sur la place des hommes mal réveillés qui grimpaient docilement sur la plate-forme du camion. L'un d'eux, un garçon à lunettes, trimbalait une petite valise, comme s'il avait eu connaissance ou prescience de son arrestation. «Vive le peuple égyptien», dit-il en marchant sur Klapisch. C'était Simon Ascher, le fils de l'entrepreneur des pompes funèbres, une tête chaude, le chef d'un de ces innombrables groupuscules marxistes, nés de scissions successives et tant féroces qu'elles accaparaient l'essentiel de leur industrie. «Tiens, Klapisch, tu es venu leur prêter la main ? Le peuple vaincra !» Simon Ascher montra du doigt l'uniforme qui incarnait la force brutale et tout le malheur du prolétariat. Avant que d'être traîné vers le camion, il cria : «Klapisch, ton tour viendra!» Le capitaine Moallem eut un bon gros rire et il jeta un coup d'œil rapide au papier qu'il tenait à la main. Il demanda une cigarette à Klapisch. Celui-ci s'exécuta avec une sorte de gratitude : on ne demande pas une cigarette à un condamné à mort, on la lui offre!

«Tu peux garder le paquet, cher frère.» Ses mains tremblaient tandis qu'il se représentait la nécessité de paraître calme. «L'opération sera longue, je suppose! Mais dis-moi, la question m'intéresse, pour quelle raison et contre qui, sans indiscrétion?»

Le capitaine Moallem fit un geste ample : le Vieux-Quartier s'y engloutissait, la ville, le monde entier, semblait-il signifier, sans se départir de son sourire affectueux.

«L'Égypte a déclaré la guerre aux sionistes, dit-il avec orgueil. À l'heure qu'il est, nos avions survolent Tel-Aviv, et à Jérusalem nos troupes ont rejoint le front uni des pays arabes.»

La guerre sainte? Klapisch chercha à se convaincre qu'il avait mal compris, cependant que son visage prenait une expression mortifiée; dans un endormissement fataliste de la conscience, il n'avait pas cru que le roi mettrait à exécution les promesses faites à la Ligue arabe... De la poudre aux yeux des fanatiques musulmans, avait-il pensé! Un os à ronger pour quelques généraux oisifs, grondant et se frappant le poitrail, tels les orangs-outangs qui miment l'agression à seule fin de s'y soustraire. Son chef, Emam Ibrahim Pacha en était tombé d'accord, pas plus tard que la semaine dernière : «Les rumeurs d'invasion de la Palestine relèvent de la propagande sioniste, lui avait-il déclaré, et les israélites eux-mêmes, bien qu'ils agissent contre nos intérêts, continueront à vivre en toute liberté chez nous. » Aussi, illusion vraiment curieuse et que sa longue expérience de la chose politique n'autorisait pas, Klapisch n'avait pas voulu penser aux conséquences de la guerre sainte – une vieille dame pourtant dont la logique interne assimile toujours sa propre minorité confessionnelle à l'ennemi extérieur. Mais quoi ! une rafle tous azimuts ? Elle ne fait que commencer, se disait-il et son cœur se gonflait de honte. Le piège refermé sur le Vieux-Quartier suscitait en lui l'humiliation d'un subalterne tenu à l'écart d'une décision capitale, et aussi l'anxiété d'un homme qui aurait failli à sa tâche. À cela se mêlait du chagrin. Les frères dont il aurait dû garantir la sécurité et la sauvegarde s'en allaient dans le profond silence qui frappe les enfants soumis et, les regardant partir, Klapisch les regardait dans les yeux, avec amertume, comme si dans leurs yeux il prenait la mesure de son impuissance, la mesure du destin juif.

« Tu n'avais pas prévu ça, Klapisch ? dit le capitaine Moallem en lui assenant dans le dos une petite tape amicale. Tu as de la peine, je te comprends. Mais tu dois nous comprendre aussi. Nous devons arrêter les ennemis de notre pays. Combien ? Va savoir ! Disons quelques centaines, un millier tout au plus !

— Un millier ? » Klapisch frémit. « Au nom du ciel, mon cher capitaine, crois-tu vraiment à la culpabilité d'un millier de juifs ? Ça me paraît exagéré, eut-il le courage d'ajouter.

— À moi aussi, dit avec sincérité le capitaine. C'est regrettable, mais nous ferons plus tard le tri. Pour le moment, nous devons rassurer l'opinion publique. Le peuple n'apprécie pas les nuances. Il veut que le noir soit noir, que le laid soit laid, que le bon l'emporte sur le méchant ! La théorie du bouc émissaire tu connais, c'est vous qui l'avez inventée. Votre Dieu a ordonné à Moïse : "Et vous chargerez la tête du bouc de vos fautes et de tous vos péchés, et le bouc emportera sur lui vos fautes et vos péchés en un lieu aride d'expiation !" Dans quel livre déjà ? »

Klapisch se remémora le passage incriminé dans le Lévitique. Ses jambes fléchissaient. Il se demanda combien de temps encore il aurait à subir la logorrhée vindicative. Il porta la main à sa casquette :

« Je ne sais pas quel livre, mon cher, sur ta vie ! Avec ta permission, je te laisse. C'est que je ne me sens pas très bien. Poker, whisky et cigarettes, le passe-temps du célibataire !

— Tu ne sais pas quel livre ? Peu importe, l'idée du bouc émissaire est éternelle. Notre peuple est un peuple frustré. La complexité de la société égyptienne le désoriente, le laisse étourdi et amer devant ce kaléidoscope de races, de religions, de langues, de nationalités, d'uniformes, de marchandises, de costumes, d'oppositions violentes, d'inégalités choquantes. Douze millions de paysans rongés par la misère et la maladie cultivent les terres possédées par...

— Pas par les juifs, mon cher capitaine, tu le sais bien ! La pierre polie ne reste pas à la terre ! Nuit de jasmin sur ton front !

— J'en conviens, mais ce qui est écrit est écrit ! » Le capitaine agita les feuillets de sa liste. « Il est écrit que les juifs vivent de la Bourse du coton, tandis que nous en récoltons peau de balle ! Il est écrit qu'ils circulent dans de belles voitures, tandis que nous usons

307

la plante de nos pieds! Il est écrit qu'ils envoient leurs enfants dans les écoles européennes, tandis que les nôtres…» Il s'interrompit pour scruter Klapisch. «Mais dis-moi tu ne vas pas tourner de l'œil? Voilà le résultat des alcools étrangers. Le foie paye des intérêts au liquide maudit!»

Klapisch s'était pris le visage à deux mains comme saisi par un étourdissement: «Tu ne vois pas que je suis dans l'affliction?

— C'est tout à ton honneur, mon Zabet. Ne vomis pas sur mes bottes, s'il te plaît. Si ton cœur ne parlait pas dans un moment pareil, j'en concevrais pour toi non seulement du mépris mais aussi de la défiance.»

Alors, au nom de leur vieille amitié, et eu égard à son grade de Zabet à une étoile, Klapisch demanda à parcourir la liste des suspects, à charge pour lui de n'en rien révéler, ou tenter de les arracher à leur sort. Cette dernière précision amena un sourire au visage du capitaine – c'était le sourire du renard à la poule! – et il tendit à Klapisch sa lampe de poche.

La liste comptait six pages qui épinglaient «les communistes et les sionistes voulant porter atteinte à la sécurité de l'État»… Plusieurs centaines de noms connus – des notables, des avocats, un poète, des étudiants membres de groupements politiques, des responsables d'organisations culturelles, sportives, caritatives – parmi lesquels Klapisch lut celui de Belardo Gormazzano. Suivait la confrérie de la Rakab Arabot en sa totalité… Y compris le pauvre Zacharie Borekitas que les vers rongeaient depuis huit jours – Paix à son âme! Le Zabet Klapisch tournait les pages à la recherche de son propre nom. Il n'y figurait pas. Il s'y reprenait une deuxième fois, les paupières tressautantes d'espoir – son soulagement se ternissait d'angoisse à relire le nom de ses amis, et ce sentiment moins fort que le premier lui crispait la mâchoire – quand en fin de liste, il découvrit le paragraphe réservé aux femmes.

DEUX

Le vent était à la fenêtre, il ne pouvait pas non plus dormir. Dorette écoutait, les yeux immenses dans le noir. Inquiétude, jalousie, chagrin l'avaient tant éprouvée, ces derniers jours, que maintenant elle atteignait presque un état d'indifférence. Chose curieuse, de connaître enfin le vrai visage de sa rivale – à claques qu'il était! – lui procurait une espèce de soulagement! Il n'y a pire affre que le soupçon qui tourne désincarné! Et à tout prendre, elle préférait affronter une figure de fille facile, plutôt que souffrir la concurrence d'une Deborah Lewyn… Au moins, on sait sur qui on tombe! «Prends mari et maîtresse de ton mari seulement en ton pays!» Certaines épouses trompées l'avaient pensé avant elle, d'autres le penseraient après… N'est-ce pas, le mariage est triste au fond… Au début, l'ivresse des serments, on croit que la mort viendra avant la fin de la félicité : la première guenon qui passe vous dément! Jeune, la guenon, de préférence… En somme, il n'y a qu'une réalité, qu'un bonheur au monde, c'est la jeunesse! Il paraît qu'avec le temps, on s'habitue, les choses se souviennent, le cœur oublie, ah, c'est horrible!

«Le citron qu'on jette après l'avoir pressé ? dit-elle. Jamais, tu m'entends ? »

Un ronflement… Dorette se dressa dans le lit et alluma la lampe de chevet.

«C'est une excuse, volage comme un papillon ? Alors va, va retrouver plus haut ton nuage ! » Elle arracha le drap qui s'envola.

«Hein, mais qu'y a-t-il ? dit Belardo d'un ton affolé.

— Il y a la vie noire que j'endure ! Regarde-moi, j'ai maigri de trois trous à ma ceinture, bientôt je n'aurai plus que les yeux sur les os ! Comment je vis encore, je me le demande ! De quelle qualité maudite Dieu m'a faite que je ne suis pas encore morte, mille fois ! Mille fois !

— Nous en reparlerons demain matin ! Dorette, tu ne vois pas que je suis désespéré ? Je suis ruiné. La justice me court aux talons, mes amis me tournent le dos. Tu n'auras pas pitié ? Non, ta jalousie siffle. Cette jeune fille n'est plus dans mon cœur. Je le jure. Que Dieu me foudroie dans la seconde si j'en ai menti. Que veux-tu de plus ? Si au moins, je pouvais dormir !

— Est-ce que je dors moi ? Je ne te laisserai pas dormir, plus jamais, dit-elle avec au cœur une scélérate et exquise jouissance. Il n'y a pas. Prouve-moi que ta putain t'est tombée de l'œil. Parle, sinon elle va m'entendre. Demain, je lui arrache le foie, je la traîne par les cheveux dans la boue de son métier ! »

Belardo se pencha pour baiser la petite main grasse où s'enfonçaient les bagues. Il resta penché vers elle dans une attitude suppliante : «Tu es ma femme, aucune autre ne peut te remplacer», répéta-t-il d'un ton humble et triste. Il la prit contre son cœur. Il la

310

caressait avec l'ardeur sensuelle qui était leur partage, autrefois. Elle se fermait. Il s'abattit sur elle, avec un « han » rauque, une extase presque douloureuse. Chez elle, ça tardait à venir, ça ne venait pas, bien qu'il l'en pressât avec une gravité qu'elle ne comprenait pas, de la solennité même comme s'il accomplissait un acte capital.

Il éteignit la lampe de chevet. Il se plaignit de ne pouvoir trouver le sommeil et immédiatement il y sombra. Comment osait-il ? Elle pouvait pleurer tout son soûl, il dormait, égoïste et pesant ! Il dormait contre elle, un bras passé autour de sa taille, sa jambe sur sa croupe, dans la posture familière où elle ne vit qu'habitude sans réelle tendresse, confort machinal des vieux couples, il me prend pour son oreiller ?

Assise devant sa coiffeuse, Dorette se poudrait les bras. Elle parlait à son miroir. La jalousie l'entraînait à de nouveaux excès de langage, à des mots terribles qu'elle regretterait plus tard ! Plus tard, Dorette devait se souvenir du mouvement d'orgueil enivrant et de l'espèce de paix qui, à ce moment-là, avait envahi son cœur ; plus tard, elle songerait « c'était donc ça, le bonheur ? »... Quel terrible cadeau que le bonheur, un bonheur trop complet, trop insolent qui finit avec la nuit... Aux temps de solitude et d'affliction, elle se souviendrait qu'à l'aube du 15 mai 1948, sa vie avait commencé de vaciller, de s'éteindre.

Le vent avait cessé de s'attaquer à tous les volets qu'il trouvait ouverts. Lorsque la sirène se mit à retentir, Dorette ne s'en alarma pas... Une manœuvre pour s'assurer que le dispositif d'alerte fonctionnait bien, ou alors un incendie quelque part, loin de la maison. Elle enfila un peignoir et sortit sur le balcon. Il pleuvotait. La pluie rafraîchissait l'atmosphère et ravivait les bleus et les verts sombres du jardin. L'air amenait du Nil des odeurs fades d'eau croupie et par bouffées la senteur des tubéreuses poussées sous le balcon. Elle leur sourit, elle aimait tant les fleurs. Elle aimait la nature et la conscience du beau qu'inspire la nature... Le spectacle du monde qui s'éveille à la vie, les oiseaux, la musique lointaine d'un poste de radio... C'est alors qu'un bruit de moteur couvrit les sons de l'aube. Une voiture franchissait la grille du jardin ? Dorette ne comprenait pas que les domestiques eussent négligé de la fermer. Quelle époque ! N'importe qui se permettait d'entrer chez vous, dès potron-jaquet. Une foule de pas martelait le dallage du perron et voici que sonnait le téléphone.

Dorette reconnut la voix de Klapisch, une voix haletante et affolée comme celle d'un homme piqué par un insecte venimeux. Elle tendit l'appareil à son mari.

« Quel dommage, quel dommage, disait Belardo. Pauvres, pauvres enfants ! Tu vois, Klapisch, une chose me console. Je suis heureux de te savoir tellement meilleur que je n'aurais cru. Je te remercie du fond du cœur, mais il est trop tard. Ils sont déjà là... ! »

Cette dernière phrase dite avec naturel, comme la conséquence normale d'un incident peu préoccupant, il réclama sa robe de chambre et ses pantoufles.

En descendant l'escalier menant au salon, les Gormazzano virent des silhouettes affairées qui se montraient et disparaissaient dans l'embrasure des portes. Du salon, un officier dirigeait la fouille de toutes les pièces de la maison. C'était un officier en uniforme kaki de la police politique. Un homme de grande taille, aux cheveux blancs, au maintien raide et distingué, bref il faisait dans le style anglais. Il refusa le fauteuil que lui désignait Dorette. Bon, alors un rafraîchissement? Du sirop de mangue peut-être? L'officier la toisa : elle se serait offerte à lui, il n'aurait pas paru plus méprisant. Il exposa au maître de maison la cause de son intrusion. Celui-ci ne faisait pas le moindre effort pour suivre. Il baissait la tête et les accusations pleuvaient, implacables et vagues : sa participation à une vaste conspiration, d'ordre national et international, paraissant évidente, elle ne nécessitait pas de précisions ou de preuves quant au rôle qu'il y avait tenu. Dorette perçut la gravité de l'expression «un couteau sur la gorge»; ces termes appartenaient depuis toujours à son vocabulaire, pour la première fois, elle en comprenait la signification. Elle se risqua à raconter la tragique méprise qui s'était produite, quelques jours plus tôt, en la Locanda el Teatro. Elle argua de son heureux dénouement pour amener l'officier à rendre justice à son mari. Un honnête sujet de Sa Majesté! Un citoyen impeccable! Elle multipliait les professions d'amour et de respect, avec des mimiques terrorisées, comme si la peur manifeste constituait la plus grande marque de patriotisme que son mari pût servir à son pays. L'officier ne lui accordait pas un regard. Tout à la brillance de ses bottes de cuir, il y claquait sa badine pour signifier courtoisement que la babillarde en larmes lui faisait perdre son temps. De temps en temps, il promenait un œil de connaisseur sur les tableaux pendus aux murs, les meubles de prix, les bibelots précieux. Une aquarelle de Marie Laurencin retint son attention. Dorette qui reprenait espoir – comme la peur peut être amadouée ! – offrit de décrocher l'aquarelle, cela prendrait juste le temps de grimper sur cette chaise. Sa proposition eut un effet effrayant sur l'officier. La tête blanche s'était mise à branler si fort que Dorette crut qu'elle allait se dévisser de ses épaules. Ses yeux s'agrandirent, mais il ne força pas le ton :

« Vous autres juifs, vous croyez toujours pouvoir acheter l'impunité ?

— Ce n'est pas du tout ce que je voulais dire. » Dorette se mordit les lèvres au sang. « Impunité, ça veut dire que mon mari est coupable ? Et de quoi s'il vous plaît ? Il n'a jamais fait de politique !

— Laisse, ma chérie, dit Belardo. À quoi bon les prières et l'humiliation ? S'il fallait jeter une pierre à tout chien qui aboie, les pierres seraient hors de prix. Cesse de pleurer, je ne serai pas long. Je reviens dans cinq minutes.

— Cinq minutes ? dit l'officier. Je vous en félicite. Puis-je vous demander la raison de votre optimisme ?

— Parce que vous et moi savons que je n'ai rien fait de ce qu'on me reproche. Je reviendrai vite, répéta-t-il. Toi ma chérie, demain, tu cours voir Klapisch au Caracol, il te dira ce qu'il faut faire. Ah ! et puis prends soin de toi. Porte-toi bien, sois tranquille, je t'ai toujours aimée.

— Je vous prie d'aller vous vêtir, dit l'officier. Ne m'obligez pas à employer la force, ce serait une tache sur le bon renom de nos services. »

Belardo parut tout à fait d'accord là-dessus. Il s'en fut calmement, en s'effaçant devant les hommes chargés de l'escorter jusqu'à sa chambre.

Quand il revint, coiffé de son panama et vêtu d'un fin

costume blanc au revers duquel luisaient toutes ses décorations, Dorette nota avec effroi combien son souci d'esthétique, allié aux insignes de ses vertus civiques, le faisait paraître démuni, presque ridicule ! Réalisait-il la situation ? Il avait pris soin de se raser : ses joues avaient la couleur des cendres et ses beaux yeux noirs projetaient une ombre qui, dans les cernes, prenait une teinte livide.

TROIS

Deborah fut réveillée par la sirène d'alarme. Elle crut avoir entendu les trompettes qui prolongeaient son rêve. Elle avait rêvé du jour de gloire en Israël ; elle y mangeait du gros raisin noir, fripé comme un doigt mouillé, si doux que le goût écœurait.

La sirène se tut.

Peu après, le cinéma en plein air se tut lui aussi.

«Tu es douce, tu es accueillante», dit Dizzy.

Avec la brusquerie d'un homme habitué à dormir seul, il lui tourna le dos. Elle vit sur la nuque blonde les petites boucles collées par la sueur. Sur elle, elle sentait vivre l'odeur de son amant, une odeur chaude et persistante. Elle la sentait sur ses mains, comme si elle l'avait mangée avec ses doigts. Cette odeur s'épanouissait en elle, elle ne pouvait pas dormir. Elle ne pouvait pas dormir à cause des bruits de la nuit… Pas tout à fait des bruits, mais quelque chose qui n'était plus le silence. Une rumeur basse dans l'impasse, et à l'intérieur de l'hôtel des voix menues… Un pas dans l'escalier… On toquait à la porte de la chambre.

315

La montre de Deborah marquait 5 heures du matin. Elle enfila son pyjama. Sur les murs du corridor, la veilleuse jetait, comme une serre de rapace, la main du portier à la poitrine étroite. Il commença par demander pardon d'avoir osé frapper à la porte de Monsieur McLean. C'est qu'un autre Monsieur, de nature autoritaire celui-là, et qui ne voulait pas prendre patience jusqu'à demain, réclamait Madame. C'était, au téléphone, une question de vie ou de mort.

Dans le hall, la vitre de la cabine téléphonique renvoyait à Deborah une image échevelée. Elle reformait les crans sur son front, tout en écoutant Klapisch. Il parlait vite, avec des hoquets d'homme ivre et furieux. Elle laissa passer les invectives et les menaces. Elle le pria de ne pas lui écorcher les oreilles avec ses reproches ridicules. En aucune manière il ne pouvait la déclarer responsable du malheur survenu à ses amis, ni exiger qu'elle usât de son influence et de son argent pour leur venir en aide. Alors, il battit en retraite. Se jetant dans la philosophie, il avoua que la faute était en lui, inexpiable et il n'existait pas, dans tout le dictionnaire, un mot susceptible de résumer ses remords. Il se mit à geindre puis il éclata en sanglots. Il suffoquait. Elle ne vit plus au bout du fil l'escroc au visage antipathique qu'elle avait connu, mais un petit homme que la souffrance égarait au point de se tordre dans ses vomissures. Avant de raccrocher, elle dit : «Non, non, ne croyez pas ça… Vous n'êtes pas seul… Venez à mon hôtel, demain matin.»

Dans la pénombre de la chambre, Dizzy avait un visage blanc et calme. Deborah regardait le grand corps splendide qui tressaillait dans son sommeil. Elle songeait, je le vois dormir pour la dernière fois.

Elle faisait l'addition : douze heures, douze heures avant le départ. Bien que ce ne fût plus désormais son seul sujet de préoccupation, elle se laissait envahir par la tristesse de la séparation et se fermait à toutes les autres.

QUATRE

Le Zabet Klapisch avait l'impression d'avoir mis des heures à remonter les convois militaires, les chars blindés, les canons antiaériens qui convergeaient du centre-ville vers les aérodromes.

Il réussit à atteindre la place de l'Opéra-Royal au moment où la voix du muezzin appelait à la prière de quatre heures du matin. Les agents des Boulouk Nizzam y montaient la garde. Arme au poing, ils se déployaient devant les magasins de luxe, le casino et les terrasses où les garçons de café finissaient de rentrer les tables et les chaises. Toutes les enseignes étaient éteintes, et seul spectacle rassurant dans le ciel obscurci, le *Journal lumineux* continuait à annoncer, en français, qu'on pouvait passer le temps d'une façon gaie et variée au Mena House.

Le Zabet Klapisch se remit à courir.

La Rue Sans-Nom paraissait déserte, calme à couper le souffle. Le jasmin et le basilic embaumaient les plates-bandes bordant les maisons endormies ; reniflant les senteurs de nuit heureuse, Klapisch crut entendre au loin, tout au bas de la rue, des voix basses comme un chuchotement d'amours illicites.

Pour écouter, il s'arrêta de courir, et contre toute raison, il se représenta le salon de la Locanda bruissant de musique et de rires. Les jeunes filles y dansaient en se tenant par la taille et, comme de coutume, Rachel jouait du piano en chantant : *Amour, ô patrie de mon âme.*

La réminiscence, surprenante de précision, le submergea d'une vague de détresse : il savait venir trop tard ! Mais s'il ne pouvait empêcher la rafle – Dieu seul l'aurait pu – il conservait l'espoir d'arriver à temps pour y soustraire sa Rachel... Par n'importe quel moyen, il en faisait le serment, encore qu'il n'eût pour l'instant aucun plan arrêté... Seigneur ! pas l'ombre d'un recours légal, ou illégal, aucune corde à son arc, sinon un brouillard d'images, des scènes de cinéma puériles comme l'art du même nom, lorsque le héros cerné par la multitude s'empare d'un tank pour foncer dans le tas, ou bien incendie le quartier général de la Maffia à l'aide de son allume-cigare.

La grille du jardinet bâillait et le long de l'allée des palmiers doum l'herbe avait été piétinée. La maison gardait exactement, douloureusement, le même aspect, sauf qu'elle brillait de lumières inutiles. Klapisch regardait, écoutait, se désespérait. Au silence, il aurait préféré des vociférations, une salve chaude de cris humains.

Il cogna du poing contre la porte. Elle n'était pas fermée à clé. Dans le corridor, il nota machinalement que les trois croûtes représentant des femmes nues souriant innocemment d'un air dépravé, avaient retrouvé leur place sur les murs. Son visage prit une expression de tristesse et, perdu dans le souvenir des jours heureux, il demeura un moment à contempler les toiles.

Le salon sentait l'absence et la contrainte. Les meubles dégorgeaient leur contenu. Au sol, des magazines déchirés, des coussins éventrés, une lampe restée là où elle était tombée ; sur le piano, des verres et une bouteille de whisky à moitié vide. La pièce exhalait des effluves bien vivants de jolies femmes et il se sentit seul comme un mendiant au repos. Seul, si seul qu'il porta à ses lèvres la bouteille de whisky. Le goût en était amer, une amertume ne chassait pas l'autre. Il vida la bouteille. Pour l'amour de Dieu, cesse de te conduire comme un misérable ivrogne, s'ordonnait-il à lui-même. D'un pas décidé, il se dirigea vers le téléphone.

Quand il eut fini d'appeler, il n'y avait plus rien à faire qu'attendre le lever du soleil. Une phrase lui trottait dans la tête : «Je suis heureux de te savoir tellement meilleur que je n'aurais cru.» Les larmes lui montèrent aux yeux. C'est qu'il avait l'impression d'être en effet tel que Belardo l'avait défini : un homme oublieux des offenses et capable, sous le choc des circonstances historiques, de soulever des montagnes pour venir en aide aux amis. Dès demain, il mobiliserait ses appuis dans la police et sa fortune personnelle pour obtenir la relaxe de Rachel, puis – Dieu est grand et son serviteur Klapisch n'est pas n'importe qui ! – celle de ses compagnes et des Bénéfactors. La résolution magnifique et périlleuse – car enfin se mouiller dans une affaire relevant de la sécurité de l'État n'allait pas sans risque pour la carrière d'un officier à une étoile ! – lui insufflait immédiatement un désir de s'activer. Il entreprit de faire le ménage autour de lui. Il ramassa les papiers et les bibelots épars. Il regarnit les coussins qui perdaient leurs plumes. Ce faisant, l'idée absurde mais réconfortante lui vint qu'en effaçant toute trace de la rafle, en ramenant l'ordre dans la maison, il hâtait d'autant le retour de ses occupantes.

Son travail achevé, il se sentit épuisé et endolori comme après une volée de coups. Cependant, la douleur de l'âme pesait plus que la souffrance du corps. Tirant derrière lui la porte du salon, et après en avoir éteint le lustre, il alla chercher un remède à sa mélancolie.

Klapisch était assis devant la table de la cuisine. Il regardait fixement à tour de rôle le pain, le fromage blanc et l'huile d'olive qu'il avait disposés autour de sa tasse de café. L'ivresse flottait encore, légère, au-dessus du café fumant. Son cœur se réchauffait petit à petit. Il pensait que le jour vient après la nuit, le printemps après l'hiver et inversement… Dieu sait sur quel genou le chameau s'accroupit, mais à tout problème il y a une solution…

L'aube ne se décidait pas à blanchir le cadre de la fenêtre. Soudain, un bruit sur le perron; un bruit de respiration difficile, un bruit de savates éculées fuyant le talon, qui lui remémora la démarche apoplectique de Madame Faustine… Au néant, l'alcool donne une forme! Il se versait une deuxième tasse de café lorsqu'il prit conscience que le bruit ne ressortait pas d'une vue de l'esprit. Des pas résonnaient dans le corridor, incertains… Les pas d'un être en proie à l'obscurité, qui avançait en se cognant aux murs. Il y eut un juron mâle, puis le grincement d'une porte ouverte doucement et sitôt refermée.

Klapisch reboutonna la veste de son uniforme et remit sa casquette. Il ôta ses chaussures. Glissant sur ses chaussettes, il se posta derrière la porte du salon. Il colla son œil à la serrure. Dans la demi-obscurité du jour naissant, il vit une scène qui au premier coup d'œil lui fit venir un léger coup de sang : toutes les forces destructrices du pays avaient donc décidé de fondre sur la malheureuse Locanda ? Il porta la main à l'étui de son revolver. Tout à leur affaire, les pillards ne soupçonnaient pas sa présence derrière la porte. Klapisch observa qu'ils étaient au nombre de trois qui ondulaient dans leurs gallabiehs, la tête couverte d'une calotte de coton, les pieds chaussés de babouches en piètre état. Il paraissait évident que ces bandits avaient blanchi sous le harnais tant ils mettaient de célérité silencieuse à faire main basse. Deux hommes déménageaient le butin qu'un troisième, le plus âgé, enfournait dans un gros sac de jute, de ceux dont les paysans usent pour livrer leur maïs. Une trompe d'auto retentit dans la Rue Sans-Nom. Les voleurs s'immobilisèrent un instant.

« Hosni, dit l'un, tu sais ce que j'ai idée ? J'ai idée qu'il y a dans cette foutue maison une odeur de café frais moulu. Et s'il restait quelqu'un ?

— Ta gueule, dit le dénommé Hosni. S'il y avait eu quelqu'un, rien qu'à respirer ton haleine puante, il serait déjà sorti de son trou. » Il enfouit dans le sac un cadre d'argent et ajouta : « Quelqu'un ? Le fantôme de ta couardise, Adel ! Dis-moi, tu as toujours en réserve des idées qui sapent le moral du travail ?

— Ce que j'en disais…, dit le défaitiste. Pas de femme, pas de maison, pas d'argent, le travail rien que le travail et on ne réussit jamais.

— Un poignard dans ta gorge mettrait fin à tes épreuves ! Dépêchons, la maison est grande ! »

À voix basse, il dit au dénommé Adel quelques mots qui ne devaient pas être doux, car celui-ci eut un geste menaçant qu'il réprima aussitôt. Klapisch en déduisit que ce Hosni-là, un homme âgé au visage anguleux orné d'une pomme d'Adam démesurée, était le chef du trio. Trois contre un ? Le Zabet Klapisch réfléchissait à l'acte qui allait le rendre célèbre au Vieux-Quartier et dont il pourrait raconter à Rachel la folle témérité. Il dégaina son arme. Il aspira une bouffée d'air et donna un grand coup de pied dans la porte. Avant même que la racaille eût pu protester ou même comprendre ce qui arrivait, il visa le plafond, car on peut tuer quelqu'un si on ne tire pas en l'air.

Les pillards regardaient l'acier bleu du canon et les yeux leur sortaient de la tête.

« Allez vous placer contre le mur du fond, vous deux ! Vite, mon revolver n'a pas de patience. Toi, la vieille âme damnée, lâche le sac et mets-toi à genoux. »

Ils s'exécutèrent, non sans mimiques pathétiques et bobards attendrissants. Klapisch abattit la crosse de son revolver sur la tête du plus vieux des pillards. Le front chauve sous la calotte s'ensanglantait, mais le chef tenait bon sur ses genoux. Son regard ne pliait pas. Klapisch lui adressa les plus belles obscénités puisées dans le répertoire de la tradition policière : la fureur accumulée par cette nuit d'épouvante s'écoulait de lui comme d'un volcan.

« Monsieur l'officier, dit le chef, n'insultez pas mes parents. Du sang pareil au vôtre coule dans leurs veines. Quant à nous, nous ne pensions pas à mal. Après le départ de ces malheureuses, nous sommes venus voir s'il y avait moyen de leur procurer un vêtement chaud et de quoi manger à la prison des Étrangers.»

De sa main libre, Klapisch le gifla si fort en travers de la bouche qu'il la soulagea de deux dents dont une était en or. Le vieux Hosni se mit à cracher du sang et des malédictions. Les autres se taisaient, mains levées, yeux épouvantés face au petit officier ivre qui secouait son arme sous leur nez.

«Ne me tuez pas, Excellence, dit le dénommé Adel. Pitié, je suis jeune encore.

— L'enfer choisit ses proies! Te tuer serait une erreur néfaste à mon échelon», dit le Zabet Klapisch.

Il marcha à reculons, de manière à atteindre le téléphone. Il composait le numéro de son bureau à Ataka-el-Khadra, quand il surprit une expression étrange sur le visage du vieux. Il contemplait fixement un point situé sur la poitrine de Klapisch, ou à travers lui, et ce qu'il voyait amenait sur ses lèvres un léger sourire comme si une complicité à la fois fraternelle et canaille s'établissait soudain entre eux. Il croit pouvoir m'acheter, pensa Klapisch, puis il ne pensa plus qu'au téléphone sonnant dans le vide. Soudain, comme un écho de la sonnerie qui lui vrillait les oreilles, une fulgurance lui transperça la tempe. Un deuxième coup et la douleur explosa au creux de sa nuque, chavirante. Il battit des bras, son arme lui échappa et tournant sur lui-même, il tomba à la renverse.

Il était étendu sur le dos. Il voyait au-dessus de lui un homme lever et abaisser un gourdin. Les coups pleuvaient sur sa poitrine et sur sa tête. Les coups redoublaient de vigueur, comme si d'autres gourdins s'étaient mis de la partie. Ils étaient quatre hommes à présent qui le rossaient à mort. La terre tremblait et ses débris retombaient en constellations où étincelait le sang. Klapisch avait fermé les yeux. Il était allongé, les yeux fermés, pourtant l'ombre véloce des gourdins emplissait son horizon. C'était un horizon où baissait la lumière. Il se sentait partir. Une illusion bien sûr, il n'était même pas évanoui. Il entendait une voix dire : « Qu'est-ce qu'on fait maintenant ? Mon Dieu, quand je vous disais qu'il y avait quelqu'un ! » Une autre voix répondait :

« Bientôt, il n'y aura plus personne ! »

Klapisch n'était pas désespéré. Il ne pensait pas que les pillards oseraient mettre à mort un officier de police à une étoile. Et quand bien même les gourdins continueraient leur danse, l'être humain possède en lui des ressources incroyables pour se maintenir en vie. Tant qu'il est de ce monde, il garde l'espoir d'y demeurer. Il toucha de la main la surface du sol. Le sol, sous lui, était encore chaud. C'était, sous ses doigts, une chaleur humide et rouge comme l'amour de Rachel. Il pensa à Rachel, avec une complète satisfaction. Dans un instant, il se lèverait, il retournerait à son bureau, il donnerait des ordres, il s'occuperait de ses amis, il ferait libérer la femme chère à son cœur. Ce projet têtu l'emplissait de courage et de joie car à l'instant de mourir, un homme a autre chose à faire qu'à penser à sa mort.

Samedi 15 mai 1948…

UN

En même temps que les différents organes de presse glorifiaient la guerre déclarée au nouvel État hébreu, ils rendirent compte de l'assassinat, combien sauvage et révoltant, d'un officier de police de confession israélite. Sur les circonstances du meurtre, ils donnèrent des informations copieuses : au terme d'une longue filature, le Zabet du Caracol de Ataba-el-Khadra aurait été victime d'un guet-apens tendu par un gang bien connu des services de police. Les articles parlaient de boucherie et de barbarie, d'iniquité et de cupidité, de crime organisé et d'insécurité croissante pour les honnêtes gens, mais aussi du sang-froid, de la loyauté, de la noblesse du serviteur de la couronne mort en service commandé.

La publication simultanée d'une autre et brève nouvelle ne frappa point les journalistes ; il ne leur vint pas à l'esprit d'établir un lien quelconque entre le tragique destin du policier juif et l'arrestation, cette même nuit, de ses coreligionnaires « convaincus d'espionnage », ou, expression plus circonspecte : « suspectés d'espionnage ». Hormis ces variantes langagières, les chiffres communiqués par le ministère de l'Intérieur ne souffraient point de discussion : en une

325

nuit, près d'un millier de traîtres à la nation avaient été mis hors d'état de nuire. Pour le seul Caire, trois cent dix hommes avaient été conduits à la caserne d'Abassieh, aménagée en maison de force, tandis que leurs complices, cinquante-six femmes, étaient enfermées à la prison des Étrangers. Sur ce point précis, un rédacteur se piqua de curiosité : il demanda pour quelle raison les criminels d'origine ou de confession étrangère bénéficiaient d'isolators particuliers et scandaleusement exempts de la promiscuité, la puanteur et la vermine qui étaient de règle dans les prisons des nationaux.

DEUX

Le fourgon de police filait vers la caserne d'Abassieh. Belardo Gormazzano avait devant les yeux la cendre encore tiède des choses abandonnées derrière lui et il aurait aimé se renfermer dans un rempart d'indifférence. Il ne pouvait même pas allonger les jambes. Une paire de menottes le maintenait soudé à un négociant-textile qui possédait pignon sur rue et, à ce titre, ne comprenait pas le pourquoi de son arrestation en pyjama. À la gauche de Belardo, un banquier s'enchaînait à la peau ensuée d'un mendiant raflé sur la bouche d'égout où il avait élu domicile. Et un mignon fils de famille accouplé au vieux bedeau de la synagogue de la rue Adly... Et, attelé à un professeur de mathématiques, un dément saisi en l'Hôpital des Espérants et qui se prenait pour l'ambassadeur d'Espagne en Égypte...

La rafle tous azimuts liait d'angoisse les classes antagonistes : «Sans doute, vous n'êtes pas coupables, disait le banquier, mais moi je suis vraiment innocent !»

Il avait le menton si doublé que le mendiant imagina qu'il y serrait son argent. Le banquier renvoyait la raillerie : «Pour supporter une telle injustice, je dois me dire que pour une fois je mange à l'assiette de mes pauvres !» Eux, les pauvres accoutumés, le mendiant, le vieux bedeau et naturellement le fou, avaient l'air de trouver parfaitement naturel d'être là. Les autres ne s'y sentaient pas vraiment : ils étaient dans le panier à salade comme des figurants. Belardo Gormazzano éprouvait ce même sentiment, étrange et intime, d'absence à sa propre histoire. Il en avait toujours été ainsi : les mauvais coups du sort, c'est-à-dire la conscience d'être tombé dans le malheur, le traversaient comme l'orage traverse le ciel. Toujours, il avait su se faufiler entre les gouttes. S'il avait été capable de leurrer la justice fondée – car Belardo savait porter en lui des actes affreux, des jours infâmes, parfois il en sentait la faute, rarement le poids –, pourquoi ne parviendrait-il pas à se défausser d'une accusation aussi fantaisiste ? Rien à craindre, se disait-il, un homme occupé à faire de l'argent ne s'occupe pas de sionisme, de marxisme, ou de je ne sais quel idéal imbécile, grâce à Dieu.

Le terme du voyage le délivra de sa foi négative.

Le fourgon avait franchi l'enceinte de la caserne d'Abbassieh. Dans la cour, l'attendait une haie de soldats munis de branches de palmiers et de badines de jonc. L'officier de police qui faisait dans le style anglais ordonna à sa fournée de sauter. Ils sautèrent menottés les uns aux autres, roulèrent les uns par-dessus les autres et furent fouettés. Les branches de palmiers cinglaient les épaules, les badines de jonc zébraient les visages, les injures antisémites allaient au cœur ! Une bourrade envoya Belardo à terre. Mâchonnant la poussière – et chaque grain était un tesson –, Belardo entendait revenir l'écho de sa plainte. Tout nouvel arrivant tombait dans la poigne qu'attire la chair fraîche. Il en arrivait encore, par groupes de dix qui tentaient de passer à travers les coups. Ils criaient, couraient, s'affalaient, se relevaient, couraient encore.

Très haut dans le ciel, les hirondelles. Elles volaient si haut qu'on les aurait crues immobiles, en attente d'un ordre pour franchir l'horizon. Entre les fils barbelés, couraient les prisonniers. Les forts couraient plus vite que les faibles et, censément, les jeunes couraient mieux que les vieux. Le Rabbin Shamgar avait les cheveux blancs de poussière et sa barbe embarrassait ses lèvres tremblantes. Il soufflait quelque chose que Belardo n'arrivait pas à comprendre : il voulait lui donner son mouchoir ? Belardo vit du sang sur sa main. Il refusa le mouchoir, il se soignerait plus tard. Plus tard, ils tournaient encore comme au manège les chevaux fourbus. Et lorsqu'ils tombèrent la face contre terre, en criant «la mort est sur nous», ordre leur fut donné de vivre. Ils purent se reposer, accroupis par groupe de dix, à même le sol que le soleil commençait à chauffer. Si l'un des hommes s'appuyait sur son voisin, la raclée reprenait pour tout le groupe. Certains avaient perdu connaissance, les autres priaient.

Belardo écoutait battre son cœur : il battait, cela lui suffisait ! Le supplice finirait bientôt, confia-t-il au

Rabbin, car l'âme de l'Égyptien répugne à la haine longue et concertée. Cet antisémitisme est trop neuf, une mode copiée sur feu le nazisme, elle ne durera pas.

Soudain le plus terrible, quelque chose comme un chant funèbre. Dans l'air fou du matin, les soldats chantaient le sang qui venge et la mort. Ils chantaient la mort, non pas des juifs ici capturés, mais la mort de l'État juif établi à trois cents kilomètres à vol d'oiseau. Belardo comprit cela, simple question de bon sens : à Abbassieh, on libérait la Palestine. Les attaquants simulaient la guerre et, d'instinct, les attaqués simulaient la défaite. Les uns mimaient l'assaut féroce, la voix plus lourde que la main, les autres, anticipant la douleur, criaient trop tôt, trop fort : c'était l'armée israélienne qui demandait grâce !

Il est à noter que parmi le millier de juifs victimes de la rafle du 15 mai 1948, un seul homme périt de mort violente, ou accidentelle. Sur ce point, la justice ne trancha pas alors, et nous doutons qu'elle le fasse jamais. Fait-on un procès au soleil ? Pour avoir eu l'arrogance de demander raison de l'arrestation de ses ouailles, Abramino Lévy, le secrétaire général de la communauté du Caire, fut accroché par un pan de son habit à la clôture barbelée de la caserne. Il resta exposé sur la ligne défendue, et le soleil saisissant lui fit voir le seuil de sa prison.

Enfin l'accalmie. En fin d'après-midi, les prisonniers purent gagner les chambrées mises à leur disposition. Belardo Gormazzano réunit ses amis dans un dortoir. Ensemble, ils se réjouirent de l'absence du Zabet Klapisch : libre, il ne manquerait pas de travailler à leur liberté… (Ils n'apprirent la nouvelle de sa mort que deux jours plus tard, lorsque Dorette vint rendre visite à son mari. Alors, celui-ci versa des larmes sincères : deuil t'avons-nous mérité ? etc. Ensuite, il pleura sur lui-même : orphelin privé de son soutien dans le monde et qui pressent la ruine de sa vie !) Mais au terme du premier jour de détention, Belardo savait – bien que ses certitudes ne pussent s'expliquer en aucune manière – que : «dans cinq minutes, nous serons de retour à la maison». Les Bénéfactors l'écoutaient : il avait le front des chefs, les yeux qui savent dire non aux scélératesses. Il possédait une information de première main : «La bataille tourne à l'avantage des Israéliens. Ils ont capturé des milliers de soldats égyptiens et tout naturellement ils comptent les échanger contre nous !» La confrérie discuta des modalités de la tractation jusque tard dans la nuit. Une odeur d'oignon frit et de cumin leur chatouillait cruellement les narines. Comme le Trésorier Chemtov réclamait pour sa soif, tandis que le Rabbin Shamgar se demandait si le fricot serait casher, un compagnon d'infortune, Simon Ascher, le fils de l'entrepreneur des pompes funèbres, leur tint ce discours : «Vous vous plaignez de la faim, alors que partout notre peuple crève de faim ? C'est votre faute, aussi, si l'Égypte est un bagne pour les damnés de la terre.» L'antipathique marxiste savait tout des prisons : comment répartir l'espace de manière équitable, comment conserver l'eau fraîche en enveloppant la gourde d'un chiffon mouillé, comment se procurer de la viande en payant les geôliers, comment acheter les pièces nécessaires à la fabrication d'un poste de radio. Ma parole ! il conseillait pour une vie entière derrière les barreaux... Belardo interrompit le mauvais prophète : C'était quoi, une nouvelle traversée du désert ? Le fils Ascher se prenait pour Moïse ?

Il sortit aspirer une goulée d'air frais. La nuit était pleine de rumeurs navrantes. Les prisonniers déambulaient dans la cour, affamés et aussi désœuvrés que les soldats chargés de les garder. Belardo longeait la clôture le séparant de la ville. Un barbelé avait suffi pour que la ville n'existât plus. À portée de la main se trouvait la ville, la ville qui mange, qui chante, qui souffre, qui vit. De l'autre côté. De ce côté-ci, l'attente et les lumières désolées que sont les rêves. Pourquoi désespérer? Ce n'était pas dans son tempérament. Il apprendrait à vaincre le doute, à surmonter la nuit de doute qu'est l'injuste privation de liberté. Et si le doute persiste, si l'espoir ment, n'être qu'un calme firmament tout scintillant d'étoiles. Un jour, pensait-il, un jour, nous cueillerons les étoiles avec des chants d'allégresse et nous les offrirons en bouquets à nos amours retrouvés.

« As-tu des nouvelles du monde extérieur? » demanda-t-il à un garde.

Le pauvre diable qui faisait les cent pas dans des grolles rapiécées avait bon cœur. Il lui fit l'aumône d'un conte pour âme naïve. Le monde qu'on désire et le monde qu'on voit ne sont séparés que par la minceur d'un fil barbelé. La prison dont les murs étaient des hommes s'ouvrirait demain aux hommes.

« Demain, dit le soldat, ou alors après-demain.

— Demain? » dit Belardo et il donna au soldat sa montre.

Demain passa. Et après-demain.

Par une aube claire, des camions vinrent se ranger devant la caserne d'Abbassieh. Les hommes qui y montèrent furent emmenés au camp de concentration de Hukstep, dans le désert.

TROIS

Peut-on dire qu'on est vraiment malheureux quand tout le monde est dans la même situation ?

Tant que Rachel voulut croire à un tour semblable à celui joué aux Bénéfactors, deux semaines plus tôt, elle ne put supporter la mauvaise blague qui leur était faite exclusivement, pensait-elle, à elle et à ses petites sœurs. À l'heure blanche de la perquisition, et jusque dans le fourgon de police qui les emportait, anéanties, à travers la nuit, Rachel s'était débattue, menaçant le ciel et l'enfer, et promettant de tuer et de mourir. La crise de folie sanguinaire dura l'espace du trajet jusqu'à la place de la Gare-Centrale. Rachel, suivie des filles qui soutenaient Madame Faustine, passa le portail d'une grande bâtisse d'allure bourgeoise, alors fureur et révolte la quittèrent brusquement, en même temps qu'elle renonçait à l'espérance.

Dans la cour de la prison des Étrangers, elle vit la rafle entière. Elle comprit la rafle entière. Cela ne relevait pas d'une méprise de peu de conséquences. Cela était le résultat d'un événement historique : la création de l'État d'Israël, de l'autre côté de la mer, fondait de ce côté-ci une ère d'intranquillité et de peur. Le commencement de la patrie juive instaurait la fin des juifs en pays arabes. Deborah Lewyn l'avait prédit ! Rachel comprit cela car, en écho à la parole de Deborah Lewyn, cela se disait autour d'elle.

La cour de la prison des Étrangers était noire de

monde, et d'une colonnade à l'autre, on n'aurait pu y glisser une aiguille. À deux doigts de la nuit, à deux pas du jour, des silhouettes patientes attendaient l'appel. Parfois, une voix écumait de rage, insultait avec méthode. Une autre parlait de ses enfants, ses beaux enfants qui allaient devenir orphelins. Beaucoup parmi ces femmes celaient leur détresse, ne manifestant pas, ou alors de la morgue ! Rachel avait cent yeux pour contempler ce monde d'elle inconnu : des jeunes filles de la bonne société, point fardées, flegmatiques à l'image des idéalistes préparées à affronter le pire, à le souhaiter aussi comme un certificat d'authenticité politique, et qu'une discipline interne ou l'habitude de la prison incitaient à la retenue. Elles ne parlaient qu'à celles de leur espèce – sionistes et communistes agrégées en deux formations – et regardaient les autres, c'est-à-dire Rachel et ses compagnes, avec dédain : guenilles couvrant à peine une personne physique ! Même le directeur de la prison recueillait leur mépris : son anglais n'était pas suffisant, d'accord, mais pourquoi refuser de décliner les identités ? Ou alors avec des mots rebelles :

« Puisque ma personne vous est connue !

— Il me semble t'avoir déjà vue, madame », répondait dans un bâillement le directeur de la prison.

Il dit à Rachel :

« Cent bonjours à la femme aux beaux yeux. Toi, je te reconnaîtrai sans faute. Puisque tu viens pour la première fois, pose tes questions. Je n'y répondrai pas pour une raison évidente : secret d'État ! Il me suffit de vérifier que tu es juive. L'es-tu ? Et maintenant qu'y a-t-il pour ton service ? »

C'était un homme de bonne composition. Sa

dentition aurifiée, où il restait quelques trous à investir, prouvait qu'il était ouvert à la discussion ; il sondait les désirs et les portefeuilles avant que d'attribuer les cellules.

Il était presque dix heures du matin lorsque Rachel et ses compagnes – à l'exception de Marika la Grecque incarcérée avec une autre maman – se trouvèrent installées au dernier étage de la bâtisse, dans une chambre, plutôt qu'un cachot, longue de cinq mètres, large d'autant. Il y avait des matelas disposés sur le plancher, un primus à alcool, une petite lampe et son abat-jour, abandonnés probablement par les dernières occupantes de la place. L'eau courait sur le lavabo et l'air ne manquait pas. La fenêtre grillagée donnait sur la verrière de la gare centrale. À défaut de voir partir les trains, on pouvait entendre le rail s'émouvoir et le sifflet du chef de gare déchirait le jour comme il déchirait les cœurs.

« Ah, il n'y a pas de quoi pleurer ? Même les bêtes sauvages auraient de quoi ! On m'égorge, on me coupe, on me brûle, on m'enterre vivante et il n'y a pas de quoi pleurer ? »

La graisse sur le visage de Madame Faustine était agitée de spasmes convulsifs. Elle s'arrachait les cheveux, se violentait les joues, damait du pied son matelas, s'y renversait agonisante, se relevait pour courir à la porte verrouillée, celle de sa désespérance, et sa voix tenaillait si fort l'espace qu'autour d'elle personne ne s'entendait plus pleurer.

« Non, il n'y a pas de quoi pleurer, dit Rachel. On ne peut pas dire qu'on est malheureux quand tout le monde est dans la même situation ! Et maintenant, petites sœurs, faites-la taire avant que je lui arrache la langue ! »

Rachel avait besoin de calme et de temps pour reprendre ses esprits. Mais le temps lui manquait comme la marche sous le pas, et en elle la pensée s'était anéantie. Le monde aussi et toutes choses avaient pris fin avec la prison. Elle avait peur comme aucun être humain n'avait eu peur depuis qu'il y a des êtres humains. Mais elle repoussait ce sentiment, abject et absolu – elle en avait des sueurs glacées –, car tenir tête à la peur est comme tenir en main la clé de sa prison. Elle enfermait son angoisse dans son cœur, n'en laissait rien paraître à ses petites sœurs d'affliction. Elles étaient en état de choc, ça se voyait aux visages envahis par le gris. Regardant autour d'elles d'un air étonné, elles passaient des sanglots à la prostration. Quand elles bougeaient, elles bougeaient lentement. Elles tournaient à pas maladroits et saccadés comme dans ces cauchemars où l'on court de toutes ses forces sans arriver à avancer, une chose affreuse vous suit, vous rattrape, vous arrache au sommeil et l'on se réveille en préférant le cauchemar à la réalité.

Les heures passaient, il ne se passait rien.

Il y avait eu le pain et la soupe du midi. Il y avait eu le thé brûlant qu'à quatre heures Rachel avait préparé sur le primus à alcool. Il y avait eu les questions que l'on pose dans ces moments-là : pourquoi sommes-nous arrêtées ? Pourquoi arrête-t-on en général ? Qu'avons-nous de commun avec les autres femmes emprisonnées ? Quand va-t-on nous libérer ? Que va-t-il nous arriver ? Questions simples, questions sans réponses auxquelles Rachel répondait. Car, condamnée au courage, c'est-à-dire au mensonge, que pouvait-elle dire, sinon l'imposture sacrée ? Elle disait : qui n'a l'ombre d'une faute à se reprocher ne craint pas l'ombre. Elle disait : le Zabet Klapisch est un homme puissant, déjà, il bondit à notre secours. Elle disait le retour à la maison. Elle disait des mots de brave famille. La famille se mettait à y croire : donnez un chiffon à l'enfant, il en fera la poupée de ses rêves.

Tout un jour, Rachel s'employa à maintenir le calme qui reposait sur son calme à elle. Mais le crépuscule vint avec ses ondes de mélancolie ! Entre chien et loup, à l'heure de la fin de toutes choses, on pense que les portes fermées ne s'ouvriront plus jamais ! L'angoisse revenait et les pleurs. Rachel dit sentir son nez la gratter : signe que quelque chose d'heureux allait advenir et pour le voir venir, elle alla se poster à la fenêtre ouverte sur la verrière de la gare centrale.

QUATRE

Le train pour Khartoum entrait en gare.

Perdue dans la vapeur et la fumée, l'image de Dizzy devenait irréelle. Deborah Lewyn avait sorti un mouchoir. Elle entendait des paroles éparses que personne ne comprenait.

«J'aime les gares, disait Dizzy. Dans mon enfance il n'y avait pas de gare. J'aime les trains. Je n'aime pas les trains de ce pays. On n'y dort pas ou alors d'un œil, l'autre sur ses bagages. Il y a dans ces trains trop d'hommes seuls, ils voyagent en bande, ils n'emmènent pas leurs femelles. Elles sont peut-être dans un wagon spécial, mais on ne sent même pas leur présence. Toute la question est là. Parce qu'un train où il n'y a pas de femmes est comme un enterrement sous la pluie. Pourquoi je te dis ça ? Ah oui, pourquoi ? Je t'aurais crue plus intelligente. J'aurais cru que tu m'aurais mieux compris. »

Deborah comprit qu'il était triste de partir. Il lui offrit une cigarette, mais pas de feu, comme à son habitude. Elle lui demanda d'accepter un souvenir : le briquet d'or à monogramme de chez Tiffany. Il l'empocha aussi aisément que si elle lui avait donné une boîte d'allumettes. Ils étaient arrivés devant les compartiments de 3e classe. Le sac pesant sur son dos, il se hissa sur le marchepied. Sur sa nuque, elle voyait les petites boucles légères qu'il montrait la nuit, en lui tournant le dos dans son sommeil. Il disparut à l'intérieur du wagon et revint se pencher à la vitre.

« Tu ne regrettes pas ? Tu es sûre que tu ne peux pas partir avec moi ? Même pas deux jours ? Tu n'aurais pas deux petits jours à me donner ? Ne monte pas sur tes grands chevaux, je sais, je sais que chacun doit partir de son côté. Tu as honte de moi et tu as envie d'être quelqu'un d'autre ! Je suppose que tu as de bonnes raisons. C'est ce que j'ai toujours pensé : de ton point de vue, tu as toujours de bonnes raisons. Tu as l'impression d'être seule responsable du malheur arrivé à tous ces juifs. Il n'y a que toi au monde pour voir le problème sous cet angle. Tu te prends pour la conscience du monde… Jésus portant sa croix. Je ne te comprends pas. Tout le monde veut être heureux. Tu ne dis rien ? Dis quelque chose… »

Elle se raidissait pour ne pas pleurer. Elle comprenait être affligée d'une sorte d'infirmité, d'une incapacité à suivre la pente naturelle de ses désirs ! Mais quoi ! suivre un très jeune homme à qui on peut demander tout au plus une cigarette ? Un vagabond… Il dormait parfois sans se déshabiller, prêt à sauter dans ses chaussures pour prendre la fuite.

« Surtout, ne te fais pas de souci pour moi, Debbie. Je vais très bien. Mais je suis calme, très calme, je n'ai jamais été plus calme, beaucoup plus calme que toi, si tu permets. Et maintenant, il est temps de se dire adieu, le spectacle touche à sa fin. Tu ne dis rien ? Quoi ? Que dis-tu ? Je t'enverrai les photos. Tu peux m'écrire, si tu veux, je te répondrai. Si tu veux, je viendrai te voir à… »

Le sifflement du chef de gare couvrit la voix de Dizzy. Les essieux grinçaient. La locomotive s'ébranla. Les tampons de choc du dernier wagon se faisaient un point à l'horizon. Les mouchoirs agités sur le quai semblaient des papillons perdus et brusquement le rail occupé par le train pour Khartoum devint désert.

Deborah continuait à agiter son mouchoir. Elle aurait aimé trouver une phrase appropriée, une de ces phrases douces et définitives, comme à regarder une photo vieillie dont la vision émeut à peine, on se dit le temps passe et je n'y puis rien faire ! On se dit *nevermore*. Y avait-il un équivalent à ce mot dans la langue française ? *Nevermore* ! Jusqu'à quel âge une femme peut-elle être désirable ? Une vie où personne ne vous regarde, ne vous désire, ne vous aime est une vie normale pour une femme qui approche la quarantaine. Mais d'avoir derrière elle la moitié de sa vie ne dissipait pas le chagrin présent et à venir. Elle pouvait tromper Dizzy, elle ne pouvait pas se tromper elle-même : les bons souvenirs sont ceux qui font souffrir.

Cependant, la souffrance personnelle importe moins que celle de l'humanité souffrante si, à ce prix, on peut se rendre utile. Elle avait un devoir, un dernier devoir à accomplir. Cela justifiait amplement de son existence : l'être humain, au contraire de l'animal, ne cherche pas uniquement la satisfaction vulgaire de ses sens.

Au sortir de la gare, il y avait la place pleine de bruits, de couleurs, de gaieté. C'était un soir de printemps. Les gens se promenaient. Les enfants riaient de toute l'ardeur de leurs jeunes vies. Des femmes allaient au bras de leur mari et leurs lèvres souriaient à la douceur du crépuscule. Deborah avait tout son temps pour arriver au bureau de son avocat, mais elle héla un taxi : elle ne pouvait plus supporter le tendre spectacle des rues où on raflait les juifs.

CINQ

«Ne vous faites pas tant de bile, dit George Rutherford. Quel tribunal pourrait condamner pour espionnage de lamentables brasseurs d'affaires au préjudice d'autrui? Il y a plus inquiétant. Il va paraître une ordonnance autorisant la mise sous séquestre des affaires et des biens appartenant aux étrangers et aux juifs internés. En clair, je crains fort qu'à leur sortie de prison, vos protégés ne se retrouvent sur la paille.

— Très bien, ils seront punis par là où ils ont péché, dit Deborah. Cela leur servira de leçon. Et j'espère qu'ils en tireront les conséquences pour

339

s'améliorer. L'homme est perfectible si on lui en donne l'occasion. C'est connu, la guerre par exemple… Quand le destin vous accable, on grandit avec son destin. Le destin des juifs est en Israël !

— Je vois. Vous voulez dire : épreuves, châtiment, rédemption ? Permettez-moi d'en douter, ma chère. À quelque chose malheur est bon dans les livres, rarement dans la vie. Vos "petits juifs", entre guillemets je précise, car je parle de la palpitation anxieusement petite de leurs passions, ne sont pas des héros. Ce sont des personnes à peine recommandables, c'est-à-dire scandaleusement humaines. Dans le roman initiatique, c'est entendu, le personnage tire la leçon de ses erreurs pour se remettre en question, pour s'acheter une conduite ou à défaut une conscience. Nos clients, j'en ai peur, ne nous donneront pas de *pentimento* selon le joli mot italien, ni repentir, ni métamorphose d'ordre spirituel ou moral. Tout le monde peut se tromper. Je veux bien me couper la moustache si nous les voyons évoluer d'un pouce, du début à la fin de leur histoire. Si tant est que nous en voyions la fin. Iront-ils en Israël comme vous le souhaitez ? Je n'en sais rien. Je ne pense pas qu'ils aient vocation à casser les cailloux et à assécher les marais. Quoi qu'il en soit, ils seront obligés de changer de place, ils ne changeront pas de mentalité. D'ailleurs, pourquoi voulez-vous à tout prix les changer ? Le voulez-vous vraiment ? Je suis sûr que vous les aimez bien, au fond, tels qu'ils sont.

— Certainement pas. Je n'éprouve aucune sympathie pour les criminels.

— Allons, allons, Deborah, ce ne sont pas des assassins. Tout au plus, de petites crapules rouées et

340

vivaces qui se débrouillent comme elles peuvent dans un monde hostile aux petits. Leur attitude envers le monde est le reflet de l'attitude du monde envers eux, ne pensez-vous pas ? »

Il s'attendait à un mouvement d'humeur, il l'eut. Puis elle secoua la tête, perplexe soudain comme si elle retenait un secret crucial et si compliqué qu'elle ne le comprenait pas elle-même. Il eut l'impression qu'une confession lui brûlait les lèvres, qu'un flot de mots allait en déborder.

« Je ne sais pas comment j'ai pu devenir la sœur des putains et la complice des criminels. Tout cela est arrivé en dépit de mon assentiment, ou de mon refus, je le jure. »

Elle se penchait vers lui, l'air contrit. Le sang qui lui montait au visage trahissait une lutte intérieure : « Suis-je coupable d'une faute que j'ignore ? Suis-je bonne ou méchante ? » C'était une expression qu'il connaissait bien pour l'avoir vue, quelquefois, à l'heure du verdict, sur le visage d'un client. Le doute sur soi-même, y compris chez l'innocent, est la survivance d'une éducation rigide et il pouvait en comprendre les douloureux effets.

« J'en suis sûr, ma chère Deborah, vous n'avez rien à vous reprocher ! Peut-être un brin de crédulité, mais vous ne connaissiez rien à ces gens-là et, croyez-moi, il est bien difficile de résister au charme des escrocs.

— Je n'ai pas besoin de vous pour me chercher des excuses, je me les sers suffisamment et avant qu'on me les serve ! » Elle avait repris son ton froid, mais ses yeux lançaient des regards à la fois menaçants et anxieux. « Ah, je suis si fatiguée ! Comme je voudrais partir ! Oublier toute cette histoire, ce pays, les gens de ce pays !

— Eh bien, partez ! Et faites-moi confiance. J'obtiendrai justice pour vous. Ces hommes et ces femmes paieront le prix fort. Après quoi, viendra la vraie punition. Ils seront expulsés de leur pays et ce pays nous l'aimons tous. Que voulez-vous de plus ? Il n'y a pire malheur que la perte du pays natal, n'est-ce pas ?

— Eh bien, ils auront tout loisir de méditer leur malheur ! » Elle eut un rire forcé où il entendit s'exprimer l'amer triomphe du bon prophète et elle conclut : « Notre Talmud le dit, "c'est sous l'écorce de l'exil que croît la puissance du souvenir". »

« Souviens-toi donc : qui a péri innocent et où les hommes droits ont-ils été exterminés ? D'après ce que j'ai vu, ceux qui cultivent l'injustice et sèment le mal, ils le récoltent ! »

Le Livre de Job.

« En outre, dites-moi la raison de la chute des juifs depuis les temps anciens... Car voyez, j'ai trouvé que leur chute ne s'expliquait ni par la nature ni par une punition divine. Car nous avons vu et entendu de beaucoup de nations qu'elles avaient transgressé et péché plus que ne l'avaient fait les juifs et elles n'en furent pas punies, mais, au contraire, elles réussirent avec le plus grand succès. »

SALOMON IBN VERGA.

ÉPILOGUE

Deborah Lewyn fut contrainte de demeurer au Caire jusqu'à la fin du mois de mai 1948.

Dans les rues que survolait l'aviation israélienne, les manifestations tournaient à l'émeute. Les principales victimes en furent les juifs autochtones que journellement le *Journal lumineux* désignait pour porteurs de tous les maux du monde arabe. Le Vieux-Quartier-Juif subit des attentats terroristes. Le feu ravagea la synagogue des Achkénazim. L'excitation gagna les beaux quartiers. L'Égypte engagée dans la guerre sainte entamait «la guerre du chapeau»; malheur aux beaux messieurs qui ne se découvraient pas durant les attaques aériennes! Un touriste fut précipité sous les roues du tramway qu'il avait eu l'imprudence d'emprunter. Mais quoi qu'il dût lui arriver en la ville hostile, Deborah Lewyn ne renonçait pas au pacte qu'elle avait conclu avec elle-même.

Elle prit sur elle d'accomplir un devoir d'autant plus éprouvant qu'elle ne se départissait pas d'un ressentiment pointilleux et chagrin pour le collège de faussaires, de débauchés et de gourgandines que les circonstances hissaient au rang de victimes symboliques du destin juif; et par une autre ironie du sort, les peccamineux la forçaient à retarder son départ pour la Terre sainte.

Au terme de ses démarches, la jeune Américaine – âme courageuse et fortune assurée – parvint à se faire entendre du directeur de la prison des étrangers. Le 28 mai 1948, Madame Faustine et ses neuf pensionnaires franchissaient la porte dite «ni vu, ni connu» où le directeur, lui-même incognito, les attendait avec sa propre voiture. On connaît le prix de ce genre de service. En revanche, les dollars avancés ne trouvèrent pas acquéreur au désert de Hukstep; les militaires verrouillaient sans faiblesse le camp de concentration et, il faut le dire, Deborah dépensa moins d'énergie qu'à l'endroit des femmes. Les jours passaient, et comme on sait, la jeune femme brûlait du désir sincère, bien que touristique, de participer de l'événement qui, réalisant une nouvelle page des temps messianiques, apparentait l'ère matérialiste aux temps bibliques.

Bon voyage!

Rendues à leur pratique, Rachel et ses sœurs demeurèrent à la Locanda el Teatro durant les six mois que les autorités du pays mirent à les en chasser. Gormazzano et ses Bénéfactors furent maintenus pendant dix-huit mois au camp de Hukstep. Durant ces dix-huit mois, la logique du système carcéral – parfaitement cohérente parce que absurde – voulut que le millier de juifs raflés à travers le pays n'eussent pas de nom, pas de matricule, pas d'interrogatoire, aucun procès justifiant leur enfermement, puis leur remise en liberté. Ils furent arrêtés dans une confusion d'apocalypse et libérés de même : la parfaite gratuité des arrestations éclairant le mystère des libérations.

Ultime énigme : la vague d'expulsions qui emporta en 1948 un premier train de vingt-cinq mille juifs – suivis, sous la République, de pratiquement tous les autres – ne donna lieu à aucun acte officiel, pas même la parution d'un décret dans les annales judiciaires de l'Égypte.

Les hommes et les femmes de notre histoire furent bannis du pays qui les avait vus naître et ici s'achève notre histoire. Heureux les yeux qui ont vu cette histoire et certainement de l'entendre notre cœur est plein de nostalgie.

Autrefois, il y avait en notre Vieux-Quartier un violoniste qui jouait avec tant d'allégresse et de charme que nous ne pouvions l'écouter sans nous mettre à danser. Et nous dansions tous les jours et la danse nous donnait l'illusion de posséder toutes choses, de n'avoir jamais besoin d'une chose avant de la posséder. Un jour, un sourd vint en notre Vieux-Quartier. Comme il n'avait aucune idée de ce que pouvait être la musique, qu'il en ignorait jusqu'à l'existence, notre musique ne toucha point son oreille immobile. Et ses yeux virent en notre danse la dérisoire agitation qui secouait une bande de fous.

Samedi 24 avril 1948 ..   11
Dimanche 25 avril 1948...   52
Lundi 26 avril 1948...   60
Mardi 27 avril 1948...   81
Mercredi 28 avril 1948...   105
Jeudi 29 avril 1948...   138
Vendredi 30 avril 1948   149
Samedi 1er mai 1948...   164
Dimanche 2 mai 1948...   210
Lundi 3 mai 1948...   230
Mardi 4 mai 1948...   236
Jeudi 6 mai 1948...   249
Dimanche 9 mai 1948...   254
Lundi 10 mai 1948...   268
Mardi 11 mai 1948...   276
Mercredi 12 mai 1948...   287
Jeudi 13 mai 1948...   297
Vendredi 14 mai 1948...   301
Samedi 15 mai 1948...   325
Épilogue   345

Composition Infoprint.
Impression Société Nouvelle Firmin-Didot
le 13 septembre 1994.
Dépôt légal : septembre 1994.
Numéro d'imprimeur : 28242.

ISBN 2-07-038954-5/Imprimé en France.

69069